헬프 미 시스터

헬프 미 시스터

이서수 장편소설

은행나무

차례

1장

수경

"아줌마는 왜 결혼했는데도 부모랑 살아요?"

은지는 난감하게도 종종 이런 걸 물어왔다. 아줌마는 왜 집에만 있어요. 아줌마네 가족은 왜 다들 일을 안 해요.

수경은 은지에게 옥수수를 건넨 뒤 식탁 의자에 앉았다. 매번 그렇지만 참, 대꾸할 말이 없다. 그래도 무슨 말이든 해야 하니 짧게 한숨을 내쉬고 답했다. "나도 몰라."

그 말을 하면서 은지의 눈을 마주 보지 못했다. 실은, 안다. 왜 다들 그러고 있는 건지 너무나 잘 안다.

"우리가 이상해 보이니?"

은지는 대답을 고심하는 눈치더니 이윽고 말했다. "저도 이상한데요, 뭐."

수경은 반박하지 않았다. 은지는 좀 이상하긴 했다. 남자친구인 준후가 없어도 이 집에 계속 놀러오는 걸 보면. 은지는 수경과 간식을 나누어 먹고, 한참을 놀다가 갔다. 둘은 의외로 말이 잘 통했다.

"나 또 찐 거 같죠?" 은지는 수경에게 매번 똑같은 걸 물었다. 체중 변화에 굉장히 민감한 상태였는데, 그런 마음을 잘 아는 수경은 매번 같은 대답을 했다. "아니. 그대로야."

은지는 그럴 리가 없다는 듯 고개를 가로젓더니 접시 위에 옥수숫대를 내려놓았다. 어느새 알맹이는 사라지고 대만 남았다. 은지는 수경이 주는 건 뭐든지 다 잘 먹었다. 그런 은지를 볼 때마다 수경은 그림자처럼 따라붙는 생각을 떨쳐내기 위해 노력했다. 설마 모르는 사람이 주는 것도 의심 없이 먹는 건 아니겠지…….

"무슨 생각해요?"

수경은 솔직하게 답해주지 못했다.

*

저녁 식탁 앞에 모인 사람은 모두 네 명이다. 수경과 우재, 지후 그리고 여숙 씨.

우재는 반찬을 둘러보더니 탐탁지 않은 얼굴로 숟가락을 흔들며 말했다. "또 두부로군."

수경은 우재를 흘겨보았다. "그냥 좀 먹지?"

재래시장에서 파는 순두부는 세 개에 천 원이면 살 수 있다. 이렇게 많은 식구가 적은 돈으로 먹고살려면 저렴한 식재료만 사야 했다. 우재는 그걸 알면서도 매번 반찬투정을 했다.

여숙 씨는 밥을 먹다가 자꾸만 물을 마셨다. 밥알을 알약처럼 삼키는 엄마 때문에 수경은 자주 체하는 기분이 들었다.

"병원에 가보든가. 왜 맨날 소화가 안 된다고 해?"

"씹을 힘이 없어서 그래."

"그게요 장모님, 고기를 하도 안 먹어서 그런 거예요. 평소에 턱을 좀 쓰셔야 하는데." 우재가 수경의 눈치를 살피며 말했다.

"그래. 내가 나이가 많아서 그래." 여숙 씨는 엉뚱한 대답을 하더니 밥을 덜어서 지후의 밥그릇에 옮겨놓았다.

열 살인 지후는 나이답지 않은 진중한 표정으로 묵묵히 밥을 떠먹었다. 이 집에서 수경의 마음을 가장 잘 읽는 사람은 지후였다. 바꿔 말하면, 수경의 눈치를 가장 많이 살피는 사람이 지후라는 의미다.

우재가 물었다. "지후야, 형은?"

"몰라요."

"또 나쁜 친구들하고 어울려 다니는 건 아니지?"

"왜 애한테 그런 걸 물어?" 수경은 우재를 짧게 나무라며 조카의 밥 위에 계란말이를 올려주었다.

우재의 형 주재는 벌써 2년째 잠적 중이었고, 지금껏 연락 한 번 오지 않았다. 주재의 아내는 그때쯤 남편과 갈라섰고, 지금은 다른 가정을 꾸렸다. 1년에 두 번 정도 아이들의 안부를 물어오지만 그뿐이었다. 돈을 보내주리라는 기대는 애당초 접는 게 나았다. 아이들 엄마는 두 번째 결혼도 순탄치 않았다. 비슷한 문제로 갈라섰으면서 또다시 비슷한 문제에 얽매여 있었다. "애들한텐 캐나다에서 잘 살고 있다고 말해줘." 현재 답십리동에 살고 있는 그녀는 수경에게 신신당부했다. 그래도 사이가 좋았으니 옛 동서한테 전화도 하고 그러는 거라고 우재는 말했지만, 수경은 그게 아니라는 걸 알았다. 아이들이 이곳에 있기 때문이고, 수경이 혹여나 구박하지 않을까 염려해서일 것이다.

"냉동 고기라도 사면 안 돼?" 우재가 끝내 미련을 버리지 못하고 수경에게 불만을 토로했다. 그 말에 수경은 숟가락을 탁 내려놓았다. 우재의 어깨가 움찔 떨렸다.

이젠 때가 되었다. 그들 모두 정신을 차릴 때가. 네 명의 성인이 거주하는 집에서 단 한 명도 돈을 벌어오는 사람이 없다니…….

물론 이렇게 된 연유는 있다. 모두가 납득할 만한 일을 겪었다. 그러나 이 정도의 휴식이면 충분하다. 벌써 네 달이나 쉬었다. 우재는 4년째로 접어들고 있지만, 비슷한 시기에 일을 그만둔 수경과 여숙 씨는 네 달을 쉬었다. 수경의 아버지 양천식 씨는 사기를 당해 집을 날리고 방황한 지 2년째였다. 이젠 억지로라도 극복해야 할 시기였다. 다들 일자리를 찾아 돌진해야 한다. 이렇게 한가하게 두부나 베어먹고 있을 때가 아니었다.

"엄마, 아버지 언제 오셔?"

말이 끝나기 무섭게 도어록 작동음이 들렸다. 곧바로 현관문이 열리더니 양천식 씨가 불콰해진 얼굴로 나타나, 손에 들고 있던 비닐봉지를 식탁 한가운데 내려놓았다.

"뭔데?" 여숙 씨가 봉지를 헤집었다. 꽈배기 도넛이었다. 내심 통닭을 기대했을 우재의 얼굴에 실망감이 빠르게 번져갔다.

"맛이 기가 맥혀."

양천식 씨의 외투에서 갈비 냄새가 났다. 우재가 코를 킁킁거렸다. "고기 드셨어요?"

"아니, 나는 술만 먹었지."

"빈속에요?"

"서비스로 나온 된장찌개랑."

"왜 고기를 안 먹었는데?"

수경의 물음에 양천식 씨는 도넛을 집어들면서 말했다. "나만 회비를 안 냈거든."

그런 눈치를 보는 사람이었다니. 수경처럼 여숙 씨도 놀란 기색이었다. 궁상맞게 왜 그런 소릴 해. 여숙 씨는 그런 눈빛으로 남편을 쳐다보았다.

수경은 차라리 잘되었다 싶었다. 양천식 씨도 사회에 복귀할 마음의 준비가 충분히 되었을 것이다. 친목회비도 부담스러울 정도이니 이젠 돈을 벌어야겠다는 생각이 들 만도 하다.

"아버지, 이제 우리……"

수경이 말을 끝마치기 전에 현관문이 벌컥 열렸다. 모두가 화들짝 놀랐다. 준후였다. 저녁 시간엔 좀처럼 나타나는 법이 없는 첫째 조카. 준후는 자기에게로 쏠린 가족들의 시선이 부담스러운지 핸드폰만 들여다보며 거실로 들어섰다.

"이 시간에 웬일이야?"

"은지는?"

"아까 왔다 갔는데."

준후는 인상을 찡그렸다. 엇갈렸나? 수경은 모처럼 저녁 식사 시간에 나타난 준후를 식탁으로 불러 앉혔다. "준후야, 앉아 봐. 숙모가 할 얘기가 있어."

준후는 순순히 걸어와 식탁 의자에 앉았다. 다리를 달달 떨며 반찬을 휘둘러보더니 먹을 만한 게 없다는 듯 인상을 찌푸렸다.

수경은 이 말을 꺼내기가 왜 이렇게 어려울까 생각하며 천천히 입을 열었다. "우리…… 진짜 더 이상 이렇게 살면 안 돼."

수경을 제외한 모두가 서로의 얼굴을 쳐다보았다. 영문을 모르겠다는 표정이었다.

"돈 벌러 나가야 한다고."

침묵이 흘렀다.

"나 이제 괜찮아. 그러니까 다들 일하러 나가자."

수경의 말에 모두가 당황한 표정을 지었다.

예상했다. 이런 반응. 입 밖으로 내지 못하고 혀 아래서 맴돌고 있을 말들. 정말로 괜찮은지, 아마도 그게 가장 궁금할 것이다. 그러나 수경은 그런 질문을 듣고 싶지 않았고, 답하고 싶지도 않았다. 잊고 싶었다. 되도록 빨리. 그 이유를 한마디로 정리해서 말해보자면,

"돈이 제일 무섭다는 거 놀면서 깨달았어."

진심이었다. 외상후스트레스장애, 트라우마 운운하기에 수경은 너무 현실적이었다. 어떤 분노는 가난 때문에 그것을 충분히 드러낼 시간조차 주어지지 않는다. 억지로 수습되어버린다.

수경은 자신이 벌어오는 돈으로 버텼던 가족이 점차 침몰해가는 걸 느낄 수 있었다. 당장은 아니더라도 1년이 지나면 상황은 심각해질 것이다. 수경은 되도록 빨리 자신의 자리로 돌아가야 했다. 그러나 그 자리는 과연 어디일지. '누구'의 옆일지……수경은 서둘러 불길한 생각을 잘라냈다.

우재가 머뭇거리다가 말했다. "근데 수경아, 나는 계속 일하고 있었는데?"

그 말에 모두가 웃었다. 진심으로 우습다는 듯이.

수경은 한 손에 폐형광등을 들고 밤거리를 걸었다. 재활용 의류수거함은 코너를 돌 때마다 보였지만, 폐형광등 수거함은 어디에도 보이지 않았다. 핸드폰으로 검색해보려다가 생각을 바꿨다. 검색만 하면 곧바로 위치를 알 수 있겠지만, 느긋한 밤 산책을 망치게 될 것이다.

수경은 시장을 관통하는 길을 택했다. 이미 폐점한 시장은 조용하고 한산했다. 아치형 지붕을 얹고 조명등을 달아 밤에도 길이 밝았고, 곳곳에 감시카메라가 설치되어 있어 안심할 수 있는 장소였다.

안심할 수 있는 장소. 그건 수경에게 가장 중요한 것이었다. 그러나 뒤따르는 생각은 늘 똑같다.

과연 그런 곳이 있을까.

집은 안전하다고 생각했다. 그래서 집 밖으로 거의 나가지 않았다. 그러는 동안 여숙 씨도 일을 그만두고 집에만 있었다. 수경의 곁에 머물렀다. 수경에겐 실장과 다투어서 일을 그만둔 거라고 말했지만, 수경은 믿지 않았다. 무슨 일로 다투었는지 물어도 알려주지 않았다. 우재와 양천식 씨는 원래부터 집에만 있는 사람들이었다. 이 집에선 수경이 가장이었고, 수경은 그런 상황에 불만을 품은 적이 없었다.

아니지. 조금 솔직해져보자.

가끔 우재를 볼 때마다 한숨이 나오기는 했다. 그러나 우재의 주장대로 우재가 회사를 계속 다닌다고 한들 서울에 번듯한 아파트 한 채 장만하지 못한다는 건 수경도 알고 있었다. 그 생각은 지금도 변함없다. 그렇지만 두 손 놓고 우재를 기다려줄 수는 없었다. 우재는 4년 동안의 경력 단절로 인해 회사로 돌아가는 게 불가능해졌다. 경력직에 지원하기엔 경력이 부족하고, 신입으로 지원하기엔 나이가 너무 많았다. 그러나 그들에겐 넓은 집이 필요했다. 30년 된 15평짜리 낡은 빌라가 아니라 여섯 명이 살아도 숨통이 트일 만한 집. 그녀의 부모가 비좁은 거실에 이부자리를 펴지 않아도 되는 집이라면 자가가 아니더라도 어디든 상관없었다.

목표를 낮추니 마음이 편안해졌다. 포기가 평화를 가져오는 시대인지도 모른다. 그러나 그 평화는 흰 비둘기가 날아다니고 아이들이 오색 풍선을 들고 잔디밭을 뛰어다니는 평화가 아니라, 내전이 끝난 후 폐허가 된 마을에 서서 일몰을 바라보는 마음에 가까운 평화다. 수경은 그런 기이한 평화 속에서 다시 일을 시작할 생각이었다. 이 결심을 세우기까지 얼마나 힘들었는지 모른다.

그날 그 음료수를 받아 마시지 않았더라면, 수경의 인생은 지금과 달랐을 것이다. 여전히 낙관 속에서 자신의 능력을 믿으며 살아갔을 것이다. 이젠 아무런 믿음이 없다. 수경은 안전한 장소에서 조금일지라도 꾸준히 돈을 버는 게 가장 중요한 사람이 되었다. 방점은 '안전한 장소'에 있다. 조금 더 욕심을 부려보자면, 안전한 장소에서 '위험하지 않은 사람'과 조금일지라도 꾸준히 돈을 버는 것. 그러나 누가 위험하지 않은 사람인지 절대로 알 수 없을 것이다. 수경은 그런 믿음이 생겨버렸다. 누가 위험하고, 위험하지 않은지 자신은 영원히 구별할 수 없을 거라고. 그걸 구별하려는 마음이 싹트는 순간, 누구도 믿지 못하게 될 테니까.

불신 속에서 살아가는 삶이 지옥으로 느껴지진 않았다. 당연한 것이었다. 불신을 쥐고, 신뢰를 내려놨어야 했다. 진즉에 그랬어야 했다.

매일 얼굴을 보던 동료가, 회사에서 웃는 얼굴로 우산을 빌려주고, 굴러떨어진 텀블러를 주워주며 농담을 던지고, 우는 시늉을 하며 과중한 업무를 한탄하고, 신장개업한 회사 근처 식당을 함께 홍보왔던 동료가 수경이 회식 자리에서 과음한 틈을 타 졸피뎀 섞은 음료수를 건넨 뒤 수경이 잠들 때까지 옆에 앉아 기다렸다는 것. 그걸 어떻게 믿을 수 있을까. 그러나 그 일은 일어났다. 다른 사람이 아닌 수경에게. 수경은 깊은 잠속으로 빠져들었던 그날 밤을 상상할 때마다 뇌혈관이 부풀어오르는 기분이 들었다. 압력을 이기지 못할 정도로 부풀어올라 펑 하고 터져버릴 것 같았다.

도대체 그는 언제부터 졸피뎀을 갖고 다녔을까. 유학 간 아내 얘기를 하며, 그는 불면증으로 약을 처방받았다는 얘기를 한 적이 있었다. 그때, 수경이 그를 경계해야 했던 걸까.

그날 회식은 충동적으로 결정된 것이었다. 예고된 것이 아니었다. 그는 어느 시점에 그런 계획을 세웠을까. 그녀가 팀장이 권하는 소맥을 거절하지 않고 여섯 잔째 받아 마셨을 때부터? 그녀가 게임에서 지고 우는 시늉을 하며 여덟 잔째 소맥을 원샷했을 때부터?

그날 그들은 몹시 들떠 있었다. 수경이 새로운 거래처와의 계약을 성사시켰고, 팀장은 수경의 능력을 인정해주었다. 회사의 주력 상품인 친환경 주방용품을 유명 쇼핑몰에 납품하기로 한 날이었다. 수경의 동료였던 그 역시 엄지를 치켜세웠다. 수경의 사려 깊고 꼼꼼한 성격이 큰 도움이 되었을 거라고 말했다. 수경에겐 상대로 하여금 신뢰감을 품게 하는 매력이 있다고도 했다. 다들 취했고, 그도 취했다. 수경이 기억하는 그의 마지막 모습은 화장실로 천천히 걸어가던 뒷모습이었다.

그렇게 즐거웠던 분위기에서, 어떻게 그런 생각이 떠오를 수 있지.

수경은 당연히 그를 이해할 수 없었고 용서할 수도 없었다. 어떤 말을 하든 결코 용서해주고 싶지 않았다. 그러나 그는 수경에게 용서를 빌었다. 끈질기게 빌었다. 그의 범죄는, 정신을 잃은 수경을 등에 업고 온 그를 의심스럽게 생각한 모텔 여사장의 신고로 결국 미수에 그쳤다. 수경은 정신이 들고 나서도 무슨 일이 벌어진 건지 곧바로 파악하지 못했다. 그는 수경 앞에서 무릎을 꿇고 빌었다. 그럴 의도는 절대로 없었다고 부인했다. 수경이 너무 피곤해 보여서, 잠이 들어서 모텔로 데려간 것뿐이라고 했다. 그러나 수경의 몸에서 검출된 졸피뎀은 명백히 수경의 것이 아니었다. 그건 그의 것이었다.

수경은 그가 회사로 찾아와 용서를 구할지도 모른다는 생각에 결국 일을 그만두었다. 그의 얼굴을 두 번 다시 보고 싶지 않았고, 그의 목소리도 듣고 싶지 않았다. 옆자리에 앉았던 동료였기에 충격이 더욱 컸다. 언제든 그가 직장으로 찾아올 것 같아 늘 불안한 마음을 안고 살았다. 그녀가 어디에 있는지 그가 절대로 몰랐으면 싶었다. 앞으로도 평생 모르길 바랐다. 그러나 회사를 계속 다닌다면 그건 불가능했다. 그는 수경이 어디에서 무얼 하고 있는지 너무나 잘 알았다. 몇 시부터 몇 시까지 회사에 있는지 빤히 알았다.

결국 사표를 냈다. 팀장은 어쩐지 안도하는 얼굴이었고, 팀원들 사이에 팽배해 있던 긴장감과 정적이 그 순간 사그라졌다. 얼음이었던 것이다. 독극물이 가득 차 있는 얼음. 수경은 그런 존재여서 녹일 수도 없고, 그렇다고 동사할 때까지 품고 있을 수도 없는 존재였을 것이다. 수경은 회사를 나오며 그걸 깨달았다.

사직서를 내기 전날, 수경은 팀장이 건네는 음료수를 빤히 쳐다보기만 했을 뿐 받지 않았다. 팀장은 머쓱한 표정으로 손을 거두었다. 다들 난처한 얼굴로 수경의 표정을 살폈다. 그런 그들의 눈길에서 거리감이 피어올랐다. 더 이상 그곳에 있을 수 없었다. 팀장은 수경의 사직서를 받아들고서 아무런 질문도 하지 않았다. 고생했다는 말뿐이었다. 그는 수경이 자신을 잠재적 범죄자로 취급한 것에 기분이 매우 상해 있었다.

극복은 영화에서나 나온다. 현실에선 불가능하다. 극복이 아니라 참는 것이다. 이를 악물고 참는 것이다. 그 일에 매몰되어 생계를 내팽개칠 수 없으니까 잊은 척하는 것이다.

만일 내게 먹여 살려야 할 가족이 없었다면…….

여성 가장으로서 수경은 자신의 역할에 불만을 가진 적이 없지만, 성범죄를 두려워하는 여성 가장으로서 수경은 자신의 상태에 불만을 가졌다. 성별로 인한 리스크를 극복하지 못하는 자신을 탓했다. 가해자의 광기와 폭력성을 탓하기엔 너무나 이해가 안 되었기에 차라리 자신을 탓하는 게 더 쉬웠다.

검색창에 '수면제'를 입력하면 주르륵 쏟아지는 범죄 기사들을 수경은 하나하나 읽어보았다. 먹을 걸 건네는 선의에 담긴 끔찍한 악의는 도처에 있었다. 학원 선생이 준 사탕을 먹고 잠든 아이, 시음용 주스를 먹고 쓰러진 주민, 면접관이 준 비타민

음료를 마시고 잠든 구직자, 애인이 건넨 술을 받아 마시고 정신을 잃은 여성. 때로는 동영상이나 사진을 찍히기도 했다. 그런 경우 피해자의 고통은 짐작하기도 어려웠다.

이 모든 범죄의 매개는 선의를 가장했다는 것이다. 믿을 만한 사람이라고 생각되었다는 것이다. 수경은 세상이 이렇게 위험한 곳이라는 걸 사건을 겪기 전까진 몰랐다. 알았어도, 그건 몰랐던 것이나 다름없는 수준이었다.

다시 그때로 돌아간다면 그를 칼로 찔러 죽이자. 이런 분노를 안고 사느니 차라리 감옥에 가는 게 낫지.

하지만 그러면, 누가 우리 가족을 먹여 살리지?

수경은 시장을 빠져나와 골목으로 접어들었다. 오늘 안으로 수거함을 찾지 못할 것 같았다. 결국 핸드폰을 꺼내 위치를 검색해보았다. 그녀가 이미 지나쳤던 주민센터 인근에 설치되어 있었다. 보지 못하고 지나쳐버린 것이다.

수거함에 폐형광등을 버리고 손을 탁탁 털었다. 꺼내보면 족히 두 박스는 될 듯 싶은 폐형광등이 수거함에 가득 차 있었다. 이렇게 많은 사람들이 수명이 다한 형광등을 버리고, 새 형광등으로 방을 밝히고 있다니.

주기적으로 형광등을 교체하듯 인간의 삶도 어둑해지는 때에 빛을 밝혀줘야 하는 건지도 모른다. 삶은 빛의 발산지가 아니라 빛의 반사지인 것이다. 그리고 그 빛은, 빛은…… 무얼까.
아이가 없는 수경은 그녀의 친구들처럼 선뜻 아이를 떠올릴 수
없었다. 나의 빛은 무얼까. 나의 인생을 밝게 비춰줄 빛은.

그건 돈이지.

부모를 위한 병원비 마련과 조카들을 위한 학비 마련. 넓은
집과 균형 잡힌 식단. 중형차와 가족여행. 이런 것을 원하는가?
수경은 고개를 저었다. 그러면서도 그게 기만이라는 걸 알았다.
실은 이런 것을 원했어. 그리고 다시 원해. 그게 아니라면 왜 돈
을 벌겠어.

수경은 다짐했다. 딱 한 발만 내디뎌보자고.

*

여숙 씨는 멍한 얼굴로 변기 뚜껑 위에 앉아 있었다. 졸았는
지 두 눈에 잠기운이 있었다.

"왜 이렇게 늦게 왔니." 여숙 씨가 하품을 하며 말했다. 집 안
은 고요했다. 양천식 씨는 거실에서 작게 코를 골며 잠들었고,
우재는 한창 해외선물 거래를 하고 있을 것이다.

"엄마는 왜 여기 있어?"

"자꾸 소리가 들려서."

"무슨 소리? 우재가 내는 소리?"

여숙 씨는 그렇다는 대답 대신 희미하게 웃었다. 우재는 해외 장이 열리는 시간에 맞춰서 선물 거래를 했는데, 시차 때문에 주로 밤늦게 거래했고 손해를 볼 때마다 자기도 모르게 소리를 내질렀다.

"준후는?"

"안 들어왔어."

"지후는?"

"숙제하고 잔다. 누굴 닮았는지 애가 참 착해."

우재는 열 살 터울의 형과 단둘이 살며 형이 해주는 밥을 먹고 자랐다. 주재 말로는 우재가 어릴 때 참 착하고 반듯했다는데 지후가 우재를 닮은 건가. 둘 다 공격성이라곤 눈 씻고 찾으려 해도 찾을 수 없고, 매사에 낙관적이다.

여숙 씨가 거실로 나가려다가 수경을 돌아보더니 말했다. "오늘 우재가 많이 잃었나보더라. 어찌나 소리를 내지르는지……."

수경은 대꾸 없이 손을 씻고 나와 생각에 잠긴 얼굴로 식탁 의자에 앉았다. 거실 바닥에 이불을 깔고 잠든 양천식 씨가 보였다. 여숙 씨가 조용히 걸어와 수경의 옆자리에 앉았다.

모녀는 잠든 양천식 씨의 등을 바라보았다. 목소리를 낮추지 않아도 잠귀가 어두운 그는 절대로 깨어나는 법이 없었다. 그나마 다행이었다. 거실에서 자려면 여숙 씨처럼 귀가 예민해서는 안 된다. 지후와 준후는 자기들이 거실에서 자겠다고 말했지만 자라나는 청소년의 방을 빼앗으려는 어른은 없었다. 우재가 안방을 내주겠다고 해도 양천식 씨는 화를 내며 거절했다.

여숙 씨가 입을 열었다. "이젠 식당 일도 못해. 알아봤는데, 조선족 아줌마들이 다 차지했어. 일도 잘하고 돈도 적게 가져가니 상대가 안 되지."

"조선족이 아니라 재중 동포."

"식당에선 다 조선족이라고 불러."

수경은 잠자코 있었다. 그런 걸 지적해봤자 재중 동포 아주머니가 여숙 씨에게 일자리를 양보해주는 건 아니었다.

"언제 가봤는데?"

"지난주에 몇 군데 가봤어."

"그럼 앞으로 어쩌려고?"

"다시 청소 일 해야지, 뭐. 이 나이에 기술이 있어, 뭐가 있어."

수경은 대꾸할 말이 떠오르지 않았다. 그녀 역시 기술도 없고, 뭣도 없었다. 어쩌다 모녀가 나란히 이렇게 됐을까.

"보니까, 반찬 가게는 여전히 사람이 많더라. 이렇게 불황인데 다들 반찬을 사먹나." 여숙 씨는 주름진 손등과 손바닥을 들여다보며 말했다. 언뜻 보아도 거칠거칠해 보였다. 물이 이렇게 만들었다고 여숙 씨는 종종 말하곤 했다. 물이 얼마나 무서운지, 봐라. 내 손이 이렇게 다 망가졌다,라고.

수경은 여숙 씨의 손등을 물끄러미 바라보다가 말했다. "우리도 반찬가게나 해볼까."

모녀의 얼굴은 똑같이 흐려졌다. 둘 다 음식 솜씨가 그리 좋지 않았다.

"어렵지. 손맛이 타고난 사람들도 아니고……."

수경은 핸드폰을 집어들고 검색창에 '알바'를 입력해보았다. 그녀가 익히 알고 있는 다종다양한 일들이 주르륵 떠올랐다. 그중 배송 알바가 유독 눈에 띄었다.

"배송을 해볼까?"

"뭘 해?"

"택배기사처럼 물건 나르는 거 말이야."

"그걸 니가 어떻게 해."

"자기 차로 할 수도 있어. 하고 싶은 날만 하면 된대."

수경은 지난주 동네에서 보았던 광경을 떠올렸다. 오십대 초반의 아주머니가 박스를 한가득 실은 차를 몰고 이 구역으로 들어왔다. 물건을 내리기 전까진 그녀가 배송기사라는 걸 몰랐다. 왜 저렇게 물건을 많이 샀을까, 그 생각만 했다. 아주머니가 수경이 사는 빌라에 물건을 두고 나왔을 때에야 깨달았다. 아, 배달 온 거구나.

타인과 긴밀히 얽힐 일 없이 정확한 주소에 물건을 가져다주기만 하면 되는 일. 수경은 배송 일에 대해 거의 알지 못했지만 명확한 장점부터 떠올랐다. 옆자리 동료가 어떤 사람인지 고민하느라 전전긍긍하지 않아도 될 것이다. 회식 자리에 참석해 술잔을 앞에 두고 두려움에 잠기지 않아도 될 것이다.

생각에 잠겨 있던 여숙 씨가 마침내 입을 열었다. "같이 하자. 너 혼자 가지 말고, 같이 가."

수경은 대답하지 않다가 결국 알겠다고 답했다. 여숙 씨가 그녀를 혼자 보내줄 거라는 생각은 처음부터 하지 않았다. 여숙 씨가 일을 그만두고 수경의 곁에만 있으려는 이유를 누구보다 잘 알고 있으니까. 그러나 여숙 씨는 캥거루가 아니고, 수경이 새끼 주머니에 들어갈 수 있는 것도 아니었다. 결국 수경은 여숙 씨의 곁에서 떨어져 다시 혼자 걸어야 할 것이다. 돈을 벌러 나가야 할 것이다. 딸을 지켜주려는 엄마의 마음을 모르는 건 아니지만, 이 도시에선 쉽지 않다. 곧 여숙 씨 역시 수경의 곁을 떠나 돈을 벌러 나가야 할 것이다. 우리는 이렇게 각자 자기 몫의 노동을 해내야만 한다. 수경은 힘주어 말했다. "첫날만 같이 가."

"왜?"

"엄마도 해보면 알 거야. 위험한 일이 아니란 걸."

수경은 자신도 확신할 수 없으면서 그렇게 말했다.

"어머! 저거 배나무 과수원이다." 여숙 씨가 손뼉을 치면서 말했다. 수경은 배나무 과수원이 왜 특별한지 알 수 없어 잠자 코 운전만 했다.

"배꽃이 얼마나 예쁜지 아니?"

"아니. 몰라."

수경의 대답은 딱딱하게 들렸다. 그제야 수경은 여숙 씨보다 자기가 더 긴장하고 있다는 걸 깨달았다. 여숙 씨는 개의치 않고 도로변을 가리키며 들뜬 목소리로 말했다. "누에를 분양한대. 저기 써놨네. 누에를 키우면 돈을 많이 버나? 집에서도 키울 수 있나?"

"집에서 그걸 어떻게 키워."

수경은 예전에 읽었던 기사가 떠올랐다. 누에치기로 큰 수익을 올린 귀농인의 이야기였는데 배경 사진으로 쓰인 누에 사육장은 어마어마한 규모였다. 앞으론 곤충 단백질이 각광받는 시대가 올 것입니다. 대략 이런 헤드라인이었는데, 우재에게 말해 줬더니 곤충 식품사업을 추진 중인 기업의 주식을 사야 한다고 호들갑을 떨었다. 그때나 지금이나 우재의 머리는 그런 쪽으로만 굴러갔다. 그럼에도 수익률이 바닥인 건 신기한 일이었지만.

"다 왔어."

수경은 비보호 좌회전 구간에서 비포장 진입로를 향해 핸들을 틀었다. 흙먼지가 희뿌옇게 피어올랐다. 도로 끝에 샌드위치 패널로 지은 물류센터가 보였다. 박공 모양 지붕에 거대한 출입구가 양편에 있는 살풍경한 곳이었다.

"이렇게 생겼구나." 여숙 씨가 차창에 얼굴을 바짝 붙이고 말했다. "우리밖에 없나봐."

여숙 씨의 말대로 진입 중인 다른 차량은 없었다. 수경은 천천히 차를 몰아 센터 안으로 들어갔다. 격납고처럼 거대하고 서늘한 공간으로 쑤욱 흡수되는 기분이었다.

어디선가 형광조끼를 입은 직원이 달려와 안전봉을 흔들며 수경의 차량을 유도해주었다. 수경은 주차를 마친 뒤 주위를 두리번거렸다. 서너 대의 차량이 보였지만 전체적으로 한산한 풍경이었다. 예상과 달랐다.

"이제 어떻게 하면 되니?" 여숙 씨가 수경을 돌아보며 물었다.

"엄마는 여기 있어."

수경은 차에서 내렸다. 저 멀리 두 명의 남자가 나란히 앉아 있는 데스크가 보였다. 노트북을 펼쳐놓고 있는 걸 보니 관리자들 같았다.

"안녕하세요." 수경은 그들에게 가까이 다가가 긴장한 얼굴로 인사말을 건넸다. 한 명은 이십대로 보였고, 다른 한 명은 사십대 중반으로 보였다. 그들은 수경의 얼굴을 힐끗 쳐다보았다. 1, 2초쯤. 서로의 얼굴을 아는 건 전혀 중요하지 않다는 태도가 확연히 느껴졌다.

관리자는 신원과 차종, 앱으로 신청한 물건 개수 등을 확인한 뒤 수경이 맡아야 할 물건이 실려 있는 롤테이너 번호를 종이 쪽지에 적어서 건네주었다. 그 절차는 5분도 채 걸리지 않았다. 바코드를 찍고, 빠뜨린 물건이 없는지 확인한 뒤 출차를 허가받고 배송하러 가면 되었다. 일련의 과정은 단순해 보였다. 질문할 거리도 찾기 힘들었다. 관리자는 수경을 쳐다보지도 않았다. 사적 관심은 조금도 없는 눈빛과 태도였다. 수경은 벌써부터 이 일이 마음에 들었다.

종이쪽지를 들고 차로 돌아오니 조수석이 텅 비어 있었다. 주위를 두리번거리다가 다른 차량 옆에 서 있는 여숙 씨를 발견했다. 수경은 엄마,라고 크게 부르기가 어쩐지 민망해서 그곳으로 빠르게 걸어갔다.

"엄마, 여기서 뭐 해?"

여숙 씨는 무척이나 반가운 어투로 말했다. "우리처럼 오늘 처음 온 사람이 또 있어."

양손에 흰 장갑을 끼고 벌써부터 지친 얼굴을 하고 있는 아주머니의 차는 아우디였다. 수경은 동그래진 눈으로 아주머니의 차를 살폈다. 긁힌 자국 하나 없이 광이 흘렀다. 이런 외제차를 끌고 건당 천 원 미만의 물건을 배송하러 나오다니. 여숙 씨가 목소리를 줄이지도 않고 말했다. "심심해서 나왔대."

아주머니는 숨이 차는지 호흡을 고르며 바닥에 쌓아놓은 물건을 쳐다보았다. 그리 많아 보이지도 않았다. 그럼에도 아주머니의 머리는 벌써부터 흐트러졌고, 입꼬리엔 짜증이 들러붙어 있었다.

"딸이에요?" 아주머니는 그렇게 묻더니 대답 들을 생각은 없다는 듯 천천히 물건을 가지러 걸어갔다. 상자 한 개를 들어올리는 데 온몸의 에너지를 다 쓰고 있는 것처럼 보였다. 저렇게 느리면 오늘 안으로 출차를 못하지 싶었다.

수경은 여숙 씨를 내버려두고 롤테이너를 찾으러 갔다. 관리자가 적어준 번호가 붙어 있는 롤테이너엔 물건이 한가득 실려 있었다. 순간 겁이 덜컥 났다. 오늘 안으로 다 배달하지 못하면 어쩌나, 그런 사람이 혹시 있을까, 어쩌면 내가 최초로 그런 사람이 될지도 몰라, 이런 생각들이 연달아 떠올랐다.

다시 차로 돌아온 여숙 씨의 얼굴은 무척 밝았다. 수경은 바코드를 찍다가 허리를 펴고 물었다. "엄마는 여기 놀러왔어?"

"저 아줌마도 아는 사람이 한 명도 없대."

"놀러온 거 맞네."

여숙 씨에겐 일터에서 친한 동료를 만드는 일이 가장 시급한 일인지도 모르겠으나, 수경은 그럴 생각이 추호도 없었다. 일만 하고 싶었다. 가급적 남과 얽히지 않고.

수경은 허리를 굽혀 송장에 붙은 바코드를 배송 앱 카메라로 찍었다.

"그게 뭐니? 응? 뭐야?" 여숙 씨가 뒤늦게 깊은 관심을 보였다.

"이걸로 바코드를 찍으면 돼."

"내가 해볼까?" 여숙 씨가 손을 내밀었다. 수경은 고개를 저었다. "내가 할게."

"그럼 난 뭐 할까?"

"엄마는……" 수경은 주변을 둘러보았다 엄마는 뭘 해야 좋을까. 엄마에게 어떤 일을 시켜야 할까. 수경이 아무런 대답도 하지 못하자 여숙 씨는 힙색에서 고무장갑을 꺼내더니 양손에 끼며 말했다. "저것 좀 닦을까?"

수경은 여숙 씨가 가리킨 곳을 돌아보았다. 누군가 바닥에 커피를 엎지른 것 같았다. 그런데 그걸 왜 여숙 씨가 닦는단 말인가.

"저걸 엄마가 왜 닦아?"

"누가 밟을까봐 그러지……." 여숙 씨는 말끝을 흐리더니 고무장갑을 벗어서 힙색에 넣었다. 도대체 배송하러 오면서 고무장갑은 왜 챙겨온 걸까. 아마도 청소노동자로 살았던 오랜 세월이 만든 습관일 것이다. 어느 곳이든지 간에 고무장갑은 으레 필요할 것이라는 생각. 청소할 사람은 항상 있어야 한다는 확신. 그리고 그 자리가 바로 자신의 자리라는 명확한 예감. 가외분의 일을 하면 윗사람에게 잘 보일 수 있다는 구시대적 태도. 조직에 충성하고 있다는 걸 온몸으로 보여주려는 습관적 행동.

그러나 그 조직이라는 곳은 얼마나 예측불허한 곳인지. 게다가 이곳은 조직이라고 부를 수도 없었다. 내일이면 나와 아무런 관계가 없는 곳이 될 수 있다.

"차라리 이걸 엄마가 해."

수경은 여숙 씨에게 핸드폰을 건네주었다. 여숙 씨는 반색하며 핸드폰을 받아들었다. 이렇게 하면 되니? 가까이 찍어야 되니? 좀 멀리 할까? 여숙 씨는 바코드를 잘 찍지 못했다. 급기야 잘 보이지 않는다며 힙색에서 돋보기안경을 꺼내 썼다.

"엄마, 그게 안 보여?"

"응. 잘 안 보여." 여숙 씨는 순순히 답하더니 마침내 바코드 찍기에 처음으로 성공하곤 수경을 돌아보며 활짝 웃었다.

*

첫 번째 배송지는 물류센터에서 그리 멀지 않은 아파트 단지였다. 수경은 입구 차단기 앞에 서서 호출 버튼을 꾹 눌렀다.

— 예, 어떻게 오셨어요?

선뜻 대답이 나오지 않았다. 한 박자 늦게 택배입니다,라고 답했다. 곧바로 차단기가 올라갔다. 옆에서 숨죽이고 있던 여숙 씨가 그제야 웃으며 말했다. "우릴 택배라고 봐주네."

수경도 같은 생각이었지만 내색하진 않았다. 마음이 급했다.

맵을 확인한 뒤 203동 지상 주차장에 차를 세웠다. 배송해야 할 물건이 가장 많은 동이었다. 사이드브레이크를 올리자마자 여숙 씨가 차에서 먼저 내렸다.

"엄마, 내가 찾을게. 보이지도 않는다며."

여숙 씨는 그새 돋보기안경을 코에 걸치고 있었다.

203동에 배달해야 할 여섯 개의 물건 중 한 개가 보이지 않았다. 804호 강미영 씨가 주문한 물건이었다. 차 안을 한참 뒤진 끝에 조수석 아래에 미끄러져 들어가 있는 걸 겨우 찾아냈다. 그걸 찾느라 물건을 절반 가까이 들어내야 했다. 수경은 그제야 배달 동선을 짜서 순서대로 물건을 실어야 한다는 걸 깨달았다.

"엄마, 나 정말 멍청하다. 물건을 왜 그냥 실었지?"

"처음엔 원래 다 그래."

여숙 씨는 수경을 위로하더니 물건을 품에 안아들고 4호 라인으로 씩씩하게 걸어갔다.

척추관절병원 미화원으로 일하기 전, 여숙 씨는 순대공장과 코다리 정식을 파는 식당에서 일했고, 여름 한철 동안 해변에서 쓰레기 줍는 일도 했었다. 그때 여숙 씨는 양천식 씨와 이혼하겠다며 난리를 피웠고, 바닷가 친구 집에 얹혀살며 해수욕장 개장 시기에 쓰레기를 주웠다. 수경이 데리러 가지 않았더라면 정말로 이혼하고 바닷가 마을에 정착해서 살았을지도 모른다.

공용 현관 앞에 서서 인터폰을 꾹 누르는 여숙 씨의 뒷모습을 바라보며 수경은 생각했다. 그때 엄마가 이혼하게 내버려두었다면, 지금 엄마는 어떻게 살고 있을까.

*

송장엔 '부재 시 문 앞'이라고 인쇄되어 있었다. 그 의미는 부재 중이라는 것을 반드시 확인한 뒤 물건을 문 앞에 둬야 한다는 뜻이다. 배송기사로서 고객과 지켜야 할 약속인 것이다.

수경은 초인종을 누른 뒤 잠시 기다렸다. 그러나 문 너머에선 아무런 기척도 없었다. 현관문 앞에 회색 봉투를 내려놓고 배송 앱을 열어 사진을 찍었다. 수경이 사진을 찍는 동안 여숙 씨는 남의 집 현관문을 살피며 끊임없이 중얼거렸다. 아이고, 여긴 짐이 왜 이리 많냐. 이게 뭐냐. 죽었네. 죽은 화분이야. 자전거를 여기다 두면 사람이 어떻게 다니냐. 이 집은 왜 초인종을 통째로 뜯어냈냐. 어디서 개 오줌 냄새 나지 않냐.

쉬지 않고 말하는 여숙 씨와 달리 수경은 입을 꾹 다물고 있었다. 그러다가 마침내 물었다. "엄마, 재미있어?"

뾰족하게 들렸는지 여숙 씨는 대답 대신 멋쩍게 웃기만 했다.

엘리베이터를 기다리는 동안 센서등이 꺼졌다. 모녀는 어둠 속에 우두커니 서서 조용히 숨만 내쉬었다. 지치기 시작했다는 징조였다.

"수경아, 쟤들 물 먹는다."

수경은 여숙 씨가 가리키는 방향으로 고개를 돌렸다. 비둘기 두 마리가 물웅덩이 앞에 서서 수면을 쪼아대고 있었다.

"비둘기도 물 먹을 시간이 있는데 우리는 어째 그럴 시간도 없냐."

그 말에 수경은 장갑을 벗어 주머니에 넣었다. 세 번째 배송지에 막 도착한 참이었다. 지은 지 얼마 되지 않아 무척 깨끗하고, 대학 캠퍼스처럼 부지가 널찍한 아파트였다.

"여긴 공원 같다, 얘." 여숙 씨가 주변을 둘러보며 말했다. 수경 역시 그렇게 생각하던 차였다. 근방에서도 가장 비싼 단지일 것이다.

"이런 데는 얼마나 하니?" 여숙 씨가 손차양을 하고 아파트 꼭대기를 올려다보며 물었다. 수경은 대꾸 없이 도시락을 들고 놀이터 벤치로 걸어갔다. 얼마인지 알려주면 여숙 씨는 크게 놀라 뒤로 자빠질지도 모른다.

수경은 여숙 씨와 벤치에 나란히 앉아 점심을 먹었다. 꽈리고추멸치볶음, 가지찜, 계란말이, 무채나물, 김치. 여숙 씨가 일찍 일어나 싸놓은 도시락이었다. 수경은 당근과 쪽파를 썰어넣은 알록달록한 계란말이를 집어들었다. 가족들 모두가 좋아하는 반찬이었다.

"맛있니?"

수경은 고개를 끄덕였다.

"너 왜 그렇게 말이 없니?"

"힘들어서 그래."

수경은 그렇게 말한 뒤 곧바로 후회했다. 이 일을 해보자고 말한 사람은 그녀였으니까. 사실 여숙 씨는 이런 장소에 있을 필요가 없었다. 여숙 씨는 여숙 씨가 잘하는 일을 하는 게 낫다.

"할 수 있겠니?"

수경은 도시락을 내려놓았다. 목이 꽉 막히는 기분이었다.

"할 수 있지."

여숙 씨는 못미더운 표정으로 수경을 보았다.

"엄마도 봤잖아. 초인종 눌러도 거의 다 집에 없는 거. 사람들이랑 말 섞을 일도 없고, 그냥 물건만 배달해주면 돼. 진작 해볼 걸 그랬어."

"힘들진 않고?"

"괜찮아. 안 힘들어."

"아깐 힘들어서 말도 못하겠다며."

"엄마가 자꾸 말 시키니까 짜증나서 그런 거지." 수경은 마음에도 없는 소리를 했다. 이런 적이 한두 번이 아니었으므로 모녀는 수습하려는 노력 없이 침묵으로 행간을 만들었다. 그러고 나면 그건 그냥 지나간 일이었다. 서로에게 내뱉는 날선 말들과 짜증엔 큰 의미를 둘 필요가 없었다.

"더 먹어. 남기지 말고."

여숙 씨의 말에 수경은 다시 밥을 먹기 시작했다.

"지심이 알지?"

수경은 고개를 끄덕였다.

"지심이한테 오랜만에 연락이 왔어. 이혼 안 하고 잘 사냐고."

"아직도 거기 살아?"

"응. 지심이가 좀 아팠대."

"어디가?"

"어디긴……."

수경은 묻지 않았고, 여숙 씨도 말하지 않았다.

"한번 다녀오려고. 바다도 보고."

"그래. 다녀와." 수경은 그렇게 말한 뒤 도시락 뚜껑을 닫았다. 국물이 없으니 밥이 잘 넘어가지 않았다. 여숙 씨도 그랬는지 헛트림을 하더니 말했다. "내 나이가 벌써 환갑이 넘었어."

"나도 곧 마흔이야."

"어머, 언제 그렇게 많이 먹었니?" 여숙 씨가 진심으로 궁금하다는 듯이 물었다. 수경은 그 말에 웃고 말았다.

그래, 인상 쓰고 일한다고 돈을 더 받는 것도 아니고. 오늘의 비애는 곰곰이 생각해보면 딱히 오늘의 비애가 아니다. 과거의 비애가 선을 침범해 오늘의 비애로 넘어온 것으로 봐도 무방하다. 그러니 그 비애와 선을 그어야 한다.

도시락을 정리해 차에 가져다두고 다시 장갑을 꼈다. 별안간 여숙 씨가 외쳤다.

"어머, 얘, 나 반지가 없어!"

엘리베이터 안, 주차장 바닥, 벤치 아래, 화장실 변기 칸과 세면대……. 그 어디에도 반지는 없었다. 아무런 보석도 박혀 있지 않은 밋밋한 금반지였다. 여기저기 흠집이 생기고, 약간 찌그러지기도 한.

"반지 빼놓은 적 없어?"

여숙 씨는 고개를 저었다. 반지를 잃어버렸다는 걸 알자마자 여숙 씨의 얼굴은 텅 비어버렸다.

"잘 생각해봐. 반지 떨어지는 소리 못 들었는지." 수경은 여숙 씨의 장갑을 뒤집으며 말했다. 그 안에 반지가 얌전히 숨어 있을지도 모른다는 기대는 금세 깨졌다. 수경과 여숙 씨는 아파트 단지를 떠나지도 못하고 망연한 얼굴로 벤치에 앉아 있었다.

"내가 그걸 좀 죄었어야 하는데 이렇게 사달이 나네."

"반지가 컸어?"

"요새 살이 빠져서 약간 헐렁했어. 그냥 끼고 다녔지. 비누칠할 때만 조심하면 되니까."

수경은 한소리 하려다가 참았다. 18K 금반지였다. 결혼반지는 아니었다. 칠보를 입힌 결혼반지는 양천식 씨가 진즉에 전당포로 가져갔고, 되찾아오지 못했다. 예물시계도 마찬가지였다. 다이아까진 바라지도 않는다고, 전당포에 잡힌 칠보반지나 되찾아왔으면 좋겠다고 여숙 씨는 입버릇처럼 말했지만 결국 그 반지는 영원히 되찾지 못했다. 한참이 지나서 양천식 씨가 금반지를 사들고 왔다. 연말 술자리를 다녀와 불콰해진 얼굴로 여숙 씨의 손에 금반지를 끼워주었다. 볼품없었다. 수경의 눈으로 보기엔 그랬다. 루비나 진주 아니면 모조 다이아라도 박힌 걸 사오지 그랬느냐고 핀잔을 줬지만 양천식 씨는 들은 척도 안 했다. 여숙 씨의 입꼬리가 들썩거렸다. 자꾸 웃음이 나는지 손으로 입을 가렸다. 양천식 씨는 여숙 씨의 손에 반지를 끼워주고 그대로 드러누워 코를 골았다. 다음날 아침, 그는 보너스를 털어 마누라의 금반지를 사버린 자신에게 기함했지만, 술김에 저지른 행동치곤 사후효과가 상당히 좋았기에 잠자코 있었다. 여숙 씨는 그 뒤로 칠보반지의 '칠'자도 입 밖으로 꺼내지 않았다.

"잘 생각해봐, 엄마. 반지가 바닥에 떨어지면 소리가 나거든."

여숙 씨는 기억을 더듬어보는 듯했다.

"못 들었어. 아니지. 들은 것도 같고. 아니다. 그런 소리는 못 들었어."

수경은 한숨을 내쉬었고, 여숙 씨는 이러고 있을 수 없다며 벤치에서 일어났다.

　정문 경비실 앞에 도착한 여숙 씨는 망설임 없이 유리창을 두들겼다. 경비원이 밖으로 걸어나왔다.

"제가 금반지를 잃어버렸어요."

　경비원은 멍한 표정이었다. 입을 약간 벌리고, 아랫배를 내밀고 서서 여숙 씨와 수경을 번갈아 쳐다보았다.

"혹시 반지를 찾으면 저한테 좀 알려주세요."

　여숙 씨는 핸드폰을 꺼내들더니 경비원에게 연락처를 물었다.

"입주민이세요? 몇 동 몇 호세요?"

　수경은 반사적으로 여숙 씨와 자신의 행색을 점검했다.

"……저쪽 끝동에 살아요. 아저씨, 반지 찾으면 연락 좀 주시겠어요?"

"몇 동 몇 호인지 알려주시면 인터폰으로 연락하겠습니다."

　수경은 얼른 머리를 굴렸다.

"집에 사람이 거의 없어서 그래요. 귀찮으시겠지만 핸드폰으로 연락주세요."

　당당하게 말하는 수경을 보고 경비원은 의심을 조금쯤 거두었는지 번호는요,라고 물었고 수경은 얼른 메모지를 달라고 부탁했다. 그리고 메모지에 우재의 번호를 적었다. 언제나 전화를 받을 수 있는 사람이니까. 언제나 집에 있는 사람이기도 하고.

경비원은 수경이 건넨 쪽지를 보지도 않고 바지 주머니에 집어넣었다.

"그런데 어쩌다가 반지를 잃어버리셨어요?"

여숙 씨는 대답 없이 희미하게 웃었다. 습관처럼, 곤란한 일이 있을 때마다 늘 그런 표정을 지었으리라는 것을 수경은 알 수 있었다.

차를 출발시키며 수경은 말했다. "엄마, 너무 걱정하지 마. 여기 사람들은 부자라서 반지 주우면 돌려줄 거야."

"수경아, 니가 몰라서 그러는데 원래 부자들이 더해. 금인 거 알면 절대로 안 돌려줄 거야."

여숙 씨의 목소리가 워낙 단호해서 수경은 반박할 수 없었다.

금반지를 줍고도 돌려주는 사람의 마음 같은 것을 그녀가 어찌 알까. 그녀는 그런 사람이 아닌데. 여숙 씨도 그런 사람이 아니다. 양천식 씨도 우재도 준후도 그런 사람이 아니다. 지후만 그런 사람이지. 지후만 정직하게 반지를 돌려줄 것이다. 그러나 수경은 지후가 10년 뒤에도 반지를 돌려주는 사람이 되어 있을지 자신할 수 없었다. 뒤미처 든 생각은, 과연 반지를 돌려주는 사람이 그녀가 원하는 10년 뒤 지후의 모습인가 하는 것이었다.

"그래서 그냥 왔어?"

양천식 씨가 팔짱을 끼고 성난 표정을 하고서 여숙 씨를 노려보았다. 여숙 씨는 어깨를 움츠렸다.

"우리도 할 수 있는 거 다 했어." 늦은 저녁식사를 하며 수경은 항변했다. 여숙 씨는 입맛이 없다며 거실 바닥에 앉아 발가락만 꼼지락거렸다. 여숙 씨의 양말엔 구멍이 났다. 온종일 종종거리며 뛰어다녔으니 그럴 만도 했다. 수경은 여숙 씨의 양말에 난 커다란 구멍을 보며 밥을 떠먹었다.

"이 사람이 정신을 어디 놓고 다니길래 그걸 잃어버려, 그걸! 앞으로 일 나가지 마."

양천식 씨는 여숙 씨를 계속 혼냈다. 그러는 동안 양천식 씨의 얼굴은 조금씩 젊어졌다. 안 그래도 여숙 씨를 혼내고 싶어 죽겠는 참이었는데, 마침 그럴 일이 생겨 신이 난 것 같은 표정이었다. 속상한 마음이야 크겠지만 그것보다 여숙 씨의 실수를 지적하며 권위를 얻는 것에 더 집중하고 있는 듯 보였다. 수경은 밥을 대충 먹고 설거지를 마친 뒤 그때까지도 쉼 없이 여숙 씨를 나무라고 있는 양천식 씨에게 말했다. "아빠는 일자리 좀 알아봤어?"

정적이 흘렀다.

어색한 공기가 부녀 사이를 쓰윽 훑고 지나갔다.

수경은 아무런 대답이 없는 양천식 씨에게서 눈길을 거두고 반짇고리를 가지러 갔다. 여숙 씨의 양말을 단단히 꿰매주기 위해.

여숙

오경자는 차 리모컨을 꾹 누르며 여숙에게 거만한 고갯짓을 했다. "야, 타."

여숙은 조수석에 올라탔다. 오경자는 여숙의 옆얼굴에서 다 부진 기색을 읽었는지 이렇게 물었다. "여숙아, 너 남편이랑 드디어 이혼하려고?"

여숙은 눈을 동그랗게 뜨고 오경자를 돌아보며 말했다. "아니."

"근데 왜 갑자기 운전을 가르쳐달라고 해?"

"말했잖아. 일 때문에 그런다고."

"요양보호사 하려고?"

"아니. 그거 말고, 있어. 다른 일."

여숙은 배송 일을 하려고 한다는 말은 삼켰다.

오경자의 남편은 고등학교 교사로 재직하다가 퇴임했고, 오경자는 서울과 지방에 각각 한 채씩 집을 갖고 있었다. 오경자의 남편이 남해를 좋아해 부근에 아파트를 사두었는데 값이 떨어져 팔아도 남는 게 없다고 울상이었다. 오경자는 종종 여숙에게 전화를 걸어 그런 말을 늘어놓았다. 여숙이 큰딸 집에 얹혀사는 형편이라는 걸 알면서도 그랬다. 그 때문인지 오경자는 친구가 거의 없었다. 따지고 보면 오경자와 친구가 된 계기도 좀 이상했다. 오경자는 여숙이 미화원으로 일하던 병원에 입원한 나이롱 환자였다. 추석 명절이었고, 그런 시기마다 병상은 가짜 진단서를 원하는 며느리들로 가득 찼는데 유일하게 오경자만 며느리가 아닌 시어머니였다. 여숙이 물으니 오경자는 며느리들이 불편해 죽겠다고 쉽게 속내를 털어놓았다. 남한테 지는 게 죽기보다 싫은데, 아들이 사랑하는 여자를 이겨먹을 수는 없으니 병실에 누워 요양이나 하다가 돌아갈 계획이라고 했다.

오경자는 시동을 걸었고, 혼잣말을 중얼거리며 차를 출발시켰다.

"너 아직도 혼잣말하냐?"

오랜만에 만나도 여전한 오경자의 모습에 여숙은 별안간 마음이 풀어져버렸다. 오경자는 별 의미도 없는 말을 자주 물어왔고, 대답이 없으면 저 혼자 중얼거리곤 했다. "여숙아, 너는 외

롭지 않니? 삶이 허무하지도 않아?" 그때마다 여숙은 막걸리나
사다 마시라고 말한 뒤 전화를 끊었다.

여숙이 물었다. "보라는 어떻게 지내?"

보라는 오경자의 늦둥이 막내딸이다.

"걔가 요즘 클럽에 단단히 빠졌어. 클럽이 뭔지 알아?"

"나이트클럽 같은 데잖아. 나 그렇게 안 늙었어."

"알지. 우리 동갑이잖아."

정확히 말하면 오경자가 여숙보다 두 살 아래였지만 오경자
는 툭하면 맞먹으려고 들었다.

"보라가 거기서 밤새 춤 춰. 스트레스를 그걸로 다 푼대."

"아직 학생인데 스트레스 받을 일이 뭐 그렇게 많아?"

"요즘엔 대학 들어가면 그때부터가 더 스트레스야. 취업 때
문에."

"……알아, 나도."

"보라는 술 한 방울 안 마시고 밤새도록 춤만 춰. 대단하지 않
니?"

여숙은 대답을 망설였다. 여숙의 마음을 알아챘는지 오경자
가 덧붙여 말했다.

"위험하게 놀진 않는 거 같아. 에너지가 넘치는 애라서 주체
가 안 되나봐."

"그래. 그럴 수 있는 때지." 여숙은 오경자의 말에 동의해주

었다. 그러나 자신의 이십대를 떠올려보면 그런 에너지는 찾을 수 없었다. 여숙은 그 무렵 성동구 인쇄소에서 잔심부름을 하는 경리로 일했고, 외롭다는 생각이 머릿속을 떠나지 않았다.

"그래도 계속 그렇게 두진 마."

오경자는 아무런 대꾸도 하지 않았다. 전방을 주시하며 운전에만 집중했다. 듣지 못한 건 아닐 테고, 놔둘지 말지 고민하는 중인 것 같았다.

여숙은 사이드미러에 눈길을 주었다. 이걸 보고 차선을 변경해야 한다는 건 알고 있었지만 어떻게 했는지를 잊었다. 17년 전 여숙은 2종 보통운전면허를 취득했다. 수경이 운전을 배울 때 같이 배웠다. 기능시험은 네 번 만에 붙었고, 도로주행은 두 번 만에 붙었다. 그땐 성취감이 대단했다. 마흔다섯이었다. 노인이 된 박여숙을 상상할 수 없었던 나이.

"저기 잠깐 세울게."

오경자는 널찍한 주차장으로 차를 몰고 들어갔다. 평일 낮이라 그런지 공원은 대체로 한산했다. 오경자는 차가 한 대도 없는 구역에 정차한 뒤 기어를 P로 바꾸고 핸드브레이크를 올렸다. 그 단순한 동작이 여숙의 눈엔 괜히 멋져 보였다. 인정해야 했다. 지금부턴 오경자가 마음껏 잘난 척할 수 있는 시간이라는 것을.

"여숙아, 일단 여기서 천천히 도는 연습부터 할 거야. 차랑 친해져야 하거든. 그러다 보면 차를 내 마음대로 움직이기 위해 어떻게 해야 하는지 저절로 알게 될 거야."

여숙은 온순한 학생처럼 고개를 끄덕였다.

"여긴 넓어서 다른 차랑 부딪힐 일도 없으니까 천천히만 돌면 돼. 브레이크랑 액셀 위치는 알지?"

"알지." 그러나 여숙의 목소리는 자신감이 결여되어 있었다.

전날 밤, 여숙은 수경에게 차키를 받아와서 운전석에 앉아보았다. 고개를 숙여 운전석 아래쪽을 들여다보니 브레이크 페달과 액셀 페달이 나란히 있었고, 그녀의 기억대로 브레이크는 오른쪽이 아닌 왼쪽에 있었다. 그래, 이렇게 넓적한 게 브레이크였어. 액셀은 작고 가느스름했지. 여숙은 17년 전의 기억을 찬찬히 복기했다. 그러다가 이웃이 차를 빼달라고 거세게 항의하는 바람에 다급한 마음으로 베르나 운전석에 앉았던 그날이 떠올랐다. 브레이크와 액셀을 헷갈렸고, 담장을 들이박았다. 다행히 무너지진 않고 금만 갔지만, 양천식은 담장에 시멘트를 덧바르면서 여숙을 무지하게 구박했다. 운전면허를 어떻게 땄는지 모르겠다고, 당장 국가에 면허증을 반납하라고 윽박질렀다. 여숙은 말없이 시멘트 가루에 물만 부어주었다. 시멘트를 덧바른 부위는 조금씩 갈라지다가 어느 날부턴가는 그런 모양새가 자연스러워져버렸다. 아무도 담장에 금이 갔다고 항의하지 않았고, 베르나는 양천식만의 견고한 성역이 되어버렸다. 그 차를

팔기로 결정했을 땐 풀지 못한 숙제를 영원히 파묻는 기분이
들 정도였다.

"자리부터 바꾸자."

오경자가 안전벨트를 풀고 차에서 내렸다. 여숙은 얼결에 운
전석으로 걸어가며 어리둥절한 기분에 휩싸였다. 내가 지금 여
기서 뭘 하고 있는 거지. 그러나 운전석에 앉고 나선 그런 기분
이 점차 희미해졌다. 뭔가를 해내야만 하는 기분은 나쁘지 않
았다. 처음이었다. 아니지. 오래전엔 느꼈던 것도 같은데, 거의
매일 그랬던 것도 같은데 이젠 젊은이들 몫으로 떠넘겨버린 지
오래였다. 이렇게 살아선 안 된다고 여숙은 고개를 흔들며 생각
했다. 이대로 노인이 되어버리면 안 돼. 박여숙, 정신 차려. 아
직 안 늙었어. 안 늙었다고 주문을 걸자.

여숙은 안전벨트를 맸다. 그러곤 뭘 어떻게 해야 하는지 몰라
서 두 손으로 운전대를 붙잡고 가만히 앉아 있었다.

"여숙아, 의자 괜찮아?"

"뭐가 괜찮냐는 거야?"

오경자는 인내심을 갖고 찬찬히 설명해주었다. "브레이크 밟
아봐."

여숙은 그렇게 했다.

"어때? 먼 느낌 없어? 곧바로 잘 밟히는 느낌이야?"

"그런 거 같은데."

"그럼 됐어. 이제 사이드미러랑 룸미러를 조정해봐."

여숙은 오경자의 말대로 조정을 마쳤다. 오래전에 배웠던 지식이 샘솟고 있었다. 그래, 이런 말을 들은 기억이 있어.

"다 됐지? 이제 시동 걸어봐."

그 말에 여숙은 자기도 모르게 울상을 지으며 오경자를 쳐다보았다. 벌써? 그런 소리가 목구멍까지 기어나왔다가 다시 들어갔다. 운전을 하러 왔으면 운전을 해야지. 언제까지 의자 각도 조절하고, 사이드미러 조정하고 그럴 건데. 시동을 걸고 부드럽게 앞으로 나아가야지.

여숙은 결심을 마친 뒤 오경자가 알려준 방식으로 시동을 걸었다. 차체가 부르르 떨리며 엔진이 가동되었다. 손끝에 전해지는 느낌이 나쁘지 않아 여숙은 자기도 모르게 미소 지었다.

"이제 출발해보자. 핸드브레이크 내리고, 기어는 D로 바꾸고."

여숙은 핸드브레이크를 한 번에 내리지 못해 당황했지만 결국 내리긴 했고, 서툴게 기어를 바꾸었다. 기능시험 연습을 하면서 연습장을 다섯 번씩 왕복했던 기억이 떠올랐다. 가게 주변의 재건축이 시작되면서 분진이 날리고 흉물스러운 장막이 설치되던 때였다. 여숙은 속옷을 차에 실어 도로변에 나가 팔 생각이었다. 가게가 나갈 때까지 일단 그렇게라도 해볼 생각이었다. 그러나 마음만 먹고 실행하진 못했고, 그러는 동안 가게를 방문했던 손님들의 발길이 점차 뜸해지며 여숙의 가게는 망해

갔다.

"자, 출발해."

여숙은 브레이크에서 발을 뗀 뒤 천천히 굴러가기 시작하는 차를 경이로운 마음으로 지켜보았다.

"액셀 밟아봐. 괜찮으니까 겁먹지 말고."

여숙은 그렇게 했다. 차가 움직이기 시작하자 여숙의 마음속에 걸려 있던 복숭아 씨 같은 단단하고 고집스러운 뭔가가 톡 빠져나갔다.

"어때? 차랑 좀 친해진 기분이야?" 주차장을 한 바퀴 돌고 제자리로 돌아오자 오경자가 물었다. 여숙은 고개를 끄덕였다.

"그래. 그렇게 하는 거야. 일단 차를 좀 알아야 내 마음대로 움직일 수 있어."

"근데 경자야, 나 운전에 소질 있는 거 같지 않니?"

오경자는 깔깔거리며 웃었다. 그때, 여숙의 핸드폰이 진동했다.

─엄마, 지금 와줄 수 있어?

수경이 보낸 메시지였다.

*

수경은 차 문에 기대어 서 있다가 여숙을 보더니 웃으며 손을 흔들었다. 걱정하던 오경자의 얼굴이 조금 펴졌다.

"괜찮은가보네." 오경자가 여숙의 귓가에 얼른 속삭였다. 여숙은 고개를 끄덕였다. 그러나 괜찮은 건지, 괜찮은 척하는 건지는 좀 더 지켜봐야 알 것이다. 저 아이의 괜찮은 척하는 연기는 누구나 속아 넘어갈 만하지만, 여숙은 한 번도 속지 않았다.

"엄마, 놀랬지?" 수경이 그새 밝아진 얼굴로 물어왔다. 여숙은 아니,라고 크게 답했는데 톤이 높아서 어색하게 들렸다. 무척이나 걱정했던 마음이 그대로 드러나버렸다.

"갑자기 빈혈이 생겨서."

여숙은 그 말이 귀에 들어오지 않았다. 수경의 안색만 끊임없이 살폈다. 뭐가 널 두렵게 만들었니. 말해봐. 여숙은 속으로만 물었다.

"죄송해요, 아주머니. 같이 계신 줄 몰랐어요."

오경자는 괜찮다며 손을 내저었다. 그러곤 수경의 차 안에 가득 실린 택배 상자에 관심을 보였다. 이걸 하루 만에 다 배달할 수 있느냐고 호기심 어린 목소리로 물었다. 수경은 이것보다 훨씬 더 많이 배달해야 기름값을 빼고도 남는 돈이 있다고 자세히 설명해주었다.

오경자의 핸드폰이 진동했다. 통화를 마친 오경자는 보라가 와서 배송을 대신 해줄 테니, 차를 여기에 두고 가자고 말했다. 아파트 단지 밖으로 나가서 술이라도 마시자고.

"보라가 와요?"

"어. 여기서 나가자. 안 그래도 너한테 술 한잔 사주려고 했어."

오경자가 수경과 팔짱을 끼더니 정문 쪽으로 끌다시피 데리고 갔다. 여숙은 잠자코 그 뒤를 따랐다.

무엇이었을까. 저 아이의 두려움을 촉발한 것은.

여숙은 평화롭고 고요한 아파트 단지를 둘러보았다. 잘 정돈된 화단과 식별성 좋은 표지판, 적당한 높이의 과속 방지턱과 둥근 반사경. 모든 게 제자리에 있었고, 범죄의 의도 같은 것은 품을 일이 없는 평범한 사람들만 오갔다.

여숙은 한숨을 내쉬었다. 그놈도 이런 아파트에 살았다. 그놈 역시 범죄의 의도 같은 것은 전혀 보이지 않는 얼굴로 엘리베이터에 탔을 것이고, 이웃과 인사했을 것이고, 아들을 홀로 키우는 아버지로서 모두에게 좋은 이미지를 심어주었을 것이다. 사람들이 없는 곳에서 툭하면 여숙을 성희롱하던 실장도 그랬다. 믿음직한 아버지이자 남편이자 실장으로서 가족과 동료에겐 좋은 평가를 받던 사람이었다.

다들 어쩜 그렇게 위선적인지. 구역질이 나는지. 가족에게 부끄럽지도 않은지…….

오경자가 뒤돌아보며 손짓했다. 여숙은 걸음을 재촉했다. 그렇게 정문을 통과하려는 순간, 판촉용 부스를 세워놓고 음료를 나누어주는 남자를 발견했다. 여숙은 걸음을 멈추었다.

남자는 작은 종이컵에 음료를 따라 내밀며 지나가는 주민들을 붙잡고 있었다. 주민들은 더러 종이컵을 받아가기도 했다. 여숙은 설마 저걸까 의심하다가 그런 자신에게 흠칫 놀랐다. 판촉 시음행사는 그 사건과 아무런 연관이 없다. 피해망상 환자로 취급받더라도 할 말이 없을 것이다. 그러나 설마, 하는 의심은 수그러들지 않았다. 여숙은 수경이 부스를 쳐다보는지 유심히 살폈다. 수경은 그쪽으론 한 번도 눈길을 주지 않았다. 여숙은 다시 걸음을 옮기며 음료를 받아가는 젊은 엄마들의 얼굴을 힐끗 쳐다보았다. 마음 같아선 엄중한 눈길로 주시하며 고개를 젓고 싶었다. 손톱이 손바닥을 파고들었다.

"여숙아, 빨리 와."

여숙은 보속을 높였다. 그러면서 수경이 알고 있는 엄마의 모습으로 차츰 표정과 마음을 바꾸었다. 그 모습에 걸맞은 말도 하면서.

"애, 우리 부추전 먹자. 달큰한 양파 채 썰어 넣은 걸로. 날씨가 왜 이렇게 좋니. 참 좋다."

수경이 여숙을 물끄러미 쳐다보다가 그럼 그렇지, 하는 표정으로 고개를 살짝 흔드는 게 보였다.

오경자가 걸음을 멈춘 곳은 봉자네 신바람마차 앞이었다. 전을 부치는지 고소한 냄새가 문가에 감돌았다. 오경자는 여숙을 힐끗 돌아보더니 곧바로 가게 안으로 들어갔다. 점심 장사를 마친 가게는 실내등을 꺼놓아 어둑했다. 어둑한 가운데 창으로 햇빛이 절반쯤 들고 있어 제법 술 마시기 좋은 분위기였다. 앞치마를 두르고 전을 부치던 여주인이 눈을 동그랗게 뜨더니 물병을 챙겨서 다가왔다.

"점심 메뉴 한 가지뿐인데 괜찮겠어요? 오늘은 묵은지고등어조림인데."

"저희 밥 말고 술 먹을 거예요. 전 부치세요?"오경자가 활달하게 물었다.

"예. 부추전이요."

"그거 주세요. 막걸리도."

여주인은 고개를 끄덕인 뒤 주방으로 돌아갔다. 불판에 밀가루 반죽을 올리는 소리가 크게 들렸다. 수경은 탁자 한 구석에 있던 종이컵을 가져와 물을 따랐다. 실내에 고소한 부추전 냄새가 가득 찼다.

"저는 안 마실게요. 일하러 가야 해서."

수경의 얼굴은 그새 씩씩하고 다부진 표정으로 바뀌어 있었다.

오경자가 말했다. "보라가 온다고 했다니까."

"보라가 그걸 어떻게 해요."

"왜 못해? 걔 밤새 춤추러 다녀. 너보다 체력이 좋아."

여주인이 막걸리와 양은사발을 가져다주었다. 사발에 물기가 흥건해 오경자가 바닥에 탁탁 털었다.

"아줌마랑 술 마셔본 적 없지? 아줌마 되게 재미있는 사람이야."

오경자는 수경의 잔에 막걸리를 따랐다. 가만히 내려다보고만 있던 수경은 결국 잔을 들어 막걸리를 마셨다. 괜찮아졌다는 말을 믿었던 건 아니지만 그 모습을 보자 여숙은 가슴이 허전해졌다. 그래서 곧바로 막걸리 한 잔을 원샷했고, 오경자도 건배 없이 단숨에 잔을 비웠다. 잠시 후 부추전이 나왔다. 얇고 바삭한 부추전을 오경자가 먹기 좋게 갈라놓았다. 부추전은 금세 동났고, 오경자는 김치전을 추가로 주문했다.

여숙은 수경이 이런 자리에서 속내를 말할 거라고 생각하진 않았지만 이런 자리가 아니라면 언제 딸아이의 속마음을 들어볼 수 있을까 싶어 조바심이 났다. 집에선 매일 얼굴을 마주하는 엄마와 딸일 뿐이고, 밖에선 이런 자리를 만들 일이 없었다. 여숙은 딸과 술잔을 기울이는 엄마들을 볼 때마다 좋은 거 가르친다며 혀를 끌끌 찼던 자신이 얼마나 어리석었는지 뒤늦게 후회했다. 이젠 맞담배도 괜찮을 것 같았다.

막걸리 한 병이 금세 비워졌다. 오경자가 벌떡 일어나 막걸리를 더 가져왔다. 그러곤 능숙하게 통을 흔들어 수경의 잔을 채워주며 말했다. "수경아, 아줌마는 대학을 안 나왔어. 아니, 못 나온 거지. 가고 싶었는데 아무리 매달려도 아버지가 보내주질 않았어. 시집이나 가래. 우리 땐 그게 너무 당연한 거여서 나는 또 시집을 갔다? 그렇게 만난 사람이 지금 남편이야. 그때부터 교사였는데 은퇴한 지금도 집에서 나를 가르치려고 들어. 이젠 찾아오는 학생도 없어. 이 양반이 그래서 외로운가봐. 나한테 대뜸 그러더라고. 열심히 가르쳤는데 소용이 없다고. 그래서 내가 그랬지. 다들 사회 나가서 잘만 사는데 왜 그래? 그러니까 성질을 버럭 내면서, 잘만 사는지 남의 등쳐먹고 사는지 어떻게 알아? 이러는 거야. 왜 멀쩡한 제자들을 죄다 사기꾼으로 만드는 거냐고 했더니 한숨을 푹 내쉬면서 그러데. 사기를 칠 줄 알아야 잘 살지. 자네는 그걸 왜 모르나. 돌아보니 내가 너무 정직하게 살라고만 가르쳤어. 그래서 아무도 안 찾아오나봐. 그렇게 살고 있는 놈은 없을 테니까."

말을 마친 오경자는 여숙에게 물었다. "너도 그렇게 생각하니?"

여숙은 대답 대신 양파 장아찌를 집어먹었다. 뻔하다. 뻔한 걸 왜 묻는 거람.

오경자가 말했다. "가끔 그런 생각이 들어. 수경이도 보라도 참 똑똑하고 당차잖아? 우리랑 정말 달라." 오경자는 갑자기 얼굴을 일그러뜨리더니 냅킨을 뽑아 눈가를 찍으며 말했다. "우리는 하고 싶은 거 많이 참고 살았어. 하라는 대로 안 하면 이상한 애 취급하니까 하라는 대로 해야지, 뭐. 어떡해. 근데 보라가 나한테 그러더라. 엄마 시대에도 자기가 하고 싶은 거 당당하게 하고 살았던 여자들이 있다고. 공장 다니면서 야학으로 배우고, 방통대 가고, 일반 대학으로 편입해서 자기 꿈 이룬 사람도 있고, 유학 간 사람도 있다고. 예술가도 있고, 여성학 교수도 있고, 정치인도 있다고. 그러니까 다 엄마 선택 아니냐는 거야. 그래서 내가 그랬지. 야, 그래. 내 선택이다. 내가 모자라서 그랬다. 내가 모자라서 아버지가 대학 가지 말라니까 안 갔고, 결혼하라는 남자랑 결혼했고, 결혼해서도 애 키우고 살림만 했다. 그러니까 보라가 가만히 있는 거야. 그러더니 뭐라는 줄 알아? 엄마, 지금도 늦지 않았어. 아직 젊어."

여숙과 오경자는 마주 보고 웃었다. 젊다니…….

오경자가 말했다. "수경아, 절대로 기죽지 마. 겁먹지도 마. 너희는 우리랑 달라. 보라는 밤새 클럽에서 춤추고 다음날 아침에 커피 마시고 과제를 하더라니까. 말짱한 얼굴로 자기 할 일을 해. 나는 그걸 보고 깨달았어. 쟤는 나랑 다르다. 쟤는 뭐든지 할 수 있을 거다. 쟤는 내가 아는 '여자'가 아니다. 그러니까…… 여숙아, 그게 뭐지? 우리가 아는 '여자'를 뭐라고 불러야 하지?"

여숙은 두 눈을 가느스름하게 떴다. 오경자도 취했고 여숙도 취기가 올랐다. 수경만 말똥말똥했다. 여숙은 머리를 두 손으로 감싸며 생각에 잠겼다가 말했다.

"우리는…… 옛날 여자. 우리 딸들은 요즘 여자."

"야." 오경자가 코웃음을 쳤다.

"무슨 트로트 제목도 아니고 옛날 여자, 요즘 여자가 뭐니?"

*

여숙의 오른쪽엔 수경이, 왼쪽엔 오경자가 술이 덜 깬 얼굴로 앉아 있었다.

배송을 마친 보라가 공원으로 차를 몰고 오는 중이었다. 오경자의 차는 오경자가 철딱서니 없는 양반이라고 칭하는 남편이 지하철을 타고 와서 집으로 회수해갔다. 오경자에게 잔소리를 열 바가지 정도 퍼부었고, 오경자는 통화 도중 전화를 끊어버렸다. "쓸데없이 말이 많아!" 오경자는 성질을 내더니 일어나 술값을 계산했다. 수경이 아무리 말려도 소용없었다.

노을을 볼 때마다 서글픔을 느꼈던 여숙이지만 오늘은 그런 감정이 덜했다. 노을을 등지고 서 있는 수경과 오경자를 핸드폰 카메라로 찍었는데 묘하게 닮은 구석이 보였다. 이목구비는 어디 하나 닮은 데가 없는데도 나란히 서 있는 모습을 보니 모녀라고 해도 믿을 것 같았다. 비슷한 분위기를 풍겼다. 수경에게서 가난의 냄새가 나지 않는 거겠지. 여숙은 촬영한 사진을 가만히 들여다보다가 생각했다. 그건 여숙의 버릇이었다. 수경의 사진을 볼 때마다 가난한 집의 딸이라는 기색이 드러나는지 살폈고, 찾을 수 없으면 기뻐했다. 한번은 수경이 도대체 가난한 집의 딸이라는 기색은 어떻게 드러나는 거냐고 물은 적이 있었다. 요즘 누가 다 떨어진 옷을 입고 다닐 것이며, 못 먹어 뼈대가 도드라진 몰골로 돌아다니겠느냐고. 겉으로 봐선 절대로 알 수 없다고. 여숙은 그 말에 수긍할 수밖에 없었다.

보라의 얼굴이 여숙 앞에 불쑥 나타났다. 수경이 벌떡 일어나 보라에게서 핸드폰을 건네받았다. 배송 앱을 확인해보던 수경은 보라가 오배송 없이 완벽하게 해냈노라고 말했다. 보라는 빈틈없이 일을 처리했고, 그다지 힘들어 보이지도 않았다. 여숙은 감탄하며 보라를 바라보았다. 보라는 두려움을 모르고, 결락된 그 감정은 보라의 인생을 여숙의 인생과는 명백히 다른 것으로 만들 것이다.

여숙은 세 여자와 함께 주차장을 향해 걸어갔다. 도중에 보라와 오경자는 샛길로 빠졌다. 스케이트보드 파크가 있었다. 경사진 구조물이 군데군데 놓여 있고, 보드를 타고 올라가거나 내려가는 중인 젊은이들이 많았다. 여숙은 수경과 벤치에 나란히 앉았다. 보라는 보드 타는 청년을 가까이서 구경했고, 오경자는 그런 보라 뒤에 서서 뭔가를 묻고 있었다.

"엄마, 오늘 미안해."

여숙은 아무런 대꾸도 하지 않았다. 뭐가 미안하니? 화내고 싶은 걸 참았다. 도대체 왜 그런 거니? 묻고 싶은 걸 참았다. 취기가 옅어졌고, 머리가 아팠고, 성질이 나빠졌다. 여숙은 자신의 상태를 잘 알았기에 입을 다물었다. 괜스레 머리만 매만졌다. 바람이 부니 또 숱 없는 정수리가 고스란히 드러나겠지. 가난이 드러나는 지점은 옷과 얼굴이 아니라 손등과 발꿈치, 정수리처럼 잘 드러나지 않는 곳이다. 여숙은 한숨을 내쉬었다.

"엄마, 어제 배달했던 단지에 다시 가봤는데 반지 아직 못 찾았대."

"경비실에 갔어?"

"관리사무실. 내가 누군지도 다 말했어. 배송 왔다가 잃어버렸다고 했어."

"뭐 하러 말해?"

"뭐 하러 숨겨."

여숙은 딱히 대꾸할 말이 없었다. 그 순간, 스케이트보드를 타고 비상하는 청년이 보였다. 가파른 구조물을 타고 올라 그대로 점프! 공중으로 치솟은 청년의 활짝 웃는 옆얼굴이 보였다. 저 청년은 마음만 먹으면 하루에도 몇 번씩 비상할 수 있겠구나. 여숙은 청년의 몸으로 눈길이 갔다. 건강하고 두려움 없는 몸. 활기와 온기가 넘치는 몸. 습진이나 관절통, 요통, 오십견은 모르는 몸. 여숙은 물끄러미 자신의 손을 내려다보았다. 검버섯핀 손등이 보였다. 오경자가 보기 싫다며 레이저로 없애자고 했는데 그 말을 들을걸 그랬다.

"수경아."

수경이 여숙을 돌아보았다.

"너는 잘하고 있어. 그러니까 괜찮을 거야."

수경은 고개를 숙였다. "돈, 벌어야지."

"그래, 벌어야지." 여숙은 고개를 주억거렸다.

보라가 보드 위로 올라서고 있었다. 보드 주인은 진지하고 염려되는 눈빛으로 보라를 지켜보았다. 마침내 보라가 발을 굴렸고, 오경자는 손뼉을 쳤다. 보라는 전진했다. 보드를 타고 제법 빠르게 앞으로 나아갔다. 그러나 얼마 못 가 균형을 잃었고, 엉덩방아를 찧으며 넘어졌다. 청년이 달려갔다. 보라보다 보드를 먼저 살피더니 환하게 웃는다. 보라는 엉덩이를 털며 가볍게 일어선다. 그리고 그때, 점프대에서 다시 도약한 청년. 공중으로 높게 치솟아 올라 여숙의 눈에 배경으로 머물렀다. 여숙은 자기도 모르게 감탄사를 내뱉었다. 세상에! 실로 오랜만에 느껴보는 감정이었다. 저렇게 높이 날아오를 수도 있구나…….

집으로 돌아오는 차 안에서 여숙은 도로변 가로등이 반짝 켜지는 순간을 목격했다.

그래, 늦지 않게 불을 켜줘야지. 너무 어두워지지 않게. 여숙은 그렇게 생각하며 서서히 쏟아지는 졸음을 물리치기 위해 두 눈을 크게 떴다.

보라

막걸리 집에서 보라는 수경으로부터 배송 앱을 다루는 방법을 배웠다. 어려운 건 없었다. 앱을 곧잘 다루어야 할 수 있는 일이기에 처음부터 용이성을 기초로 설계되었을 것이다. 플랫폼이란 게 다 그렇다. 보라는 교양과목 수업 시간에 플랫폼 노동을 주제로 조모임 발표를 한 적이 있었다. 점차 규모가 커지고 있는 새로운 직업 세계이지만 근로자로 명명되지 못하는 그들의 삶은 척박해 보였다. 보라가 그렇게 말하자 선배가 어깃장을 놓았다.

"직접 해본 적 있나?"

"없는데요."

"난 해봤는데, 할 만해."

"그럼 할 만하다고 발표할까요?"

선배는 입을 다물었다. 보라는 멈추지 않고 물었다. "선배는 동생한테 이런 일을 직업으로 권할 수 있어요?"

선배가 황당하다는 표정으로 말했다. "야, 내 동생은 약대 다녀."

보라는 말없이 문서창에 타이핑을 시작했다. 근로 조건, 근로 환경, 근로기준법상의 문제점 등등.

수경은 배송 앱이 깔려 있는 자신의 핸드폰을 건네며 보라의 눈을 마주 보았다. 보라가 먼저 눈길을 피했다. 아직은 수경의 얼굴을 똑바로 보지 못했다. 아무런 도움도 되지 못했다는 죄책 감보다 연민이 조금 더 컸다. 언니가 불쌍한 마음. 그리고 그런 마음이 드는 자신을 혐오하는 마음.

언니는 잘 극복해냈다. 이젠 인정할 수밖에 없다. 도통 집 밖으로 안 나간다고 들었을 땐 그래 그럴 수 있어, 아마 올해는 계속 그러고 싶을 거야, 그렇게 쉽게 수긍했다. 심심한 이목구비에 약간 긴 얼굴형을 가진 수경을 보라는 좋아했다. 좀처럼 누군가를 믿고 따르는 일이 없는 보라였지만 그런 천성을 잊어버릴 정도로 마음이 쉽게 열렸다. 보라가 갖고 있는 물건, 늘 단발 길이로 자르는 머리, 손톱에 붙인 해골 모양의 스티커까지 수경은 다 알아봐주었다. 어디서 샀어? 그게 좋니? 왜 좋아? 그러면 보라는 어디서 샀는지, 좋은지 싫은지, 왜 좋은지 대답하는 대신 그냥 다른 얘길 했다. 관심을 보여주는 수경이 좋았지만 그만큼 쑥스럽기도 했다.

보라는 남자에게 그다지 끌리지 않았다. 그렇다고 여자에게 끌리는가 하면, 그것도 확신이 서지 않았다. 여자가 남자보다 편안하고 무해하긴 하다. 그러나 그런 감정이 사랑으로 연결될 수 있을지 그건 미지수였다. 물음표를 끌어안고 있는 사람. 아마도 그렇게 분류되겠지만 보라는 자신을 알았다. 그렇게 분류되는 순간 다른 곳으로 도망치고 말 거라는 걸. 그게 자신이라고, 구제불능이라고 생각하기에 앞서 그런 자신을 사랑해버렸다. 정체성을 찾기 위한 괴로운 여정 같은 건 없었다. 괴롭긴, 재미있기만 하지. 늘 그렇게 생각하려고 노력했다. 21세기를 코앞에 두고 태어났음에도 주어진 선택지 안에서만 고르는 건 따분한 일이잖아.

수경의 체형은 보라와 비슷했다. 다리 길이도, 팔 길이도, 앉은키도. 그래서 보라는 수경이 운전하던 자리에 앉고 나서 사이드미러며 룸미러 따위를 조정할 필요가 거의 없었다.

내가 언니만큼 자랐구나.

수경의 핸드폰을 거치대에 장착한 뒤 배송 앱을 켜서 맵을 축소하고 확대하며 동선을 짰다. 수경이 알려준 방식이 정답이라는 데 이견은 없었다. 물건을 분류해 핸드카트에 싣고, 엘리베이터에 오르고, 앱 카메라로 사진을 찍고, 다른 동으로 달려가는 일련의 과정은 명확했다. 목표만 떠올리며 몸을 움직이다 보니 저절로 잡념이 사라졌다. 그러나 그런 이유로 수경이 이 일을 선택했다고 보긴 힘들었다.

아마도 닫힌 문 때문이겠지.

초인종을 눌러도 얼굴 보기가 힘들고, 물건을 받자마자 문을 닫고 사라지는 사람들. 정해진 배달 구역이 있는 것도 아니기에 이곳엔 연결성이 없다.

맵에 표시된 배송지에 차례로 들러서 물건을 배송하고 나니 어느덧 오후가 다 지나 있었다. 보라는 텅 빈 뒷좌석을 확인한 뒤 수경이 알려준 대로 메신저를 열어 배송 업체가 만든 단톡방에 배송 완료를 알렸다. 그러다가 무심결에 다른 톡을 보고 말았다. 수경에게 안부를 묻는 말들이었다.

─잘 지내? 밥 한번 먹자.

─어떻게 지내니. 술 한잔 살게.

─바쁜가보구나.

수경은 그런 말들에 아무런 답장도 하지 않았다. 수경이 답장한 사람은 가족들밖에 없었다. 남편과 부모님, 조카들. 그리고 은지.

은지가 누구지?

보라는 수경과 은지의 톡을 읽었다. 수경을 스스럼없이 아줌마라고 부르는 이 아이는 누굴까. 사진을 보니 여중생 같았다.

십대 여학생들이 선호할 만한 눈 화장을 하고, 앞머리를 동그랗게 말고, 턱이 날렵하게 나오는 각도로 셀피를 찍어 올렸다. 일주일에 두세 번씩, 꽤 잦은 연락 횟수였다. 집에도 자주 놀러오는 모양인데, 도대체 이 아이는 누굴까. 그러다가 보라는 흠칫 놀랐다. 이렇게 몰래 엿보라고 내준 핸드폰이 아닐 텐데.

핸드폰을 내려놓고 시동을 걸었다. 가슴이 두근거렸다. 수경의 사생활을 훔쳐봤다는 죄책감은 아니었다. 의외로 설렘에 가까운 감정이었다. 수경과 은지가 나눈 친근한 대화 속엔 보라가 기억하는 과거 수경의 모습이 담겨 있었다. 보라에게 따뜻한 관심과 온기를 나눠주었던 수경의 모습이. 보라는 수경과 톡으로 대화를 나눈 지 꽤 오래되었다는 걸 깨달았다.

보라는 한 번도 수경의 모서리를 본 적이 없었다. 날카롭게 찌르고, 베고, 상처를 주는 모습은. 돈을 모아야 해, 그런 말을 입버릇처럼 한다는 건 알아도 상대를 걱정해서 그런 것일 뿐 돈 생각만 해서 그런 건 아닐 거라고 생각했다. 그러나 오경자 씨가 보라에게 말하길, "수경이가 밖으로 나온 이유가 뭔지 아니? 돈이야, 돈. 조카가 그놈을 두들겨 패서 합의금 물어주느라 적금을 다 깼대." 보라는 생각 끝에 답했다. "언니가 그랬다면, 아마도 돈이 언니를 힘들게 해서겠지."

그때 보라는 오경자 씨와 마주 앉아 홍차를 마시고 있었고, 문득 그녀의 집에 놀러왔던 친구가 모녀의 티타임을 보며 기함

했던 기억이 떠올랐다. "너 엄마랑 진짜 친하구나." 보라는 고개를 젓지도 끄덕이지도 않았다. 한 달에 두어 번 갖는 티타임은 그럴 수 있는 여유가 있기 때문에 가능한 것이다. 시간적으로, 심적으로, 물질적으로. 그들은 이렇게 풍족하지만, 언니는 그렇지 못하다.

보라는 주차장에 차를 세웠다. 수경에게 좀 더 가까이 다가가야 한다. 수경이 다른 방향으로 영원히 멀어져버리기 전에. 그러나 뒤미처 든 생각은…… 그 방향이 언니를 살린다면, 그곳으로 보내줘야 하지 않을까.

*

보라는 1층 공용현관 앞에 서서 초인종을 눌렀다. 대신 배송일을 해준 것에 대한 보답으로 수경은 보라를 점심 식사에 초대했다. 저녁엔 가족들이 많아서 불편할지도 모른다고 말했기에 보라는 선뜻 점심때 가겠노라고 답장했다.

빈손으로 가기 머쓱해서 인근 디저트 맛집을 검색해 마카롱 세트를 구매했다. 종류가 워낙 다양해 고르는 데 애를 먹었다. 보라는 디저트를 좋아하지 않지만 수경은 디저트를 즐긴다는 걸 알고 있었다. 그러나 그것도 결혼 전인데 지금도 그럴까. 보라는 계단을 오르며 생각했다. 이젠 나이도 있고, 단 건 안 좋아

68

할지도 몰라. 보라는 수경을 나이도 있고,라고 단정한 자신에게 놀랐다.

처음 수경을 만났던 순간이 떠올랐다. 수경은 책을 읽고 있는 보라를 유심히 쳐다보더니 무슨 책이냐고 물었고, 보라는 일부러 심드렁한 표정을 지으며 표지를 보여주었다. 헤르만 헤세의 《싯다르타》. 재미있는 소녀구나. 그렇게 생각하는 눈치였다. 보라는 그때부터 어른인 척하느라 온종일 목에 힘을 주고 다녔다. 지금 생각해보면 왜 그랬는지 모르겠다. 작가가 되겠다고 다짐했지만 누군가 장래희망을 물어오면 망설임 없이 변호사라고 답했다. 한 번도 말싸움에서 진 적이 없었고, 어른들이나 친구들 모두 너는 변호사가 딱이겠다고 말했다. 어쩐지 질린다는 표정으로. 보라는 한 번도 부정한 적이 없었다. 사실 내 꿈은 작가이고,《싯다르타》나 셜록 홈스 시리즈 같은 책을 쓸 거야. 가까운 친구에게조차 진심을 내보인 적이 없었다. 그땐 싯다르타와 홈스 사이에서 아무런 차이점을 찾을 수 없었다. 뭔가를 간절하게 찾아다니는 건 똑같다고 생각했다.

수경은 웃는 얼굴로 현관문을 열어주었다. 보라가 마카롱이 든 종이백을 내밀자마자 소파에서 누군가 불쑥 일어났다.

"은지야. 준후 여친." 수경이 말했다.

"아." 보라는 짧게 답한 뒤 은지를 빤히 쳐다보았다. 일부러 작은 사이즈의 교복을 입은 건지 드러난 허벅지며 타이트한 셔츠가 눈에 거슬렸다. 까무잡잡한 보라와 달리 밀가루처럼 하얀 아이였다. 웃으니 눈이 반달이고, 눈을 깜빡일 때마다 풍성한 인조 속눈썹이 새의 날갯짓처럼 움직였다. 외모에 모든 시간을 쏟아붓는 날라리 여학생이군.

"그거 뭐예요?" 은지가 보라의 손에서 수경의 손으로 옮겨간 종이백에서 눈을 떼지 않으며 물었다.

"마카롱."

"초코도 있어요?"

"아니." 보라는 소파에 앉으며 답했다. 수경이 초코 마카롱을 좋아할 리가 없다고 생각했다. 얼그레이, 블루베리, 고구마, 흑임자 같은 어른스러운 취향만 골랐다. 실제로 그런 걸 좋아하는지도 모르면서. 전화를 걸어 물어볼까 하다가 너무 살가운 행동인 것 같아서 그만두었다.

오늘 보라가 수경에게 하려는 말은 수경이 듣기에 결코 달갑지 않은 말일 것이다. 달갑지 않은 정도가 아니라 어쩌면 고통스러울지도 모른다. 그러나 보라가 생각하기에 수경이 정말로 그 사건을 극복하려면 플랫폼 노동이 아니라 다른 일에 관심을 보여야 했다. 보라는 오늘 수경을 좀 흔들어볼 생각이었다. 이 대로 두면 짓밟힌 마음들이 또다시 방치되고 만다. 아무도 저항하지 않으면, 아무도 드러내지 않으면.

"점심 배달시켜줄게. 뭐 먹을래?"

보라는 눈썹을 치켜세웠다. "배달 음식 지겨운데."

"난 배달 음식 좋아. 우리 피자 먹어요, 아줌마."

은지는 심상한 표정과 무람없는 자세로 수경을 대했다.

"너 몇 살이니?"

"열다섯."

은지는 벌써 배달 앱을 열고 메뉴를 골랐다.

"언니는 무슨 피자 좋아해요?" 은지가 보라를 돌아보며 물었다. 천진한 표정이었다. 보라는 오늘 수경에게 얘기하려고 작심했던 문제를 꺼낼 수나 있을지 걱정되었다. 은지라는 아이의 뇌 구조는 인조 속눈썹, 틴트, 앞머리, 남친 같은 것으로 구성되어 있는 듯 보였다.

"아무거나 시켜." 보라는 깍지 낀 손을 머리 위로 올리고 허리를 곧게 폈다.

"와, 언니 진짜 날씬하다." 은지가 보라의 옆모습을 빤히 보며 말했다.

"너도 날씬해."

보라는 자신에게 날씬하다고 말하는 여자들에게 언제나 똑같이 대답해주었다. 너도 날씬해. 언니도 날씬해. 엄마도 날씬해. 날씬한 것에 목맬 필요 뭐가 있담. 그저 먹은 만큼 움직일 뿐이고, 과식하는 걸 선호하지 않고, 일주일에 사나흘은 클럽에서 춤을 춰야 숨통이 좀 트이는 것 같아서 그렇게 살다 보니 저절로 날씬해진 것인데, 거기에 어떤 지대한 노력이나 원대한 목표가 숨어 있는 것처럼 저렇게들 말한다.

"몸무게 몇이에요?"

본격적으로 파고들 모양인 것 같았다. 보라는 대꾸 없이 소파에서 일어나 거실을 서성였다. 그러나 워낙 좁아서 몇 걸음 걸으면 벽이고, 방향을 틀면 곧바로 방문이었다. 방문 앞에서 돌아서려는 순간, 문이 벌컥 열리며 누군가 나왔다.

"······아저씨."

보라는 수경을 언니라고 불렀지만, 우재는 오빠나 형부라고 부르지 않았다. 그런 단어는 너무 친근했다. 우재는 처음 봤을 때부터 보라의 타입이 아니었다. 보라의 타입일 필요는 없었지만 그래도 너무 아니었다.

"어, 처제 왔어?"

우재는 어눌함 섞인 다정함으로 인사를 건넸다. 다 늘어난 셔츠와 바지. 그래, 그건 집이니까 그런 거라고 해도, 평일 낮에 왜 방에서 나오는 건데.

보라는 다시 소파로 돌아가 앉았다. 우재는 머리를 긁적거리며 화장실로 들어갔다. 소변을 누는 소리가 고스란히 다 들렸다.

"피자는 별로야?"

수경이 물었고, 보라는 아무거나 상관없다고 답했다. 둘만 있을 줄 알았는데 예상과 다른 상황이어서 약간 어리둥절했다. 은지가 하와이안 피자를 골라서 결국 그걸 주문했다. 우재가 화장실에서 나오더니 발판에 발을 대충 문질러 닦고 머뭇거리며 서 있다가 식탁 의자에 걸터앉았다. 오랜만에 봤으니 그냥 들어가기가 좀 그런가본데, 그냥 들어가는 편이 나았다.

"처제는 요즘에도 클럽 다녀?"

우재가 쓸데없는 관심을 보이며 물었다. 보라가 대답하기 전에 은지가 보라의 팔뚝을 턱 붙잡더니 꺅 소리를 질렀다. "언니, 나도 클럽 데리고 가줘요!"

열다섯 살짜리를 클럽에 데리고 들어갈 수 있는 방법 같은 건 모른다. 그 전에 보라는 은지 같은 어린 여자애가 클럽에서 어떤 일을 당할 수 있는지가 먼저 떠올랐고, 연이어 그런 자신이 싫어졌다.

"나 말고 다른 사람한테 부탁해." 안 된다는 말은 어쩐지 하기 싫어서 그렇게 대꾸했는데 뜻밖의 말이 돌아왔다.

"남친이랑 가면 감시해서 불편하단 말이에요. 언니랑 가면 재미있을 거 같은데."

"나는 춤만 춰. 너랑 놀아줄 시간 없어."

은지는 입술을 비쭉 내밀었다.

우재가 수경에게 물었다. "피자는 언제 온대?"

"40분 정도 걸려." 수경은 그렇게 말하며 보라에게 마카롱을 내밀었다. 보라는 그걸 건네받아 포장을 벗긴 뒤 입안에 넣었다. 의외로 먹을 만했다. 다들 자기가 고른 마카롱을 먹느라 조용했다. 포장지가 바삭거리는 소리만 들렸다.

보라는 피자와 파인애플의 조합을 이해할 수 없었지만 내색 없이 하와이안 피자를 먹었다. 은지는 손가락을 쪽쪽 빨더니 핸드폰에 코를 박고 채팅에 몰두했고, 우재는 안 그래도 모자라는 피클을 빠른 속도로 거덜내고 있었으며, 수경은 피자 한 조각을 꾸역꾸역 먹은 뒤 자꾸 물만 마셨다.

보라는 수경의 눈치를 살폈다. 기분이 나빠 보이는 건 아니었지만 그렇다고 좋아 보이지도 않았다. 딴생각에 빠져 있는 것 같았다. 잔머리가 부스스하게 일어난 수경의 정수리를 바라보고 있는데, 우재가 입을 열었다. "처제는 연애 안 해?"

"네. 안 해요."

"일부러 안 하는 거야?"

"네."

"왜?"

"관심 없어서요." 보라는 불퉁하게 대꾸했지만, 우재는 눈치 없이 계속 말했다.

"아직 이상형을 만나지 못해서 그런가보다. 언젠가 만나게 될 거야. 이러다가 다음주에 형부, 저 애인 생겼어요, 이럴 수도 있다. 어찌 됐든지 간에 한 사람한테 안주하지 말고 많이 만나봐. 이런 말 아무도 안 해주지?"

우재는 자기가 대단히 개방적인 어른이라고 생각하는지 자부심이 넘치는 얼굴로 보라를 빤히 쳐다보았다. 보라는 한숨을 내쉬었다. 가만히 있으려고 했는데 안 되겠네.

"꼭 연애를 해야 돼요? 혼자서도 충분히 잘 사는데. 개나 고양이를 키울 생각도 없고, 반려식물도 싫어요. 저 혼자면 충분해요. 그게 편해요."

우재는 멍한 얼굴로 보라를 쳐다보더니 뒤늦게 놀란 표정을 지었다. 이런 사람 본 적 없나? 보라는 흐물거리는 파인애플을 떼어낸 뒤 피자를 집어들었다.

"외롭지 않겠어?"

수경이 물었고, 보라는 의외로 선뜻 대답하지 못했다. 망설였다. 수경의 질문엔 늘 쓸데없이 많은 생각을 하게 된다. 수경은 알까. 아마도 모를 것이다. 수경에 눈에 비친 한보라는 클럽 좋아하는 스물세 살의 당찬 여자애, 딱 그 정도겠지. 건강하고, 말싸움에서 지는 법 없는 여자애로.

보라는 작게 한숨을 내쉬었다. 키토 식단을 시작한 뒤로 탄수화물을 먹는 데 상당한 거부감이 생겼다. 그러나 탄수화물을 싫어하는 사람은 거의 없으므로 누군가와 함께 식사해야 할 때마다 고역이었다. 이곳으로 오면서 그런 생각을 떠올리진 않았는데, 기름진 피자 냄새, 눈앞의 우둔한 우재, 셀피를 찍고 채팅을 하고 저 혼자 웃고 난리인 여중생도 다 고역이었다.

"저 그만 가볼게요."

보라는 서둘러 자리에서 일어났다. 우재와 수경 모두 놀란 표정으로 올려다보았다.

"처제, 벌써 가는 거야? 너무한데?"

뭐가 너무하다는 건지 모르겠지만 우재는 정말로 상처받은 표정을 짓고 있었다. 입가의 양파 조각이나 닦아내고 그런 말을 했다면 마음이 약해졌을지도 모르지만 지금은 이 집에서 당장 나가고 싶었다. 서둘러 현관으로 걸어가 운동화를 꿰어 신었다.

"잠깐만 기다려."

수경이 방으로 후다닥 들어가더니 외투를 걸치고 나왔다.

"같이 가자."

보라는 멍한 얼굴로 수경을 쳐다보았다. 같이? 어딜? 수경이 보라의 등을 떠밀다시피 하며 현관 밖으로 밀어냈다. 문이 닫히기 직전, 은지가 외치는 소리가 들려왔다.

"다음에 클럽 같이 가요, 언니!"

*

수경은 말이 없었다. 보라는 수경이 화난 건지 아니면 할 말이 있어서 따라 나온 건지 궁금했지만 묻지 않고 나란히 걷기만 했다.

"이쪽으로 가면 한강이야."

수경이 가리키는 방향으로 함께 걸었다. 왁자한 시장을 지나고, 한적한 도로변을 걸었다. 캔들 공방 앞에 멈추어서 플라워 캔들 클래스 모집 공고를 보았고, 이런 걸 수강하는 사람은 마음도 평화롭지 않을까, 잠시 그런 얘기를 나눴다. 도중에 커피를 사자고 해서 아이스 아메리카노를 사들고 걸었다. 커피를 마셨더니 속이 좀 가라앉았다. 키토 식단의 부작용은 꽤 살벌했다. 손이 떨리고, 두통이 생기고, 몸살처럼 근육통이 생기기도 한다. 아무래도 때려치워야 할 것 같았다.

"언니, 혹시 일기 써?"

"아니. 너는?"

"가끔. 사람한테 실망했을 때만."

"나한테 실망했니?"

보라는 말문이 막혔지만 어색함을 무마하기 위해 소리내 웃었다. 그러곤 커피를 한 모금 마시다가 뒤늦게 플라스틱 빨대라는 사실을 깨닫고 놀랐다. 보라는 스타벅스만 갔고 거기선 늘 종이 빨대를 받았다. 당연히 그래야 하는 시대잖아.

"이거 플라스틱 빨대네."

"싼 데라서 그런가."

수경이 곧바로 대꾸하는 바람에 보라는 머쓱해졌다. 보라가

즐기는 스타벅스 커피의 가격은…… 그런데 사이즈로 하루에 두 잔은 기본으로 마셨다. 비싸다는 생각을 해본 적은 여태껏 한 번도 없다. 다른 카페는 잘 가지 않으니까. 그냥 스타벅스가 편안하고, 과제 하러 자주 가는 곳이기도 하니까. 그뿐이다. 다른 이유는 없다. 한국에 문을 연 초창기에 스타벅스가 80년대생 여자들의 사랑을 받으며 어떤 오명을 둘러쓰게 됐는지 들은 적이 있다. 어떻게 그럴 수가 있지.

"오늘 기분이 좀 그랬니?"

수경이 넌지시 물어왔고, 보라는 부정도 동의도 하지 않았다. 기분이 좀 그랬는데, 여중생과 우재를 보고 난 뒤에 그런 것이라서 사실대로 말하면 수경이 상처받을 것 같았다.

"언니한테 할 말이 있었거든." 보라는 결국 그렇게만 말했다.

굴다리를 벗어나니 밝은 햇빛이 쏟아졌다. 산책 나온 사람들이 빨랫줄에 널어놓은 빨랫감처럼 기분 좋게 두 팔을 흔들며 걷고 있었다. 다들 걸음이 가벼워 보였다. 수경은 한강이 한눈에 보이는 널찍한 나무 계단을 가리켰다. 보라는 수경과 그곳에 나란히 앉아 강물을 바라보았다.

윤슬 혹은 물비늘. 햇빛을 받아 반짝이는 물결을 그렇게 부른다고 들었다. 수경에게 말해주니 윤슬, 윤슬, 하고 몇 번이나 중얼거렸다.

"예쁜 이름이네. 나중에 딸 낳으면 그 이름으로 해도 되겠다."

보라는 깜짝 놀랐다.

"언니 딩크 아니었어?"

"맞아. 근데 언젠가 낳고 싶을 수도 있잖아."

그런 마음이면 딩크라고 할 수가 없지 않나? 그러나 수경에게 그렇게 말하진 않았는데, 보라는 자신의 상태 역시 퀘스처너인지 아닌지 명확히 알 수 없다고 생각했고, 사실 한 사람의 정체성은 분절되는 건지도 모른다는 생각도 들었다. 여러 시기에 걸쳐 구간이 나뉘는 거지. 나는 현재 퀘스처너 근처를 오가는 것일 수 있고. 어떤 성을 사랑하는지 확정 짓길 거부하는 상태. 보라는 그걸 자신의 일시적 정체성으로 삼아도 될까 잠시 고민하다가 언니에겐 조금 솔직해져보기로 했다.

"언니 나, 실은 남자를 만날 때마다 계속 같은 생각만 들어."

수경은 말을 재촉하지 않았다. 물비늘만 계속 바라봤다.

"무슨 생각이냐면…… 내가 만난 남자가 이상한 사람일지도 모른다는 생각. 친구나 아는 사람을 통해 알게 된 남자라면 좀 덜한데, 그런 게 아니라면 좀 불안해. 그래도 믿으려고 노력하는 수밖에 없는데 완전히 믿기는 힘들어."

"왜?"

"그 남자가 나한테 무슨 짓을 할지 모르잖아. 헤어지고 나서 집요하게 스토킹할 수도 있고, 사귀는 도중에 때리거나 목을 조를 수도 있어. 그런 생각을 하면 그냥 연애를 안 하는 게 낫겠다

싶어.”

“그래서 연애를 안 하는 거라면 그건 문제가 있다.”

수경은 더 이상 아무런 말이 없었다. 대화가 길게 이어질 줄 알았던 보라는 당황했다. 이대로 마무리되면 이 주제에 관해선 두 번 다시 말을 꺼내기 힘들 것 같았다. 이렇게 오해된 채로 남겨두고 싶지 않은 문제인데. 보라는 수경이 오해했을 거라고 확신했다. 수경이 겪은 일 때문에 연애를 못하게 된 거라고. 그게 아닌데.

“언니, 난 다른 사람들이랑 좀 달라.”

“맞아. 너 그래.”

수경은 순순히 동의했다.

“그래서 그런지 몰라도, 남자를 믿기 힘들면 차라리 여자를 만나볼까 생각 중이야.”

수경은 아무런 대꾸가 없었다. 그렇다고 표정이 바뀌지도 않았다. 한동안 무언가를 골똘히 생각하던 수경은 마침내 보라를 돌아보며 말했다.

“그 말 진심이니?”

보라는 선뜻 대답하지 못했다. 그 질문엔 날카로운 것이 숨겨져 있었다. 수경에게서 한 번도 보지 못했던 모서리가 선명하게 드러났다.

“보라야, 그런 감정은 선택할 수 있는 게 아니야. 자연스럽게 느끼는 거지."

"물론 그런 감정을 선택할 수는 없겠지." 보라는 한발 물러서
서 그렇게 대꾸했지만, 거짓이었다. 선택하려고 한 거잖아.

"언니, 내가 하고 싶은 말은, 여자를 사랑하는 게 더 안전한
사회라는 게 어이없다는 거야."

"그 말 이상해."

수경이 또다시 뾰족한 가시를 드러냈다. 보라는 더 이상 잠자
코 있지 않았다.

"나만 이상한 게 아니라 언니도 이상해. 내가 이상한 남자를
만날 수도 있는데 아무렇지도 않아?"

"다 이상하진 않아. 넌 지나치게 겁먹은 거야."

"겁먹었다고? 내가? 그건 언니지. 왜 갑자기 배송을 하겠다
는 건데?"

"……난 하루라도 빨리 돈을 벌고 싶을 뿐이야. 굶어죽을 수
는 없잖아."

"언니가 왜 굶어죽어? 결혼도 했잖아."

"정말 모르는 소리 한다. 결혼 생활은 그렇게 단순한 게 아니
야."

"언니가 지금 중요한 걸 놓치고 있다는 생각은 안 해?"

"뭘 놓치고 있다는 거야?"

"그 사람, 겨우 벌금형 선고받았다며."

수경의 표정이 굳어졌다. 순식간에.

"이대로 그냥 지나갈 거냐고."

수경은 보라에게서 눈길을 돌렸다. 옆얼굴에서 당혹스러움이 고스란히 읽혔다.

보라는 수경의 집에서 본 우재와 오경자 씨로부터 들은 말을 바탕으로 이 가족의 문제점이 뭔지 파악을 마친 상태였다. 이들은 그 일을 그냥 덮고 지나가려고 한다. 모두가 아무 일도 없었던 것처럼 연기하고 있다. 보라 같은 외부인이 등장해 그 일에 대해 언급하지 않으면, 정말로 없었던 일처럼 잊고 살아갈 것이다. 그러나 그 일에 대해 절대로 말하지 않는다는 건, 그 일을 항상 인식하고 있다는 것과 같다.

보라는 마음속에 소용돌이치는 생각을 입 밖으로 꺼내지 못했다. 어떻게 말하더라도 수경이 상처받을 게 분명했다. 보라는 수경이 어디에 살든, 무얼 하고 살든지 간에 늘 웃고 살았으면 싶었다. 그게 전부였다. 더 이상은 바라지 않았다. 그런데 수경은 전혀 웃지 않았다.

그런 일을 겪은 사람에게 행복하라고 말하는 게 무슨 의미가 있지. 무슨 소용이 있지……. 보라는 천천히 입을 열었다.

"언니, 우리가 노력하면 세상을 바꿀 수 있어."

수경은 그게 무슨 소리냐는 듯이 보라를 빤히 쳐다보았다.

"더 나은 세상이 되게 노력해볼 수 있다고. 난 그렇게 살 거야. 나처럼 생각하는 사람들이 많아."

"……어디에?"

트위터에. 보라는 그렇게 말하려다가 삼켰다. 어쩐지 수경이 이해해줄 것 같지 않았다. 수경은 한참 후에 입을 열었다.

"보라야, 나는 사느라 바쁘고, 그 일은 다 잊었어. 그러니까 앞으로 그 얘긴 꺼내지 마."

보라는 그 순간 수경에게 한없이 실망했다. 이렇게 멀리 가버리는 게 가능한 사람이었구나. 그런 사람을 걱정하고 자주 떠올렸던 시간이 아까웠다. 언니는 내 생각을 몇 번이나 했을까. 오늘의 대화가 나에게 얼마나 중요한지 알기나 할까. 저런 말이 상처가 된다는 걸 정말 모를까. 보라는 수경이라는 존재를 아주 작게 축소시켜버리겠다고 결심했다.

"나 때문에 니가 부정적으로 바뀌는 게 싫어."

"언니, 지금도 얼마나 많은 범죄가 일어나고 있는지 몰라?"

"알아. 근데 너한텐 그런 일 없을 거야. 넌 너의 인생을 살아. 내 인생에 너까지 발목 잡힌 기분이라 이상해. 나의 극복이 너의 극복이 될 필요는 없어. 넌 다른 종류의 극복을 할 거야. 나랑 다른 사람으로 성장할 거고."

"난 이미 다 성장했어. 그리고 언니, 이 얘긴 한 번만 할게. 언니가 겪은 일은 누구나 겪을 수 있는 범죄야. 난 절대로 그런 일이 쉽게 벌어지는 사회가 되게 내버려두지 않을 거야."

보라는 벌떡 일어났다. 얼굴이 붉게 달아올랐다. 뜻밖에도 수경은 고요한 표정이었다.

보라는 햇빛 아래 서서 어두운 굴다리를 바라보았다. 고개를 약간 숙인 채로 터벅터벅 걷고 있는 수경이 아주 먼 곳으로 떠나는 사람처럼 보였다. 슬그머니 다가가 팔짱을 끼며 웃고 싶었다. 어릴 때처럼. 그러나 이젠 더 이상 어리지 않고, 재수 없는 어른이 되어버렸다. 수경도 그렇게 생각할까. 쟤, 재수 없다고. 한 번도 돈을 벌어보지 않았고, 그럴 필요도 없으니까 저러는 거라고. 아직 어려서, 고작 스물셋이라서 인생을 몰라서 그런 거라고. 보라는 수경이 그렇게 생각하더라도 이것 하나만은 알아주길 바랐다.

이 투쟁은 언니, 너를 위해 하는 거야.

수경이 굴다리를 통과해 뒤를 돌아보았다. 햇빛 아래 서서 보라를 바라보는 수경의 얼굴은 무심했다. 이제 보라가 어두운 영역으로 걸음을 내디딜 차례였다.

2장

우재

오전에 일어나 책상 앞에 앉는 건 회사원과 똑같다. 우재는 그렇게 생각했다. 이 일도 제법 성실함을 요한다고. 그러나 회사원과 같은 점은 그뿐이다. 월급도 없고, 초과근무수당도 없으며, 함께 일할 동료도, 수주를 받을 거래처도 없다. 우재는 자신을 어떻게 정의내려야 할지 몰랐다.

전업투자자. 누군가 그런 말을 하길래 우재 역시 자신을 그렇게 정의해본 적도 있었다. 전업투자자라고 말하면 꽤 그럴듯해 보일 것 같았다. 문제는 골치 아픈 질문이 따라붙는다는 것이지. "그래서 수익률은 몇 프로인데?" 그런 질문을 받을 때마다 우재는 눈동자를 굴렸다. 전업으로 투자하는 것은 맞는데 도무지 수익을 내지 못하니, 나는 지금 무얼 하고 있는 걸까.

수경은 대체적으로 온화한 성품이었지만 돈에 관해선 엄격했고, 자신을 채찍질하는 타입이면서도 타인에겐 너그러운 편이었다. 이렇듯 상반되는 성격을 가진 아내 덕분에 우재는 4년 동안이나 전업투자자로 살아갈 수 있었다. 그러는 동안 수경이 생계를 책임졌고, 책임감이 강해서인지 회사에서 자리를 잘 잡아가고 있었다. 그랬는데, 그런 일이 터졌다.

만일 전업투자자로 성공했더라면 수경은 직장에 다니지 않아도 되었을 것이고, 그런 일은 일어나지 않았을 것이다. 우재는 매일 그런 생각을 했다. 모든 게 자신의 잘못 같았다.

그를 주식투자의 세계로 이끈 사람은 첫 직장의 사수, 한 팀장이었다. 우재는 오랜만에 한 팀장을 만나기로 했고, 이젠 승진해 한 차장이 된 그와 자신의 처지를 자연스레 비교하게 될 것이다.

그럴 수는 없지. 그렇게 옹졸하게 뭉쳐진 마음과 자세로 그 시간을 견디고 싶지는 않아. 우재는 마음을 달리 먹었다. 오랜만의 외식이었다. 얼마 만에 가보는 술집인가. 이제 우재는 친구들도 거의 만나지 않았다. 만나더라도 집 근처 편의점에서만 만났다. 만 원에 네 개짜리 캔 맥주를 나눠 마시거나 그도 여의치 않으면 캔 커피를 마시며 대화를 나누었다. 다들 우재에게 직장 스트레스나 내 집 마련 프로젝트의 걸림돌 등을 털어놓았고, 아내가 육아 휴직을 쓰기 위해 임신하려는 것 같다며 분개

했다. "나도 정말 힘든데, 걔는 지 생각만 한다니까." 우재는 그런 말을 들을 때마다 실로 남의 세상 이야기라고 느꼈고, 말없이 음료만 홀짝였다. 그러면 상대는 서서히 말꼬리를 감추다가 근데 너는 도대체 무슨 돈으로 먹고사냐,라고 물었고 우재는 대답 없이 긴 한숨만 내쉬다가 집으로 돌아왔다.

그러게. 나는 이제까지 무슨 돈으로 먹고살았을까.

*

이모네포차는 여전했다. 우재가 종종 한 팀장과 술을 마셨던 그곳은 글자가 지워진 흐릿한 간판도, 은박 돗자리로 감싼 의자도, 걸걸한 성격의 이모님까지도 모두 그대로였다. 이모님은 우재를 한눈에 알아보았다.

"응, 왔어?"

이모님은 마치 어제도 우재를 봤다는 듯이 친근하게 대해주었다. 곧이어 냉면 그릇에 포기김치와 파김치, 깻잎 장아찌 등을 내왔다. 반찬 그릇이 아니라 말 그대로 냉면 그릇이어서 늘 찬을 남길 수밖에 없는 집이었다.

문이 드르륵 열리더니, 한 차장이 옆구리에 락앤락 반찬통을 끼고 들어왔다. 그는 반찬통을 이모님에게 건네주었다. 이젠 남은 찬을 싸간다고 했다. 10년 단골인 한 차장만 누리는 특권이었다. 그러니 절대로 비싼 술값이 아니라고 말하다가 우재의 얼굴을 보더니 진지하게 물었다. "니가 가져갈래?"

"아니요. 괜찮습니다. 차장님이 가져가세요."

"반찬이라도 가져가야 덜 구박받는 거 아니야?" 한 차장은 낄낄거리며 말했다. 우재는 아무런 대답도 하지 않았다.

"제수씨는 잘 있고? 조카들은?"

"다들 잘 있어요."

수경에게 일어난 일을 한 차장은 모르고 있었다. 그는 장모와 장인어른의 안부까지 묻고 나더니 입버릇처럼 말했다. "니가 잘해야겠다."

"그래야죠." 우재는 그렇게 말하며 씁쓸한 얼굴로 빈 잔을 채웠다. 한 차장은 4년 전보다 새치가 많이 늘었고, 이마에 주름도 깊게 패였다.

"그때 새로 들어온 사원은 어떻게 됐어요?"

"걔 이제 대리야."

하긴, 4년이나 지났으니. 우재가 퇴사하기 전 한 차장은 사원을 새로 뽑았고, 유력한 후보자였던 청년은 면접날 아이스 아메리카노를 손에 들고 나타나 태연한 표정으로 면접실이 어딘지 물었다. 우재는 놀랐다. 외국에서 살다 왔나? 그런데 의외로 빡빡한 회사 생활엔 잘 적응한 모양이었다.

"그동안 어떻게 살았냐?"

우재는 전업투자자의 꿈을 접기로 했다는 결심을 털어놓았다. "이 바닥도 힘들어요. 이젠 다른 일 좀 알아보려구요."

한 차장은 고개를 끄덕이며 파김치를 우물거리다가 말했다. "니가 몇 살이지?"

"마흔이요."

한 차장은 한숨을 길게 내쉬었다. "힘들다. 그 나이엔 힘들어."

"딱 한 군데 면접까지 본 데가 있는데 결국 떨어졌어요."

우재는 수경에게도 털어놓지 않았던 일을 한 차장에게 말했다. "면접 보러 갔더니 갑자기 운전을 잘하냐고 묻더라구요. 경리 업무뿐만 아니라 자기 차 운전도 해주고, 바쁘면 자재도 실어 나르고, 비서 일도 봐줄 남자를 구한다고. 그런데 연봉이 식대 포함 3천만 원이었어요. 세전 금액이에요."

한 차장은 침묵했다. 그건 10년 전 우재가 받았던 초봉에도 못 미치는 액수였다. 그때 우재는 면접에서 2800만 원만 받아도 좋을 것 같다고 솔직하게 말했고, 당시 과장이었던 한 차장은 그걸로 생활이 되느냐고 말하더니 우재를 빤히 쳐다보았다. 합격 통보를 받았을 때 뒤도 안 돌아보고 입사했던 건 그런 이유에서였다. 대기업보다 훨씬 낮은 연봉이었지만 그렇게 말해준 게 고마웠다. 그걸로 생활이 되나,라는 말을 선뜻 해준 것이. 모른 척하지 않는 그 마음이. 그 뒤로도 한 차장은 회식 자리에서 우재에게 만 원짜리를 서너 장씩 찔러주며 데이트하는 데 쓰라고 말했다. 한 차장은 그때부터 지금까지 연애 경험이 없었다. 소개팅에 나가면 애프터 신청을 해도 매번 거절당했다. 그래도 꽤 낙관적으로 살아가고 있는 사람이었다.

"니가 나간다고 했을 때 잡을걸 그랬다."

"잡으셨어요. 제가 말을 안 들은 거지."

우재는 그날의 기억을 떠올렸다. 당시 한 차장은 그가 퇴사하는 진짜 이유를 알고 있었던 유일한 사람이었다. 우재는 초심자의 행운 단계를 지나 투자금을 높였고, 그럼에도 높은 수익률을 유지했다. 걱정스러운 점은 투자 기간이 몹시 짧다는 것인데, 그 점은 크게 신경 쓰지 않았다. 돈을 넣어두고 몇 달이 지나면 몇 백은 저절로 불어나 있었으니, 투자금을 높이면 한 달에 칠팔백은 쉽게 벌 수 있는 상황이라고 생각했다. 퇴사를 하루 앞두고, 한 차장은 우재와 마주 앉아 술잔을 기울이며 말했다.

"우재야, 그거 아냐? 주식이나 도박에 빠지는 사람들은 공통점이 있어. 그 사람들은 크게 딴 기억을 못 잊어. 잃은 기억도 못 잊지만, 크게 딴 그 한 번의 기억을 절대로 못 잊어. 그래서 그 판으로 계속 되돌아가는 거야."

"저는 잃은 기억도 잘 안 잊어요."

"아니야, 박우재. 내가 니 상태를 잘 알아. 너 같은 놈을 많이 봤어. 너는 지금 잃은 기억은 다 잊었어. 딱 한 번 크게 딴 기억,

그날의 기억을 못 잊어서 회사를 나가는 거야. 그러니까 마지막으로 한 번만 더 생각해봐라."

한 차장의 말대로 했더라면 결과가 바뀌었을까.

한 차장은 우재의 잔에 소주를 따라주며 물었다. "너, 솔직히 말해봐. 그때 장수왕 때문에 바람 든 거지?"

우재는 잊고 있었던 그놈의 얼굴이 떠올랐다.

"안녕하세요. 장수왕입니다."

장수왕의 외모는 예상했던 것보다 훨씬 앳되어 보였다. 그때 우재는 서른셋이었고, 하도급 건설회사에 입사한 지 3년 만에 아랫배가 약간 튀어나온 꼰대가 되어 있었다.

"이십대 시절엔 공사판을 전전했습니다. 돈을 모으면 주식에 투자하고, 잃으면 다시 공사판에 나가고 그렇게 10년을 반복하던 어느 날, 깨달음을 얻었습니다."

장수왕은 고깃집 불판 앞에 앉아 이제 막 교세를 확장하기 시작한 사이비 교단의 교주처럼 말했다. 성공한 개미 축에 속하는 인사팀 최 과장이 반신반의한 표정으로 물었다. "많이 잃기도 했겠네요?"

"그럼요. 전 재산도 다 잃어봤죠. 미리 말씀드리지만, 제 투자법은 한 번에 많이 벌려는 사람한텐 맞지 않습니다."

"나는 한 번에 많이 벌려는 사람인데?" 최 과장이 곧바로 반문했다.

"그렇다면 저와 좀 맞지 않으실 겁니다. 저는 가늘고 긴 걸 선호하는 편이어서요. 제가 투자하라는 종목은 안정적인 대장주가 아니라, 단기적으로 기관이 관심을 보이는 종목입니다. 적게 먹고 빠지는 거지요. 이걸 계속 반복하는 겁니다."

당시 과장이었던 한 과장은 미심쩍은 표정을 지우지 않았고, 장수왕은 그의 눈치를 살피다가 말했다. "제가 약속드릴 수 있는 건 두 가지입니다. 첫째, 반드시 오르는 종목을 찍어드립니다. 둘째, 자동매매 프로그램을 드리겠습니다."

한 과장이 서둘러 물었다. "자동매매 프로그램이 뭔데요?"

"말 그대로, 매도 가격을 설정해놓으면 그 가격에 자동으로 팔리는 프로그램입니다. 회사원은 주식을 팔아야 할 때 갑자기 회의가 잡히고, 위에서 뭘 하라고 시키는 탓에 못 팔고 놓칠 때가 많잖아요. 그걸 방지하기 위한 겁니다. 제가 드리는 프로그램은 오르는 종목을 찍어서 매수하고, 걸어놓은 가격에 매도까지 하는 프로그램입니다."

솔깃한 표정을 짓던 한 과장은 준비해둔 말을 꺼냈다. "혹시 스케줄이 가능하시면, 저희가 강의를 한번 들었으면 하는데요. 요즘 날씨도 좋으니까 대성리 쪽에 펜션을 잡아서 장수왕님 강의도 듣고, 같이 족구도 한 판 하고. 어떻게 생각하세요?"

장수왕은 올라가려는 입꼬리를 억지로 끌어내리더니 말했

다. "뭐, 저야 좋죠."

그로부터 3주 뒤 그들은 대성리 인근 펜션에 모였다. 워크숍에 참가한 인원은 총 일곱 명이었다. 장수왕은 회색 양복을 차려입고 넥타이까지 매고 나타났다. 그것만으로도 이 바닥의 반듯한 신입이라는 것을 한눈에 알 수 있었지만 아무도 그를 놀리거나 하지 않았다. 어쨌거나 장수왕의 손에는 장수하는 개미가 될 수 있는 비법이 들려 있었으니까.

강의는 단체 합숙이 가능한 온돌방에서 했다. 화이트보드 조립이 끝나자, 기다렸다는 듯 장수왕이 의자에서 일어났다. 그는 마이크까지 준비해왔다. 인사팀 최 과장이 녹음기를 꺼내들더니 말했다. "녹음해도 되죠?"

장수왕의 얼굴이 급격히 구겨졌다. "안 됩니다. 이게 원래 130만 원을 내야 들을 수 있는 VIP 회원 강의라서요."

130만 원짜리 강의를 공짜로 들을 기회를 얻은 남자들은 최 과장을 쏘아보았다. 최 과장은 머쓱한 표정으로 녹음기를 주머니에 넣었다.

"그럼 곧바로 강의 시작하겠습니다. 먼저 인사부터 올리겠습니다. 장수하는 개미, 장수왕입니다. 만나서 반갑습니다, 여러분."

장수왕은 허리를 90도로 숙였다. 참석자들이 큰 박수를 보냈다. 우재는 곧바로 노트를 폈다. 한 과장과 최 과장은 팔짱을 끼고 강의를 경청했다. 장수왕은 주식의 기초 이론부터 시작해 차트 분석법, 거래량 분석법, 눌림과 반등 지점 등을 빠르게 설명했다. 화이트보드는 그래프로 가득 찼다. 대부분 주식 이론서에 나오는 말들이었지만 어쨌거나 여기까지 와서 강의를 듣게 된 만큼 열심히 들어야 시간이 아깝지 않았기에 다들 그렇게 했다. 장수왕은 그동안 자신이 골랐던 종목의 수익이 얼마였는지 집중적으로 설명하기 시작했다. 참석자들이 가장 원하는 정보였다.

"보세요. 정확하죠?" 장수왕은 차트에 그려진 붉은색 화살표를 가리키며 말했다. 그가 찍어주는 종목은 반드시 올랐고, 그의 말엔 진실성이 엿보였다.

"자, 핵심은 이겁니다. 한 번에 많이 벌려고 하면 많이 잃을 수 있습니다. 리스크가 항상 있는 겁니다. 그래서 실패하는 개미들이 많은 거고요. 저는 많이 벌지도 않고, 많이 잃지도 않습니다. 개미와 베짱이 아시죠? 거기 나오는 개미처럼 매일 조금씩 먹이를 나를 겁니다. 매일 조금씩 수익을 낸다는 뜻입니다. 자, 중요한 부분입니다. 잘 들으세요. 제 방식은 이렇습니다. 하루에 3프로씩 매일 수익을 냅니다. 종목은 제가 찍어드립니다. 기관이나 개미가 한꺼번에 달려드는 급등주가 있습니다. 대장주가 아닙니다. 단기 급등주입니다. 철저한 거래량 분석으로 그런 종목을 제가 골라드립니다. 그러면 여러분들은 뭘 하시느냐. 매일 그걸 매수하시고, 딱 3프로를 먹은 뒤 망설임 없이 파시면 됩니다. 절대로 망설이시면 안 됩니다. 그러면 망하는 겁니다. 장수하는 개미, 이걸 잊지 않으셔야 합니다. 한 달에 장이 열리는 일수가 20일입니다. 월요일부터 금요일까지. 그럼 계산을 해보면…… 어떻게 됩니까? 하루에 3프로씩 20일을 벌면 수익이 얼마가 되죠? 맞습니다. 60프로입니다. 한 달에 60프로의 수익을 올리는 겁니다."

"어떻게 매일 벌 수가 있죠?"

주식을 그다지 좋아하지 않는 황수찬이 뚱한 표정으로 물었다. 그게 가당키나 한 소리냐, 이런 표정이었다.

"맞습니다. 매일 벌 수는 없습니다. 사람이 기계도 아니고 매일 승리할 수는 없죠. 그래서 하루 평균 수익률을 3프로가 아니라 2프로로 잡겠습니다. 그럼 한 달에 몇 프로의 수익을 올리죠?"

"40프로." 한 과장이 답했다. 진지한 표정이었다.

"맞습니다. 40프로입니다. 이걸 1년 내내 반복하면, 40곱하기 12는? 몇 프로죠?"

"480프로." 최 과장이 답했다. 한 과장 못지않게 진지한 표정이었다.

"맞습니다. 480프로입니다. 여러분이 지금 1억의 돈을 투자한다면, 1년 뒤에 4억 8천만 원을 가져가시는 겁니다."

침묵이 흘렀다. 아무도 입을 열지 않았다. 장수왕이 좌중을 둘러보다가 말했다. "자, 여기서 끝이 아닙니다. 저는 여러분에게 복리 투자법을 제안합니다. 하루에 2프로든 3프로든 버는 족족 다시 투자합니다. 그러면 복리로 계산해야겠죠? 복리효과를 적용했을 때 여러분은, 잘 들으세요. 지금 1억의 돈을 투자한다면, 1년 뒤 최소 6억에서 7억의 돈을 가져가실 수 있습니다."

이모님이 간장게장과 주먹밥을 테이블 위에 탁 내려놓았다.

우재는 그때 장수왕에게 속아서 자신이 이 모양 이 꼴이 된 거라고 우기고 싶었지만, 그래봤자 자기 얼굴에 침 뱉기라는 걸 알았다.

"차장님, 실은 제가 주식에 미쳐서 회사를 나온 건 아닙니다."

"그럼 왜 나갔는데?"

"그 회사에 계속 있으면 비자금을 만들거나 룸살롱 접대를 해야 하는데, 저는 그런 게 싫었어요."

중소 건설 회사에서 근무한 6년 동안 매일 야근과 회식을 반복한 끝에 입사 전보다 15킬로그램이나 살이 쪘고, 건강도 나빠졌다. 게다가 미래가 없었다. 상사의 지시로 비자금을 만들어 감옥에 가든가, 거절하고 제 발로 나가든가 둘 중 하나였다. 수경에겐 숨겼지만 룸살롱 접대 관행도 몹시 거슬렸다.

한 차장은 말없이 게 다리만 쪽쪽 빨아먹었다.

"회사에 최 부사장님이 오신 적 있었잖아요."

"있었지."

"그때 결심했어요. 회사를 떠나야겠다고."

한 차장은 이유를 묻지 않았다. 주먹밥 사발에 게장 국물을 붓느라 정신이 없었다. 그러더니 걸신들린 듯 먹어치웠다.

대성리 워크숍에 다녀오고 반년 뒤 한 과장은 장수왕에게 끈질기게 매달려 자동매매 프로그램을 공짜로 받아냈다. 그러나 어찌된 일인지 수익은 시원치 않았고, 한 과장은 장수왕을 의심하기 시작했다. "그 새끼 좀 수상하다. 수익률이 안 좋은 날은 카페에 공개를 안 하고, 좋은 날만 공개한다니까. 모르는 사람이 보면 늘 버는 놈인 줄 알 거 아니야."

그즈음 우재는 장수왕 따위는 신경도 쓰지 않았다. 그는 이제 자기가 주식에 대해 어느 정도 안다고 생각했고, 그간 모은 월급을 투자해 목돈으로 불릴 생각만 했다. 그가 계산해본 수익률은 나쁘지 않았다. 장수왕이 주장한 수익률보다 낮긴 했지만 그래도 누구나 놀랄 정도는 되었다. 그러나 회사 일에 치여서 주식에 집중할 수 있는 기간은 무척 짧았고, 그는 이런 상황이 매우 못마땅했다. 금광을 손안에 넣고도 캘 시간이 없어서 놀리고만 있는 상황이었다. 결국 회사를 그만두고 전업투자자가 될 계획을 세웠다.

신혼여행으로 일주일간의 휴가를 받은 뒤 우재는 제약주를 매도한 돈으로 수경과 함께 동유럽으로 떠났다. 프라하의 호텔

뷔페식당에 앉아 다양한 종류의 햄과 치즈를 먹으며 우재는 그들이 세상에서 가장 행복한 커플이 된 기분에 빠져들었다. 우재는 수경에게 약속했다. 해마다 프라하에 데려와주겠다고. 그 정도로 많은 돈을 벌 게 확실했으니까.

그들이 행복한 미래를 꿈꾸고 있을 때 식당 안으로 백발의 외국인이 들어왔다. 점잖은 재킷 차림이었는데, 한쪽 소매가 텅 비어 있었다. 우재는 그를 유심히 바라보다가 수경에게 말했다.

"수경아, 우리 회사에 전설 같은 존재가 한 분 있어."

"전설?"

"어. 그분이 왜 전설이 되었는가 하면, 공사 현장에서 비 오는 날 기계가 멈춘 적이 있거든. 기계가 하루만 멈춰도 비용이 엄청나게 늘어. 그래도 다들 감전될까봐 몸을 사리고 있었는데, 그분이 직접 나서서 기계를 작동시켰어. 회사 돈을 자기 돈처럼 아끼셨거든. 그 결과…… 한쪽 팔을 잃었어. 그분을 존경하지 않는 사람은 이 업계에선 찾을 수 없어. 그런데 수경아, 나는 그게 참 이상해. 비 오는 날 감전 위험이 있는 기계를, 단지 회사를 위해서 작동시킨 사람에게 절대적 존경심을 내보여야 하는 이유가 뭘까. 모두가 그래야 한다고 나도 그러지 말고, 어떤 어설프고 과장된 영웅심도 끌어오지 말고, 눈물을 뽑아내려는 드라마의 한 장면이라고 생각하지도 말고, 차분하게 생각을 해보자. 그건 정말 이상한 일이지 않니? 비 오는 날엔 감전 위험이 있는 기계엔 얼씬도 하지 말아야 하는 거 아니니? 공사비용이 늘어나든 줄든지 간에 누구도 비 오는 날, 감전 위험이 있는 기계를 선뜻 만지려 해선 안 되는 거야. 회사를 위해 팔을 내주거나 목숨을 바치려는 사람을 회사가 장려해서도 안 되고. 차라리 내규에 이렇게 박아야 해. 회사는 직원에게 노동에 대한 정당한 대가를 지급하고, 사고를 미연에 방지하기 위해 최선을 다해 노력한다. 직원은 업무를 성실히 수행하되, 사고가 발생할 수 있는 모든 상황에선 무사고를 택한다. 그런데 최 부사장님이 회사에 오셨을 때, 회장님은 문 앞까지 배웅을 나왔고 직원들에게 직접 소개도 해주시더라. 부사장님은 한쪽 소매가 납작해진 양복 재킷을 입고 직원들을 향해 웃고 있었고. 무척 겸손하셔서 모두가 감탄했어. 절로 고개가 수그러들었지. 하지만 말이야, 그런 아우라 역시 비어 있는 한쪽 소맷부리에서 나온 거란 걸 부인할 수는 없어. 부사장님이 돌아가고 난 뒤에 이런 생각이 들더라…… 회사란 어떤 곳일까. 직원의 한쪽 팔과 수천만 원의 비용이 저울질당할 수 있는 곳이라면, 그런 곳이 회사라면, 기꺼이 떠나야 하지 않을까?"

그때, 수경은 어떤 생각으로 우재의 퇴사를 지지해주었던 걸까.

"젊어서 그랬겠지." 한 차장이 말했다. "젊어서 판단 실수를 한 거야."

한 차장은 연거푸 두 잔을 마시더니 잔을 내려놓고 골똘히 생각에 잠겼다.

"근데 우재야, 니가 진 건 어쩔 수가 없는 일이다. 개인이 어떻게 시스템을 이기겠냐. 이 시장은 개미를 착취하는 구조로 흘러가. 너도 알잖아. '세력'이 얼마나 머리를 잘 쓰는지. 너는 거기에 당한 거야. 너무 마음 상해하지 마. 니가 멍청해서 이렇게 된 게 아니니까."

우재는 반박하지 않았다. 한 차장의 말은 명백히 네가 멍청해서 이렇게 된 거라고 들렸다. 모두가 아는 개미 털어먹는 구조를 우재만 몰랐던 거다. 그들을 이길 수 있을 거라고 생각했다. 이 바닥의 루저는 결국 세력 음모론에 빠지고 만다. 그러지 않을 수가 없다. 날 이렇게 싹 다 벗겨먹었는데 그 새끼들이 멍청할 리가 없잖아? 한 명일 리가 없잖아? 내가 작전에 당한 거지. 별수 없었어.

술자리를 마치고 일어났을 땐 취기가 올라 있었다. 한 차장이 우겨서 노래방에 갔고, 어깨동무를 한 채로 송골매의 〈모두 다 사랑하리〉를 열창했다. 노래방을 나올 때에야 알았다. 그 노래는 대성리 워크숍에서 참석자 모두가 어깨동무를 하고 불렀던 노래라는 것을. 그러나 그때의 비장한 희망은 조금도 느낄 수 없었고, 모두 다 사랑하고 싶은데 그럴 자격이 되지 않아 너무나 슬프고 쓸쓸한 마음만 남아버렸다.

돌아오는 버스 안에서 우재는 생각했다.

나에게 가족을 사랑한다고 말할 자격이 있을까.

*

거실에서 양천식 씨의 코고는 소리가 들려왔다.

양천식 씨는 우재만큼이나 태평한 사람이고, 우재만큼이나 순진한 구석이 있다. 이 집안 여자들은 생활력이 강하고 잘 속지 않는 편이지만, 남자들은 사기를 당하기 쉬운 타입이었다. 우재도 양천식 씨도 그걸 알았다. 그렇더라도 이런 균형이 나쁘진 않았다. 수경에게 그 일이 일어나기 전까진.

우재는 이제 겨우 살의를 잠재웠다. 죽여버릴까. 하루에도 수백 번 떠올린 살해 시뮬레이션은 이제 더 이상 하지 않는다. 이 모든 게 돈 때문이라는 생각만이 더욱 강해졌다.

돈만 많이 벌면, 수경이는 일 안 해도 되고, 나는 당장 그 새끼를 찾아가서 두들겨 패줄 수 있어.

준후는 이런 계산 없이 그놈을 찾아가 무작정 패는 바람에 합의금을 물어줘야 했다. 적금을 깨면서 수경은 울었다. 우재는 수경과 집으로 돌아오는 길에 사람 똥처럼 큰 개똥을 밟았다.

그래도 그땐 자신이 있었다. 수경을 다시 웃게 만들어줄 자신이. 그러나 그 방법이 한참 잘못되었다는 걸 이젠 인정할 수

밖에 없다. 수경이 집에 틀어박힌 몇 달 동안 우재가 잃은 돈
은…….

쉽고 빠르게 많은 돈을 벌 수 있는 일은 어디에도 없다는 걸 이
젠 안다. 푼돈일지라도 당장 돈을 벌 수 있으니까 일단 회원 가입
부터 하고, 동의하겠다고 체크했다. 무엇에 동의하는지도 모르면
서. 기본적인 인적사항을 기입하고, 면허증 인증까지 마쳤다.

직업적 정체성의 변화는 마음만 먹으면 간단했다. 우재는 허
탈한 마음으로 컴퓨터를 껐다. 늘 맹렬하게 돌아가는 작동음도,
우재가 직접 만든 매도 매수 신호음도 들리지 않는 방 안은 고요
했다. 내 집 장만이라는 꿈은 조용히 무덤 속으로 걸어들어갔다.

우재는 비좁은 집에 욱여넣어진 채로 살아가고 있는 가족들
을 떠올리다가 한숨을 내쉬었다. 그러나 바꿀 수 없는 현실에
괴로워하는 건 백해무익하다. 차라리 다 포기해버리는 게 낫다.

그래, 다 포기해버리자.

다시 처음부터 코딩하는 거야. 기본값을 두려워하지 말고.

우재는 의자에서 일어나 커튼을 걷고 창문을 활짝 열었다. 틀
어진 나무 창틀이 빡빡해서 창문을 여느라 용을 썼다. 우재는
뒤엉킨 전깃줄과 고전압선, 이웃이 내놓은 쓰레기봉투를 바라
보다가 크게 심호흡했고, 청량한 공기라도 들이마신 사람처럼
활짝 웃었다.

천식

젊은 시절 양천식은 염색 공장에서 일했다. 군 납품 의류에 색을 입히는 공장이었다. 공장 내부 바닥엔 좁은 수로가 있었는데, 늘 고약한 냄새를 풍기는 폐수가 흘렀다. 구내식당에선 멀건 국과 싱거운 김치만 나왔다. 다른 반찬은 거의 없거나 손도 못 댈 정도로 맛이 없었다. 퇴근 후 대폿집에 들러서 껍데기며 부속고기를 구워먹는 낙이 없었다면 버텨내지 못할 일이었다.

대폿집 사장은 양천식을 볼 때마다 미남 단골이 왔다며 서비스로 껍데기를 얹어주기도 했다. 동료들은 말도 안 되는 소리 하지 말라며 야유했고, 수줍음 많은 총각이었던 양천식은 얼굴을 붉히며 웃었다. 동료들은 하나같이 추남이었고 그래서 양천식의 제법 번듯한 이목구비가 돋보였던 것인지도 모르겠으나,

양천식은 그때 평생 지키고 싶은 믿음 하나가 생겨버렸다.

아, 나는 미남이구나.

친척 소개로 만난 여자는 양천식의 눈에 차지 않았고, 여자의 친구였던 여숙이 눈에 들어왔다. 그러나 여숙은 양천식이 미남이라고 생각하지 않는 눈치였다. 한 번도 그런 말이 없었다. 참다못해 양천식은 자기 얼굴을 어떻게 생각하는지 물었다.

"뭘 어떻게 생각해요. 눈 있고 코 있고 입 있지."

이게 무슨 말이지?

양천식은 여숙의 말을 이해할 수 없었다. 그의 얼굴에 대해 얼마나 할 말이 없으면 그런 말을 할까. 여숙의 눈에 양천식의 외모는 가타부타 할 것 없이 그저 그런 수준인 것 같았다. 양천식은 자존심이 무척 상했다. 그래서 고향집에 전화를 걸어 결혼하고 싶은 여자가 있는데 콧대가 높아서 걱정이라고 푸념을 늘어놓았다. 양천식의 어머니는 콧방귀를 뀌더니, 애 낳고 살다보면 납작해질 테니 걱정하지 말라고 말해주었다. 양천식은 그 말을 믿고 여숙과 결혼했다. 결국 어머니의 말은 사실이 아닌 것으로 판명되었지만, 그는 여숙과의 결혼을 한 번도 후회한 적이 없었다.

양천식은 두 딸의 아버지가 되었지만, 마흔다섯까지 미남이라는 말을 들으면 가슴이 울렁거렸다. 쉰 살에도 그런 말을 기대했다. 그러나 오십대 중반이 되어선 그런 믿음이 흔들리기 시

작했다. 평생 들을 미남이라는 말을 그 대폿집에서 다 들은 양
천식은 실은 자기가 그다지 미남이 아닐지도 모른다는 의심이
들었다. 그래서 당시에 같이 일했던 동료를 오랜만에 만났을
때, 양천식은 슬쩍 그 말을 꺼냈다.

"그때 그 대폿집 사장이 나만 보면 미남이라고 했잖아."

친구는 불콰해진 얼굴로 양천식을 빤히 쳐다보았다. "뭐? 누
가 미남이라고?"

"나 말이야, 나."

양천식은 취기로 정신이 점점 흐릿해져 가는 와중에도 기
필코 묻겠다는 마음으로 물었다. "그때 그 누님이 나를 좋아했
나?"

친구는 코웃음을 쳤다. "그때 너나 나나 참 볼품없었는데 그
럴 리가 있었겠어?"

양천식은 아무런 대꾸도 하지 못했다. 친구는 불판에 있는 고
기를 젓가락으로 집더니 양천식의 입에 넣어주었다. 양천식은
자연스럽게 고기를 받아먹고 나선 이 친구가 취했구나, 닭살 돋
게 뭐 하는 짓인가, 하면서도 자기도 고기를 집어서 친구의 입
에 넣어주었다. 친구는 많이 취해 보였다. 실로 오랜만에 만난
자리였다.

"내가 시골로 간다, 천식아."

"시골 어디?"

"담양으로 간다."

"단양?"

"단양 말고 담양."

그러나 양천식의 귀에는 죄다 단양으로 들렸다.

"거길 왜 가는데."

"먹고살 게 없으니까 가지."

"거긴 먹고살 게 있냐."

"대숲 보러 오는 관광객한테 댓잎으로 만든 붕어빵 팔기로 했다."

"뭘 팔아?"

"붕어빵."

"니가 왜 붕어빵을 팔아?"

양천식은 두 눈을 끔뻑였다. 친구는 서울에 아파트도 있고, 공무원 아들도 두었는데.

"나 이혼한다."

"이혼을 왜 해?"

"같이 못 살겠으니까 이혼하지."

"누가? 니가?"

"모르겠다."

친구는 술잔을 연거푸 기울이더니 갑자기 외롭다며 울었다. 손등으로 눈물을 닦고 눈물을 억지로 참으려고 애쓰며 울었다.

그 모습이 꼭 눈물을 쥐어짜내려는 동작처럼 보여서 매우 우스꽝스러웠다. 양천식은 친구의 얼굴을 물수건으로 마구 문질러주다가 친구가 눈물을 멈추자 고기를 집어서 입속에 넣어주었다. 그러면서 안쓰러운 표정으로 쳐다보았다. 친구는 눈물이 마른 얼굴로 탄 고기를 우물거리며 말했다. "천식아, 너는 마누라한테 잘해라."

"나는 잘하지, 인마."

"정말로."

"정말로 잘해."

"……나는 그 여자를 사랑한 게 아니었다. 실수였어."

"제수씨가 실수였다고?"

"아니, 다른 여자."

양천식은 정신이 번쩍 들었다.

"너 바람 피웠냐?"

"바람이 아니다, 천식아. 그건 바람이 아니었어."

"사랑이었다는 거야?" 친구는 양천식을 쏘아보았다.

"새끼야, 내가 말했잖아. 실수였다고."

"취했냐? 말을 똑바로 해."

"바람은 사랑인데, 내가 한 건 바람도 아니고 사랑도 아니고, 실수였다고, 실수."

양천식은 바닥이 빙그르르 도는 것을 느꼈다. 테이블 위에 소주병이 가득했다. 바람은 뭐고 사랑은 뭐고 실수는 또 뭘까.

"천식아, 사람 마음이 흔들리는 건 아주 순간적인 거다. 너도 그걸 명심하고 살아."

친구는 그러면서 양천식의 입에 또다시 고기를 넣어주었다. 양천식은 그걸 얌전히 받아먹다가 그들을 돌아보며 킥킥거리는 젊은 커플과 눈이 마주쳤다. 직감이 그랬다. 그들을 보며 웃는 게 분명했다. 취한 아저씨 둘이서 서로의 입에 고기를 넣어주는 꼴이 우스웠나보다. 그 순간 양천식은 깨달았다. 더 이상 자기는 미남이 아니라는 걸. 이젠 미남이라고 말할 수, 아니 우길 수 없다는 걸.

젊은 애들 놀림감이나 되고 말이야.

양천식은 성난 얼굴로 친구를 흔들어 깨웠다. 그새 앉아서 졸고 있었다. 잠 좀 깨라고 물수건으로 얼굴을 박박 문질러준 뒤 밖으로 데리고 나왔다. 사이좋게 화장실에 가서 오줌을 누고, 택시를 잡기 위해 도로변으로 걸어갔다. 친구가 갑자기 연석에 걸터앉더니 먼저 가라고 손짓했다.

"나는 좀 쉬었다 갈 테니까 먼저 가라."

"여기서 자다가 풍 맞는다."

"여름이라 괜찮다. 들어가."

"단양은 언제 가."

"다음 주에 간다."

"그런데 경철아, 여름에 무슨 붕어빵을 파나?"

그 말에 곽경철은 두 눈을 크게 떴는데 미처 생각하지 못한 눈치였다.

"새끼야, 생각 좀 하고 살아."

집으로 돌아온 양천식은 얼굴을 씻다가 한참 동안 거울을 들여다보았다. 거기엔 눈 있고 코 있고 입 있는, 늙은 남자의 얼굴이 떠올라 있었다. 양천식은 자신의 유일한 믿음이 완전히 사라졌다는 걸 깨달았다. 그는 더 이상 미남이 아니었다. 그리고 그는 그때부터 가족들에게 이렇게 말하기 시작했다.

"나는 어딜 가면 항상 미남이라는 소릴 듣는다."

가족들은 웃음을 터뜨렸다. 처음엔 가족들이 웃는 걸 보려고 그 말을 했다. 코웃음을 치든, 박장대소를 하든 웃는 게 좋았다. 나중엔 그렇게 말하는 자신이 좋았다. "나는 어딜 가면 항상 미남이라는 소릴 듣는다." 이 말을 할 때만큼은 이상하게 기분이 상쾌했다. 엉뚱하게 살아도 면죄부를 받을 것 같았다. 그러나 사기를 당해 집을 잃고 나선 더 이상 그 말이 나오지 않았다. 막내딸은 양천식을 힐난했다. "도대체 뭘 믿고 그런 건데?" 양천식은 대꾸할 말을 찾을 수 없었다. 나는 어딜 가면 항상 미남이라는 소릴 듣는다. 이렇게 말하며 막내딸을 웃길 수도 없었다. 여숙도 입을 다물긴 마찬가지였다. 양천식은 불안해하는 여숙을 이런 말로 설득했다. "리스크를 감수하는 것만이 투자래. 우리가 평생 아파트 하나 장만하지 못한 건 리스크를 감수한 적이 없기 때문이야. 이번엔 내 감을 믿어봐. 부자들은 다 이렇게 한대." 여숙은 양천식의 말을 믿었고, 얼마 후 그들은 전 재산을 잃었다. 그 뒤로 오갈 데 없는 신세가 되어 큰딸의 집으로 들어왔다. 막내딸은 원룸에 살며 직장 생활을 하다가 말도 없이 호주로 가버렸고, 언제 돌아올지 모른다는 말을 남겼다. 그래도 불법체류자 신세를 면하려면 언제든 돌아오긴 해야 할 텐데, 수경의 말로는 거기서 연애를 하는 눈치라고 했다. "외국 남자를 만난다는 거냐?" 양천식은 두 눈을 부릅뜨며 물었고, 수경은 대답을 피했다. 외국인 사위라니. 뒤미처 든 생각은, 어떤 국적의 사위든지 간에 우재보다는 나을지 몰라.

우재는 착하기는 했지만 돈을 너무 못 벌었다. 양천식은 우재를 볼 때마다 마음이 안 좋았다. 그러나 우재 역시 그를 볼 때마다 마음이 안 좋을 것이므로 되도록 내색하지 않으려고 애썼다. 그러다가도 가끔 이런 말이 튀어나오긴 했지만.

"자네는 집에만 있으면 안 심심하나?"

"심심하긴요. 저 노는 거 아니잖아요. 아버님 혹시 심심하세요?"

"심심하긴. 나도 노는 거 아니야." 양천식은 그렇게 말하며 핸드폰을 만지작거렸다. 양천식의 일은 공식적으론 '사기꾼 추적하기'였으나 돈을 들고 해외로 튀어버린 일당을 찾기는 어려웠다. 그들도 가족이라고 했다. 남매와 그들의 사촌동생. 양천식은 그들이 필리핀에서 매끼 호사스럽게 차려먹는 모습을 떠올렸고, 만찬이 끝난 뒤 남매가 만취한 사촌동생을 총으로 쏘고 재산을 가로채는 누아르 영화의 한 장면을 떠올리기도 했다.

그러고도 남을 일이야. 서로를 믿을 수가 없을 거야. 당최 그런 일을 벌이는 사람들은 도대체가 어떻게 그렇게 양심이 없을 수가 있는 건지. 자기들끼리 결국 사달이 나서 죽이고, 죽겠지. 양천식은 매일 이렇게 중얼거렸고, 그러면 지후는 언제나 이렇게 대꾸해주었다. "걱정 마세요. 잡힐 거예요, 할아버지."

양천식이 보기에 지후는 나름대로 복수를 꿈꾸고 있는 것 같기도 했다. 어린 아이의 마음에 그런 감정이 깃들어도 되는 것일까 염려하면서도 지후가 날카로운 눈빛으로 허공을 쳐다볼 때나 한숨을 내쉬며 연필을 굴릴 땐, 언젠가 사기꾼들이 똘똘한 저 아이의 발밑에 무릎 꿇을 날이 올지도 모른다고, 또다시 누아르 영화의 한 장면을 떠올리며 생각했다.

아, 이제 영화 좀 그만 봐야지.

양천식은 집에서 주구장창 영화만 봤고, 그건 죄다 삼십대 시절에 즐겨보던 홍콩 누아르 영화였는데, 다 보고 난 뒤엔 자신의 삶과 도망간 사기꾼들의 삶을 영화 플롯에 맞추어 상상해보곤 했다. 자신의 삶과 사기꾼들의 삶이 길항작용으로 움직이는 장면들이었다. 가령 양천식의 기분이 좋은 날은 사기꾼들 중 한 명이 계략에 휘말려 총에 맞고, 그 바람에 계획이 틀어져 신분이 밝혀지고, 형사들에게 꼬리가 밟히는 플롯이었고, 양천식의 기분이 좋지 않은 날은 사기꾼들이 필리핀에서 골프를 치고, 온갖 해산물로 풍성하게 차린 식탁 앞에 앉고, 고급 외제차를 타고 수영장 있는 집으로 들어서는 평범한 여러 날들 중 하루가 펼쳐지는 플롯이었다. 한쪽이 불행하면 한쪽은 평온한, 직선 위에서 차지하고 있는 행복과 불행의 길이가 눈금으로 정확하게 표시되는 상태였다.

"안타고니스트와 프로타고니스트라는 말이 있어."

양천식의 친구 권학기가 말했다. 권학기의 꿈은 '충무로에서 영화를 만드는 사람'이었고, 모든 영화인은 셰익스피어를 본받아야 한다고 남들은 관심도 없는 이상한 소리를 주절대는 놈이었다. 권학기가 양천식에게 말하길, 안타고니스트는 사기꾼, 프로타고니스트는 천식이 바로 너라고, 그렇게 이해하면 쉽다고 했다.

"천식아, 너 그러다 속병 난다. 잊어라, 잊어."

양천식은 절대로 잊지 않겠다고 다짐하며 막걸리를 마셨다.

"나는 그 생각만 한다. 이렇게 속이 썩어서 내가 어떻게 잘 죽겠냐. 아프다가 죽겠지. 그러면 어디가 아프겠냐. 암이겠지. 의사가 나한테 오래 못 산다 하잖냐, 그러면 나는 그 즉시 비행기

를 타고 필리핀으로 가서 그놈들을 내 손으로 죽일 거다. 어차
피 난 죽을 테니까."

"천식아, 만약에 의사가 너보고 오래 못 산다고 하잖아? 그럼
너는 변할 수밖에 없다."

"변해? 어떻게?"

"너는 용서를 할 거다."

"미친놈."

"오래 살기 위해 용서를 할 거다. 그놈들을 계속 미워했다간
병이 악화될 테니 너는 용서를 할 거다."

"말도 안 되는 소리."

"우리 아버지가 그랬다."

"뭐?"

"우리 아버지가 그랬다고. 용서하더라, 결국."

"난 안 그럴 거다."

"천식아, 니가 전 재산을 잃은 건 한국인의 괴상한 습성 때문
이다."

"뭐?"

"평생 모은 재산을 부동산에 투자하는 한국인의 습성 말이
야. 너는 그래서 망한 거다."

양천식은 아무런 반박도 하지 않았다. 그러나 권학기의 말에
동의한 것은 아니었다. 권학기는 지나치게 감상적이고, 자기 나

이가 환갑도 안 됐다고 생각하며 사는 눈치인데, 왜 그렇게 사느냐고 물었더니 자긴 나이 세기를 멈췄단다.

"이상해서. 내 나이가 그렇다는 게 이상해."

충무로에서 영화를 만들겠다는 꿈에서 아주 멀어진 자신이 앞으로 남은 삼십여 년을 어떻게 살아야 좋을지 모르겠다고 권학기는 말했다. 양천식은 놀란 얼굴로 물었다. "학기야, 너 백 살까지 살려고?"

"나는 담배도 안 피우고 술도 많이 안 마시잖아. 이제부터 담배도 피우고 술도 많이 마실까?"

"왜."

"너무 오래 살면 그만큼 돈이 들잖아. 건강하게 살아야 병원비가 덜 드니까 그렇게 살았는데 이러다가 너무 오래 살까봐 걱정이다. 너는 자식도 있고, 마누라도 있지만 나는 아무도 없잖아. 설마 환갑이 넘어서도 없을까 싶었는데, 없더라."

권학기는 벽지를 팔고 도배를 하며 평생 모은 돈으로 오래된 단층집을 샀고, 베란다에 관엽 식물을 키우고 마당에 텃밭을 가꾸다가 이따금 순댓국집에서 친구를 만나 막걸리를 마셨다. 그때마다 셰익스피어 운운하니까 다들 이상한 놈이라고 생각하지만 양천식은 언제부턴가 돈 얘기, 자식 얘기 안 하고 셰익스피어 얘기만 하는 권학기가 더 편했다.

"너는 셰익스피어가 왜 그렇게 좋냐."

"숙명을 말하니까. 숙명은 운명이랑 달라. 운명은 거스를 수 있지만 숙명은 받아들일 수밖에 없는 거다."

"너는 왜 여자를 못 만났을까?"

"딱 한 번 결혼할 여자를 만났는데 내가 놓쳤다. 그러고 나니까 안 오더라. 아무도."

"그럴 수가 있나."

"그럴 수가 있어."

권학기는 틈을 두었다가 말했다. "그래서 내가 영화를 사랑하는 거다. 영화에선 나 같은 인물이 나오니까."

권학기는 고개를 흔들더니 막걸리를 마셨고, 다시 셰익스피어 이야기를 시작했다. 권학기는 항상 술값을 냈다. 물론 그런 이유로 권학기의 말을 들어주는 건 아니라고 생각하지만, 양천식은 술값을 계산하는 권학기의 등 뒤에 멀뚱히 서서 고맙다고 해야 하나, 지금이라도 여자를 만나보라고 해야 하나, 들어가서 푹 자라고 해야 하나 고심했고 결국 아무런 말도 하지 않고 헤어졌다. 손도 흔들지 않고, 간다, 이러고 각자 돌아섰다.

*

수경에게 그 일이 일어났을 때, 양천식은 울분을 참지 못하고 끙끙 앓았다. 그가 할 수 있는 일은 거의 없었다. 준후가 그놈을 두들겨 패고 돌아와 멍든 주먹을 불끈 쥐고 있었을 때, 양천식은 합의금부터 걱정했다. 물론 그 일은 천인공노할 일이지만, 어쨌거나 최악의 상황은 모면했으니 개똥 밟았다 치고, 잊고 싶었다. 어떻게 그럴 수가 있느냐고? 그러지 않으면 그가 죽을 것 같았다. 화병으로 심장이 폭발해버릴 것 같았다.

수경은 집에 틀어박힌 네 달 동안 과호흡증으로 두 번 응급실에 실려갔는데, 양천식도 자다가 숨이 안 쉬어져서 벌떡 일어난 적이 여러 번 있었다. 가족에겐 내색하지 않았지만 이대로 죽겠구나 싶을 정도로 고통스러웠다. 그런 경험을 몇 번 하고 나자 자기부터 추슬러야겠다는 생각이 절로 들었다. 병원에 가면 병원비가 들 것이고, 응급실에 실려가면 이런저런 검사부터 할 테니 어쩌면 드러나지 않은 병이 발견될지 모르고, 이미 오래전 보험을 해지한 그로선 수경에게 부담을 주는 상황은 만들고 싶지 않았다. 절대로 그렇게 되게 내버려둘 수 없었다. 양천식은 그때부터 개똥 밟았다 치자, 아무 일도 없었으니 다행이라고 생각하자, 그렇게 끊임없이 자신에게 세뇌했다. 어느 날 그는 모든 가족이 그렇게 행동하고 있다는 걸 깨달았다. 이런 상황이 좋은 건지 나쁜 건지 판단을 내릴 수가 없었다.

딸아이의 마음을 편하게 해주려면 따로 집을 구해야겠지만 도무지 자신이 없었다. 여숙이 다시 미화원으로 일하면 언젠가 가능하겠지만, 그 일을 다시 할지도 의문이었다. 여숙이 일했던 병원에선 용역 회사를 통해 미화원을 채용했다. 최저임금이 오르자 병원 측이 하청 단가를 고정시켰고, 용역 회사는 근무 시간을 줄이는 방법을 택했다. 그 바람에 오히려 급여가 낮아졌지만 업무량은 전혀 줄어들지 않았으니 결국 몸만 더 축났다. 주변 건물의 미화원이나 경비원 들 역시 비슷한 상황을 겪고 있거나 해고를 당하거나 했기에 여숙은 어디 하소연할 데도 없다고 말했다. 피고름이 묻은 거즈나 주사 바늘을 치우면서 변변한 보호 장구조차 제공해주지 않아 늘 장갑을 두세 겹씩 끼고 일했다. 땀과 습기 때문에 손톱 밑이 퉁퉁 불어서 살점이 떨어져 나가기 일쑤였다. 양천식은 더 이상 여숙을 닦달하고 싶지 않았다. 이제 사기꾼들을 추적하는 일은 형사에게 맡겨두고, 자신과 여숙의 생활비를 추적해야 할 때였다.

양천식은 지인들에게 전화를 돌려보았다. 그러나 그들 대다수가 당뇨와 고혈압으로 인한 합병증을 앓고 있거나, 뇌출혈로 쓰러졌거나, 항암 치료를 받고 있거나, 은퇴한 뒤 원금 상황의 압박에 시달리고 있거나, 자식과 절연해 우울증 치료를 받고 있었다. 양천식은 오히려 그들을 위로해주고 전화를 끊었다. 그들은 양천식이 별다른 지병이 없고, 대출 이자를 내지 않는 것을 무척이나 부러워했으며, 어떻게 사위와 그렇게 사이가 좋을 수가 있느냐고 진심으로 궁금해했다. 양천식은 웃으며 아무런 대꾸도 하지 않았지만, 건강검진을 받은 지 한참 되어서 어디가 아픈지 모르는 것일 뿐 어쩌면 자신의 몸에도 이미 이상이 생겼을지도 모른다는 말이 목구멍까지 올라왔다. 대출 이자도 대출받을 자격이 되는 사람한테나 생겨나는 빚이고, 사위와 사이가 좋은 이유는 둘 다 돈을 벌고 있지 않아서였다. 이 집에선 여자들이 밥벌이를 더 잘했다. 양천식은 지인을 통해 일자리를 얻기는 틀렸다고 속단하며, 마지막으로 과거 직장 동료에게 전화를 걸어보았다. 오래전 가구점에 근무했을 때 같이 일했던 동료인데, 이름은 잊었고 당시엔 김 과장이라고 불렀다.

김 과장은 양천식의 전화를 과하다 싶을 정도로 반갑게 받아주었다. 그러면서 자신은 아직 현역으로 일하고 있으니 언제든 사무실에 들르라고 말했다. 양천식은 다음날 곧바로 김 과장의 회사로 찾아갔다.

㈜대서식품.

종로 한복판 청계천 옆 오래된 빌딩 지하에 네모난 간판이 비뚜름하게 걸려 있었다. 양천식은 몇 번이나 간판을 확인한 뒤 지하로 걸어내려갔다. 반투명 유리문을 밀고 들어서자마자 오십대 중반으로 보이는 여자가 자리에서 일어났다. 여섯 평이나 될까 싶은 작은 사무실이었다. 한 구석에 종이 박스가 천장까지 높이 쌓여 있었고, 그 사이로 김 과장의 얼굴이 보였다.

20년이나 지났음에도 김 과장은 양천식을 한눈에 알아보았다. 둘은 반갑게 인사를 나누었고, 악수를 하면서 오랫동안 손

을 놓지 않았다. 김 과장은 갑자기 양천식에게 라면을 좋아하는
지 물었다.

"라면?"

"그래. 자주 먹어?"

"자주 먹는 편이지."

"무슨 라면?"

"신라면."

양천식은 그 말을 하는 동시에 근래 들어 신라면보다 안성탕
면을 더 즐겨 먹는다는 사실을 깨달았지만 중요하지 않은 사실
같아 잠자코 있었다. 김 과장은 잠깐 동안 침묵했다. 그러더니
서랍에서 팸플릿을 꺼냈다. 양천식은 팸플릿을 들여다봤다. 거
기에 라면이 있었다.

"이게 뭔데?"

"우리 회사 상품이야. 감자라면."

"그래? 한번 사먹어봐야겠네."

"마트엔 안 팔아. 이게 아주 귀한 거라서."

김 과장은 뜸을 들이다가 말했다. "강원도 햇감자로 만든 면
발이야. 기름에 튀기지 않고 구운 면이지. 컵라면, 봉지라면 두
개 다 있어. 화학조미료는 일절 안 들어가. 멸치 가루, 다시마
가루, 황태 가루, 울금 가루, 여하튼 몸에 좋은 건 다 때려넣었
어. 가격이 좀 비싼데, 비쌀 수밖에 없지. 물량이 딸려서 마트에

는 납품 못하고 아는 사람들만 먹는 고급 라면이야. 부자들은 다 이런 거 먹어. 서민들이나 일반 라면 먹지."

양천식은 설명을 들으면서도 상황을 파악하지 못했다. 김 과장은 이제 김 지사장이 되었고, 종로 지점은 그가 꽉 잡고 있다고 했다.

"경쟁이 치열해서 대기자 명단이 수십 장인데, 내가 자네를 알잖아."

양천식은 두 눈을 끔뻑였다.

"혹시 자네 동네에 요양 병원이 있어?"

"몰라. 그건 왜?"

"우리 라면이 요양 병원에서 인기가 많거든. 거기 가면 많이 팔 수 있을 거야. 워낙 건강식품이라서. 이건 라면이 아니라 영양제야, 영양제."

김 과장은 옆에 쌓여 있던 종이 박스를 책상 위로 내렸다. 들고 갈 수 있게 끈으로 단단히 묶어놓은 상태였다.

"등록 절차는 내가 다 알아서 할 테니까 보내달라는 서류만 보내주면 돼. 오늘은 집에 가서 가족들하고 이 라면을 먹어봐. 다들 맛있다고 아주 난리일 거야. 자네는 나한테 전화 잘한 거야. 마침 우리 회사가 가장 좋을 때이거든. 처음 홍보 시작할 땐 좀 힘들었어. 이젠 대서식품 감자라면, 이름만 대면 다들 아니까 편할 때이지."

양천식은 대서식품 감자라면을 처음 들어봐서 어리둥절했다. 다들 아는데 자기만 몰랐던 걸까.

"서류는 언제 보내줄 수 있나?"

"집에 가서 보내줄게."

양천식은 엉겁결에 그렇게 대꾸한 뒤 라면 박스를 들고 의자에서 일어났다. 그리고 사무실 밖으로 나가려다가 뒤돌아 물었다. "그런데 무슨 서류가 필요한데?"

"뭐긴. 등본이랑 신분증이랑 통장 사본 그런 거지. 알잖아. 처음 시작할 땐 보내줘야지."

양천식은 뭘 시작하는 거냐고 묻지 않고 건물 밖으로 나왔다. 라면 상자는 그리 무겁지 않았지만 부피가 커서 거추장스러웠다.

집으로 돌아온 양천식은 라면 상자를 거실 한 구석에 내려놓고 가족들이 모두 돌아오길 기다렸다. 그리고 저녁식사 시간에 맞추어 라면을 식탁에 올렸다. 뜻밖에도 봉지라면이 아니라 컵라면이었고, 끓는 물만 부으면 되었기에 성가신 건 없었다.

여숙과 수경과 우재와 지후가 기대감에 부푼 얼굴로 라면이 익길 기다렸다. 마침내 3분이 지난 뒤 다 같이 감자라면을 먹기 시작했다.

다들 조용했다. 아무런 말도 없이 묵묵히 라면만 먹었다. 면발을 후루룩 먹고, 국물을 호로록 마셨다. 마침내 수경이 말했다. "이게 유명한 거라고?"

"유명해."

"어디서 유명한데?"

"부자들은 다 이거 먹는대. 우리가 먹는 라면 같은 건 안 먹고."

"누가 그래?"

"김 과장이."

여숙이 젓가락을 내려놓으며 말했다. "살다 살다 이렇게 맛없는 라면은 처음 먹어본다."

연이어 우재가 젓가락을 내려놓으며 말했다. "아버님, 이건 라면이 아니에요. 라면 맛이 안 나요."

"그럼 무슨 맛이 나는데?"

양천식의 물음에 대답한 사람은 지후였다. "할아버지, 이거 종이 맛이에요. 내가 먹어본 적 있어요. 똑같아요."

수경이 자리에서 일어나더니 컵라면을 즉시 회수해갔다. 양천식 앞에만 오도카니 남겨놓고.

"아빠, 이거 정말로 팔 거야?" 양천식은 대답을 망설였다. 맛이 없다. 없어도, 너무 없다.

"라면이 아니라 영양제라 생각하고 먹으면 괜찮지 않아?"

"영양제보다 맛없어요." 우재는 그렇게 말한 뒤 찬장에서 안성탕면을 꺼냈다. 수경이 냄비에 물을 올렸고, 냉장고에서 파와 계란을 꺼냈다. 양천식은 먹다 만 감자라면을 내려다보았다.

이걸 먹으라고 준 거야, 버리라고 준 거야.

울화가 치밀었지만 그보다 가족들에게 서운한 마음이 더 컸다. 아직 등본이며 통장 사본은 보내지 않았지만 그래도 이걸 해보려고 했는데. 사회에 복귀할 수 있을 줄 알고 잠깐 동안 설렜는데. 크게 바라지도 않았다. 월세나 나오면 만족하려고 했다. 집으로 오는 길에 요양병원이 없나 한참을 두리번거리며 왔다. 그러는 동안 발걸음이 아주 가벼웠고 머릿속이 개운했다. 가족들이 모두 둘러앉아 라면을 먹고 감탄하며 부자들은 이런 걸 먹고 있었구나, 우리는 그것도 모르고 안성탕면만 먹었네, 이렇게 말하는 광경을 상상했다.

양천식은 젓가락을 들어 면발을 모조리 먹어치웠다. 국물까지 모두 마셨다. 그리고 말했다. "우리 입맛은 조미료에 길들여져서 이 맛을 몰라. 심심하면서도 깊은 맛을 모른다고. 부자들은 우리랑 미각 자체가 달라. 자극적인 것보다 몸에 좋은 거에 반응한다고."

그러나 양천식의 말을 듣고 있는 사람은 아무도 없었다.

양천식은 조용히 거실로 나와 라면 상자를 베란다에 휙 던져놓은 뒤, 핸드폰을 집어들어 김 과장의 번호를 스팸으로 등록했다. 마침 김 과장으로부터 문자 메시지가 한 통 들어와 있었다.

—맛이 심심하면 고춧가루도 좀 풀고, 소고기 다시다 한 숟갈 넣으면 괜찮아.

양천식은 혈압이 확 올랐다.

이 새끼가…… 다 알고 있었구나.

알면서도 그에게 라면 상자를 안기며 가족들과 나누어 먹으라고 말하다니. 차라리 솔직하게 절대로 네가 먹지는 말고 그냥 팔기만 하라고, 요양 병원에 가서 자연산 송이, 홍삼, 고로쇠 수액, 오메가 쓰리 등등 몸에 좋은 걸 다 때려넣고 만든 라면이라고 아무 말이나 지어내서 팔기만 해,라고 말했다면 차라리 덜 연민했을 것을.

양천식은 그날 밤 거실에서 막걸리를 마시며 또다시 무얼 해서 먹고사나 고민했다. 사기꾼들의 행방을 찾을 수 없는 것처럼 생계비의 행방 역시 묘연했다.

*

양천식은 지후의 손을 잡고 집으로 걸어가던 도중에 인적 없는 골목에 널브러져 있는 킥보드를 발견했다.

"한번 타볼래?"

지후의 눈이 커다래지고 입가에 미소가 걸렸다.

"타볼래요. 우리 반 애가 아빠랑 같이 타고 가는 거 봤어요."

양천식은 킥보드를 바로 세운 뒤 그 위에 올라탔다. 자전거처럼 핸들에 브레이크 조종기가 연결된 구조 같았다. 척 보면 알지. 약간의 자신감이 붙었다. 그러나 아무리 발을 굴려도 킥보드는 움직이지 않았다. 양천식은 당황했다. 도무지 어떻게 해야 하는지 알 수가 없었다. 지후가 양천식에게 손을 내밀었다.

"핸드폰 주세요, 할아버지."

양천식은 순순히 건네줬고, 지후는 빠른 속도로 앱을 다운로드 받더니 운전면허증이 필요하다고 말했다. 양천식은 지갑에서 운전면허증을 꺼내주었다. 지후는 막힘없이 신분 인증 절차를 마쳤고, 양천식의 체크카드 등록까지 해냈다. 어떻게 이런 걸 다 알고 있을까. 물론 지후 또래 아이들에게 핸드폰은 가장 흥미롭고 재미있는 장난감이라는 건 알았다. 알면서도 사줄 수 없어서 미안했지만.

"핸드폰 갖고 있는 애들이 많아?"

"전 없어도 괜찮아요. 유튜브 그런 거 다 주작이고."

"주작? 그게 뭔데?"

지후는 대꾸 없이 어쩐지 어른스러운 표정으로 킥보드에 붙어 있는 QR코드 스캔을 마쳤다. 그러자 경쾌한 작동음과 함께 킥보드가 움직이기 시작했다. 양천식은 핸들을 조작해 가속 방법과 제동력을 체크했고, 3미터 정도를 움직인 뒤 킥보드에서 뛰어내렸다. 양 손바닥이 땀으로 흥건했고, 두 다리도 후들거렸다.

"왜 그래요, 할아버지?"

"이게 원래 이런 건가?"

"이상해요?"

"원래 이렇게 빠른 건가?"

지후는 고개를 저으며 외쳤다. "할아버지 지금 하나도 안 빨라요."

그럴 리가 없었다. 어찌나 빠른지 길바닥에 머리통을 처박는 줄 알았다.

양천식은 킥보드를 질질 끌면서 걸어갔다. 전기 모터 때문인지 제법 묵직했다. 사람 하나를 끌고 가는 기분이었다. 말이 안 통하고, 그에게 적의를 품고 있어서 도무지 어떻게 해야 할지 모르겠는 사람. 그런데 그에게 올곧이 의탁하고 있으니 참으로 사람 난감하게 만드네.

고작 몇 걸음 이동하는데 오만 가지 생각이 다 들었다. 분명 지난주에 이걸 타고 가는 동년배 남자를 보았다. 아직 은퇴하지 않았는지 정장 차림이었다. 셔츠 자락을 휘날리며 달려가는 모습이 꽤 멋있어 보였다. 전동 킥보드를 처음 봤을 땐 저런 건 젊은 사람들이나 타는 거라고 거들떠보지도 않았는데, 그 순간엔 자신의 태도가 부끄러웠다. 이렇게 사람이 늙는 거야. 그는 언젠가 킥보드를 꼭 타보겠다고 결심했다. 그런데 이게, 이렇게 빠를 줄이야.

"할아버지, 나도 태워줘요."

양천식은 망설이다가 골목을 살핀 뒤 아무도 없다는 걸 확인하고 지후를 등 뒤에 태웠다.

"허리 꽉 잡아."

지후는 그렇게 했다.

"할아버지, 출발해요."

양천식은 핸들을 살짝 돌렸고 그러자마자 킥보드가 앞으로 튀어나갔다. 급발진, 급제동의 연속이었지만 그보다 더 문제인 건, 뭔 놈의 사람이 이렇게 많아! 양천식은 얼결에 인적 없는 골목을 빠져나가버렸고, 행인들을 피하느라 넘어질 뻔했고, 그 바람에 지후가 소리를 내질렀고, 고르지 않은 지표 때문에 자꾸만 급브레이크를 걸었고, 지후는 급기야 킥보드에서 떨어지며 불같이 화를 냈다. 한 번도 화를 낸 적이 없는 아이였는데.

"할아버지, 내려오세요!"

양천식은 얼결에 킥보드를 넘겼고, 지후는 인파를 뚫고 내달려 양천식의 시야에서 금세 사라졌다. 잠시 후 다시 나타난 지후는 양천식 앞에서 정확히 멈추더니 말했다. "고장 안 났는데."

그러고는 양천식의 얼굴을 빤히 올려다보았다. 양천식은 말 없이 손짓으로 지후를 내리게 한 뒤, 킥보드를 질질 끌고 가서 전봇대 앞에 세워놓았다.

"집에 가자."

양천식은 집으로 걸어가는 동안 오만 가지 비관적인 생각에 시달렸다.

내가 늙었나. 고작 킥보드 하나 못 타고.

그가 본 남자는 분명히 동년배였는데, 어쩌면 그렇게 능수능란하게 탈 수가 있는지. 양천식은 그에겐 있고 자신에겐 없는 것에 대해 생각하다가, 어쩌면 그 반대인지도 모르겠다고 생각했다. 그에겐 없고, 자신에겐 있는 것. 체납된 건강보험료, 잔소리 심한 마누라, 존경심을 보이지 않는 자식, 그리고…… 겁. 양천식은 한숨을 내쉬었다. 시대가 그를 두고 너무 빨리 달려가고 있었다. QR코드 스캔도 이제 겨우 익혔는데…… 그는 한숨을 길게 내쉬었다.

여숙과 롯데리아에 갔던 일이 떠올랐다. 그들은 키오스크 앞에서 두 팔을 내려뜨리고 무력하게 서 있었다. 딸과 사위에게 배우기는 했는데, 그들이 없으니 그들이 알려준 지식도 함께 휘발되어버렸다. 민망해진 양천식은 주문을 아내에게 떠넘기고 자리에 앉았는데, 곧바로 여숙이 쫓아왔다.

"왜 그냥 앉아? 주문을 하고 가야지."

"자네가 해."

"할 줄 몰라."

"그걸 왜 할 줄 몰라?"

"당신이 하라고."

양천식은 결국 자리에서 일어나 키오스크 앞으로 걸어갔다. 여숙이 의리 있게 옆에 서 있어주었다. 둘 다 뿌연 머릿속을 헤집으며 딸과 사위가 알려준 방식대로 손가락을 뻗어 화면을 눌렀다. 꾸욱. 그러자 화면이 바뀌었고, 추천 메뉴가 떴다.

"난 코코아 먹을게."

여숙이 냉큼 말했지만, 화면에는 코코아가 보이지 않았다.

"그 나이에 단 걸 왜 먹어? 그냥 커피 먹어."

"지금 커피 먹으면 못 잔단 말이야."

양천식은 여숙을 흘겨보았다. 그러느라 뒤편에 길게 늘어선 줄을 보고 말았다. 준후 또래의 십대 아이들이 한숨을 내쉬며 기다리고 있었다. 양천식은 침을 꼴깍 삼켰다. 왜 저렇게 줄을 잘 서고 있냐. 양천식은 절대로 압박감을 느끼지 않겠다고 다짐하며 손가락으로 화면을 훑었다. 그런데 커피만 주문할 수 있는 방법이 보이지 않았다. 커피 사진만 있는 걸 눌러야 하는데 죄다 햄버거 세트 사진이었다. 결국 양천식은 제일 처음 보이는 사진을 눌렀고, 그러자 여숙이 깜짝 놀라며 외쳤다. "햄버거를 왜?"

"내가 먹으려고."

"방금 전에 저녁 먹었잖아."

"배 다 꺼졌어."

그럴 리가 없지 않느냐는 눈길로 바라보는 여숙을 무시하고 양천식은 결제 버튼을 눌렀다. 그걸 찾는 데 또 한참 걸렸다. 그러자 화면이 또 바뀌었고, 이건 무슨 네모, 네모, 네모 천지라서 그 네모 안에 있는 단어를 해석하는 데 한참이나 걸리고, 도대체 어쩌라는 걸까……. 카운터에 서 있는 직원은 왜 나를 멀뚱히 쳐다보기만 하는 걸까. 양천식은 자기가 그다지 늙어 보이진 않을 거라는 믿음이 있었는데 지금은 차라리 늙어 보이는 게 나을 것 같았다. 누가 좀 도와주면 좋겠는데……. 슬쩍 돌아보니, 십대 아이들은 죄다 핸드폰에 눈길을 주고 있었다. 아무도 양천식이 주문 방법을 몰라 헤매고 있는 걸 알아채지 못했다. 양천식은 약간 안도한 뒤 카드를 투입구에 넣었다. 그런데 카드가 들어가지 않았다. 이게 왜 안 들어가지. 체크카드라서 그런가. 지난번에는 됐는데 이상하다. 양천식은 계속 카드를 억지로 넣으려 했고 그러던 차에 갑자기 손길 하나가 불쑥 등장했다. 옆 키오스크에서 주문하던 아가씨가 양천식의 화면에서 재빨리 무언가를 두 번 터치했고, 그러고 나서야 카드가 들어갔다. 양천식은 작게 고맙습니다,라고 말했고 아가씨는 금세 사라졌다. 그렇게 간신히 주문을 마치고 나서야 양천식은 자리로 돌아와 앉을 수 있었다.

정신이 하나도 없고, 뭐가 뭔지 모르겠고, 뭘 주문했는지도 모르겠으나 가격은 7800원이나 나왔다. 영수증 하단에 적힌 번호를 보며 여숙이 전광판을 주시하고 있을 때, 양천식은 한숨을 길게 내쉬며 인도를 걸어가는 사람들을 바라보았다. 언뜻 봐도 내 또래가 4분의 1은 되는데. 25퍼센트는 나처럼 나이 든 사람들인데 이 사회는 왜 이렇게 첨단이고 신속할까. 카운터에서 주문하던 시절엔 직원이 그렇게 하지 말고 세트로 구매하면 더 싸다고 알려주기도 했고, 프로모션 상품을 소개해주기도 했고, 빨대 하나를 더 달라고 하면 더 주었고, 컵 하나만 더 달라고 부탁하면 그렇게 해주었는데 이제 그런 개인적인 부탁은 전혀 할 수가 없고, 참 친절하네요, 고마워요,라는 말도 할 수가 없다. 그런 말을 할 수 있을 때가 기분 좋았는데. 정당하고 세련된 손님 같았는데. 이젠 이 가게에 어울리지 않는 부당하고 촌스러운 손님이 된 것 같고, 자꾸 카운터에 서 있는 직원의 눈치를 보게 된다.

"우리 꺼네."

여숙이 자리에서 일어나 받아온 것은 햄버거 세트였는데, 패티도 두툼하고, 뭔지 모르겠는 튀김이 들어가 있고, 소스 범벅에 치즈까지 끼어 있어서 도무지 입맛에 맞지 않았고, 이름이 뭔지도 모르는 그 버거를 먹으며 양천식은 자꾸만 헛트림을 했다. 배가 부른 상태에서 느끼한 버거를 먹으려니 내가 지금 뭘 하고 있는 건가 싶고. 여숙은 콜라를 앞에 두고서 한숨만 내쉬었다. 양천식은 원래 콜라를 먹지 않는데 그날은 먹을 수밖에 없었다. 영 느끼해서.

양천식은 말없이 앞장서 걸었고, 지후는 조용히 뒤따라왔다. 양천식의 곁으로 네모난 가방을 등에 멘 남자가 지나갔다. 양천식은 가방에 적힌 브랜드 로고를 유심히 쳐다보다가 지후에게 물었다. "저 사람들 어디 직원인가?"

"배달해주는 사람들이에요."

"뭘?"

"음식이요."

"저 가방 안에 음식이 든 거야?"

"네. 내 친구 엄마도 저거 하시는데."

"뭘 해?"

"배달이요. 걸어서 해요."

그 순간 양천식은 걸음을 멈추었다.

"걸어서 음식을 배달한다고?"

"네. 동네에서만요."

양천식은 심장이 두근거렸다. 그는 자전거와 오토바이 같은 이륜차를 타지 못했다. 작년에 자전거를 타고 익숙한 길을 달리다가 트럭에 치일 뻔한 뒤 생긴 후유증이었다. 정말이지 간발의 차로 트럭이 스쳐지나갔다. 트럭과 충돌했다면 천문학적 병원비가 들었을 게 분명하다고 생각하며 양천식은 가슴을 쓸어내렸다. 그 뒤로 이륜차는 타고 싶은 마음이 들지 않았다. 적당한 보속으로 걸어다니는 게 마음이 더 편했다.

"누구나 배달할 수 있는 거냐?"

"앱 깔고, 인증하고 그러면 될걸요?"

양천식은 주머니에서 핸드폰을 꺼냈다. 오랫동안 쓰던 폰이 고장 나는 바람에 우재가 무리해서 사준 신형 중고폰이었다.

노느니 걷는 게 낫지. 걷느니 배달하는 게 낫지. 그러다 보면 이 첨단 사회에 적응하지 못하는 그도 변할지 모른다. 그래, 이 참에 이 동네를 알아가면 좋지. 지후의 학교와 시장, 지하철역과 동네 마트를 제외하면 다른 곳은 거의 가본 적이 없었다. 어디에 뭐가 있는지도 잘 몰랐다. 차를 판 뒤로 운전을 한 지도 한참이나 되었고, 이젠 핸드폰 화면 속 글씨도 잘 보이지 않았다. 그건 돋보기안경을 들고 다니면 어떻게든 되겠지.

"지후야, 그것 좀 깔아봐라."

"뭐요?"

"배달 말이야."

"할아버지가 하게요?"

"왜? 못할 거 같으냐?" 지후는 틈을 두었다가 답했다. "아니요. 할아버지도 할 수 있어요."

그 말에 양천식은 감동했다.

"그런데 할아버지, 데이터 몇 기가예요?"

양천식은 두 눈을 끔뻑였다.

"와이파이로 하면 되지, 그건 왜?"

"데이터 올려야 돼요. 앱도 어떻게 사용하는지 배워야 되고. 제가 알려줄게요. 걱정 마세요."

양천식은 아이들이 있어서 세상이 아름다워진다는 것을 인정할 수밖에 없었다. 저렇게 작은 아이가 이렇게 큰 용기를 줄 수 있다니.

양천식은 방향을 꺾어서 마트로 향했다. 지후에게 꼬북칩을 사주고 싶었다.

사이버 프롤레타리아 부부

　　수경은 조수석에 앉아 있는 우재가 신경 쓰였다. 갑자기 왜 따라나선 걸까. 워낙 기습적으로 나타나 막지도 못했다. 현관을 나서려는데 방문이 벌컥 열리더니, 트레이닝복을 입은 우재가 우당탕 뛰어나와 운동화를 신으며 말했다. "나도 데리고 가줘."

　　수경은 얼결에 우재를 차에 태웠다. 선물 거래는 어쩌고 이러는 건지 궁금했다.

　　"요즘 거래 안 해?"

　　"안 해. 안 한 지 좀 됐어."

　　우재는 근래 들어 밤마다 외출했고, 새벽에 돌아왔다. 무슨 일을 하는지 충분히 짐작이 갔기에 묻지 않았다. 일이 잘 풀리지 않는지 자다가 잠꼬대를 하면서 깼고, 요란하게 이를 갈면서

잤다. 수경은 몇 번이나 우재를 흔들어 깨워야 했다. 그 바람에 수경 역시 잠을 설친 지 좀 되었고, 우재의 옷에서 희미하게 풍겨오는 차량용 탈취제 냄새와 담배 냄새에 신경을 곤두세웠다. 그런 밤들이 그들 사이에 고여 있었다.

"선물 거래 그만두려고?"

우재는 아무런 대답도 하지 않다가 한참 뒤에 입을 열었다.

"보석이 알지?"

황보석. 우재의 가장 친한 친구다. 수경은 그를 10년째 보아 왔다. 그 기간 동안 황보석은 단 한 번도 직업을 가져본 적이 없었다. 철학을 전공했고, 소설과 시를 잠깐 썼고, 서른다섯이 되자마자 접기로 결정했고, 갑작스럽게 시집을 냈다가 이젠 부모님 건물에 대안 공간인지 뭔지를 만드는 데 열을 올리고 있었다. 수경이 회사를 그만두기 직전에 그를 만난 적이 있었다. 가게 오픈을 준비 중이었고, 비용을 줄이겠다며 중고나라에서 의자와 탁자, 집기 따위를 잔뜩 사들이고 있었다. 수경과 우재가 차로 집기를 날라주었고, 보답으로 치킨집에서 맥주를 얻어먹었다. 그제야 어떤 가게인지 물었는데 돌아오는 대답은, 지역사회의 작은 공동체를 활성화하기 위한 비영리 가게라고 했다. 그게 무슨 말인지 다시 물었더니 똑같은 대답이 돌아왔다. 수경은 더 이상 캐묻지 않았다.

"보석이가 그러더라. 내가 대리운전 나간다니까 취객을 상대하는 일을 어떻게 하냐고. 차라리 제수씨가 하는 일을 해보지 그러냐고."

수경은 잠자코 있었다. 우재가 대리운전을 하며 어떤 일을 겪는지 짐작해볼 여유는 없었다. 수경은 아직 이상한 고객을 만난 적이 없었지만, 주차 시비로 다툰 적이 수차례 있었고, 반말을 듣는 건 예사였다. 그러나 그런 일은 견딜 만한 수준이었다. 스치고 말 사람들. 깊게 얽힐 일이 없는 사람들. 서로가 서로를 그렇게 생각한다는 게 표정에 명백히 드러나 좋았다. 늘 닫혀 있는 문. 응답 없는 초인종. 물건을 받자마자 집으로 들어가버리는 사람들. 엘리베이터를 타면 배달할 물건을 들고 있는 수경을 보며 아이들이 중얼거렸다. "우리 집에 올 거 있나?" 수경은 어디에 사니, 물으려다가 묻지 않았다. 아이가 택배기사에게 경계심을 갖지 않는 게 좋은 일인지 알 수 없었다. 단지 자기 집 물건을 받아가려는 순수한 마음일 뿐인데, 그 마음을 악의적으로 이용하는 사람이 있을까봐서 묻지 않았다. 같은 층에서 함께 내리더라도 꼭 집 앞에서 물건을 건네주거나 초인종을 누르거나 했다. 그러면 아이가 그제야 "우리 집 물건이에요?"라고 물었고, 수경은 호수를 확인한 뒤 건네주었다. 물건을 받아든 아이가 방심한 자세로 도어록 번호를 누르면 수경은 얼른 돌아섰다. 저러면 안 되는데. 속으로 염려하며.

"일이 힘들어?"

"똥콜은 힘들지. 꿀콜 잡히면 신나고."

우재는 그렇게 말하며 음악을 틀었다. 빠르고 경쾌한 비트의 아이돌 음악이 튀어나왔다. 우재는 곧바로 산울림 노래로 바꿔 틀었다. 추억의 히트곡이 줄줄이 흘러나왔다. 우재와 수경은 〈회상〉을 작게 따라 불렀다. 우재가 주말 아침마다 크게 틀어놓는 음악이었다. 양천식 씨는 청승맞다며 싫어하고, 여숙 씨는 귀 기울여 듣고, 준후는 질색하며 이어폰을 귀에 꽂고, 지후는 무구한 목소리로 따라 부르는 노래였다. 가족들이 다 함께 그 노래를 듣고 있는 주말 풍경은 제법 소란하게 따뜻해서 이렇게 오래오래 살더라도 나쁘지 않겠다고, 수경은 낡은 문틀을 요란한 소리로 넘어가는 진공청소기를 보며 생각했었다.

"어! 저기 건강원 앞에 개 두 마리가 묶여 있다." 우재가 외쳤다. 수경이 언뜻 돌아보니, 검은색 개와 누런색 개가 길가에 묶여 있었다. 표정이 처량했다. 우재가 차창을 내리며 말했다. "지키는 개겠지?"

무슨 뜻으로 그렇게 묻는지 알기에 수경은 침묵했다. 알 수 없지. 지키라고 데려다놓은 개인지, 다른 목적으로 데려온 개인지.

"지키라고 데려온 개일 거야." 우재는 그렇게 믿고 싶은 사람처럼 말하더니 차창을 올렸다.

비보호 좌회전 구간에서 수경은 핸들을 틀었다. 흙먼지가 뭉게뭉게 피어올랐다. 뿌옇다가 서서히 맑아지는 시야에 회색 물류센터가 나타났다. 우재는 상체를 앞으로 기울이더니 물류센터에 진입하기 위해 줄 서 있는 차량들을 세어보다가 놀란 얼굴로 외쳤다. "저기 아우디가 있어! 그 뒤에 유치원 버스도 있네!"

간간이 수경을 따라 배송을 나오는 여숙 씨는 아우디 아줌마의 속사정을 알게 되었다. 자식들은 해외에 있고, 남편은 은퇴 후 지방에서 다시 일하는 중이고, 아주머니는 아파트 대출 이자에 보태려고 배송 일을 하고 있었다. 아우디 아줌마도 여숙 씨의 속사정을 알고 있을지도 모른다. 다들 벌이가 시원치 않은 가족…… 그렇게 정리했을까.

수경은 문득 열차 플랫폼에 서 있는 가족들이 떠올랐다. 각자 확고한 목적의식을 갖고 있는지는 모르겠으나, 열차를 타겠다는 열망을 품고 그곳에 서 있다. 그러다가 열차가 도착하면 어떤 방향으로 향하는지도 모르고 타버린다. 일단 타고 보자. 당장 어딘가로 데려다주긴 하니까.

버려진 잠수함 같은 물류센터에 진입할 때마다 수압 같은 압력이 수경을 짓눌렀다. 그러나 오늘은 우재와 함께였기에 그 압력이 조금 덜했고, 심해 밑바닥을 걷는 것 같은 발걸음도 한결 가벼웠다. 우재와 함께 하나의 산소통을 공유하며 걷는 것도 나쁘지 않았다.

우리가 지금 너무 잘 헤쳐나가고 있다고 말하면, 우재야, 모두가 우릴 비웃겠지.

수경은 그렇게 생각하며 깜빡이는 앞차의 비상등을 바라보았다. 늪에 빠진 사람들이 쏘아올린 희미한 신호탄 같았다. 저먼저, 깜빡. 구해주세요, 깜빡.

*

"동원아파트 104동 1102호 강성운 씨가 주문한 서큘레이터 화이트 한 대." 우재는 품에 안고 있는 커다란 박스에 붙은 송장을 또박또박 읽더니 덧붙여 말했다. "강성운 씨는 벌써부터 여름을 준비하고 있네. 부지런한 사람이야."

"6월이잖아. 금방 더워질 거야."

그 말에 우재는 생수가 가득 실린 뒷좌석을 돌아보았다. "여름엔 다들 물을 배달해 먹는구나."

"저거 양손에 들고 몇 번 옮기면 손목이 시큰거려."

"그런데도 계속할 수 있겠어?" 수경이 아무런 대꾸도 하지 않자 다시 물어왔다. "너한테 이 일이 맞아?"

수경은 대답하지 않았다.

수경 역시 우재에게 물은 적이 있었다. 해외선물 거래 창을 열어놓으며 멍하니 앉아 있는 우재의 옆얼굴을 보다가, 너한테 이 일이 맞아? 어제도 잃고, 그제도 잃었잖아. 지난주에도 수익이 안 났고. 그런데도 이 일을 계속할 수 있겠느냐고 온화한 어조와 표정으로 물었는데 우재는 딱딱하게 굳어버렸다. 지금 수경 역시 그랬다.

너도 알겠지만 누군가 어떤 일을 하고 있을 땐 말이야, 그 일이 맞아서 하는 것도 아니고 계속할 수 있을 것 같아서 하는 것도 아니야. 그냥 견딜 만하니까, 단지 그 이유로 계속하고 있는 거야. 그럴 수도 있는 거야. 수경은 속으로만 답했다.

배달 구역이 지정되어 있지 않고, 얼굴을 익힌 경비원이 없고, 인사를 주고받는 고객도 없다. 주기적으로 탄산음료를 주문하는 고객은 기억하고 있지만 다른 고객은 거의 기억하지 못한다. 다종다양한 물건을 주문하고, 대부분 흔한 이름을 갖고 있다. 기억할 만한 특징은 고객이 아니라 고객이 사는 집에 있다. 물건을 소화전에 넣어달라고 요청사항에 기입해놓았지만 막상 소화전을 열어보면 잡동사니가 가득 차 있어서 도저히 그 안에 넣어둘 수가 없는 집, 직접 수령이라고 체크해놓았지만 초인종이 통째로 뜯겨나간데다가 노크 금지라고 써 붙여놓아서 어떻게 알려야 할지 알 수가 없는 집, 301호라고 적혀 있지만 호수 표시가 없는 다가구 주택이라 반지층이 101호라면 401호가 되어버리는 집 등등 대부분 요청 사항대로 해줄 수 없고, 주소를 정확하게 알 수 없는 집이 기억에 남았다. 수경은 사람이 아니라 집을 기억하는 게 좋았다. 복잡한 관계 맺기가 불가능하고, 누군가를 해칠 수도 없는 비생물이지만 그럼에도 살아 있는 사람처럼 저마다 외관이 다르고, 개성이 다르고, 독특한 냄새나 분위기를 풍기는 집들이. 수경이 관계 맺고 있는 건 장소였지, 사람과 그의 알 수 없는 속마음 따위가 아니었다.

몸이 힘든 것쯤은 마음이 힘든 것에 비하면 견딜 만하다고 생각했지만 손목이 언제까지 버텨줄지가 문제였다. 한여름이 되면 생수 배달은 배로 늘어날 것이고, 그녀의 손목은 이틀에 한 번씩만 겨우 작동시킬 수 있는 수준이 될지도 모른다. 작동. 이 일을 하면서 그녀는 자신의 몸이 기계처럼 정확하게 움직이고, 기계처럼 잦은 고장이 난다는 것을 실감하고 있다. 레이싱을 마치고 돌아온 차량이 곧바로 정비소로 옮겨져 점검받듯, 그녀 역시 집으로 돌아오면 얼음찜질과 휴식이 반드시 필요했다. 단백질 섭취를 늘리려고 삶은 계란을 먹기도 했다. "근력이 단백질에서 나온다고 들은 것 같은데." 수경이 중얼거리는 말을 듣고 여숙 씨는 계란을 자주 삶았다.

"지금은 이 일이 좋아." 마침내 수경은 그렇게 답했고, 우재는 더 이상 묻지 않았다.

*

그들은 첫 번째 배송지로 들어섰다. 지어진 지 얼마 되지 않은 고가의 아파트가 수만 세대나 있고, 여숙 씨가 반지를 잃어버린 아파트가 있는 곳이기도 했다. 결국 반지를 찾았다는 연락은 오지 않았다. 여숙 씨도 포기한 지 오래였다. 양천식 씨는 반지 자국만 남은 여숙 씨의 주름진 손을 볼 때마다 성질을 냈다. 다시 사주겠다는 말은 하지 않았다.

수경은 자신의 결혼반지를 힐끗 쳐다봤다. 참깨만 한 다이아몬드가 박힌 백금 반지였다. 이걸 살 때만 해도 이런 미래는 전혀 예상하지 못했다.

우재가 상자를 안고 차에서 내렸다. 수경은 뒷좌석에서 물건을 끄집어냈다. 배달 동선대로 물건을 싣고, 순서대로 꺼내는 방식이 이젠 익숙했다. 우재는 수경에게 건네받은 물건을 핸드카트에 차곡차곡 실었다.

"저층을 맨 아래에 둬."

수경은 자신의 방식을 알려주었다. 우재는 그렇게 했다. 두 사람은 핸드카트를 끌고 104동으로 향했다. 엘리베이터에 올라 물건을 차례대로 배달하던 중 우재가 엘리베이터 문 위쪽을 가리키며 말했다. "여기 숫자가 표시되어 있네. 3호 라인은 왼쪽, 4호 라인은 오른쪽."

"거의 다 써놓더라."

덕분에 문이 열리자마자 왼쪽인지 오른쪽인지 고심할 새 없이 움직일 수 있다. 배송하기 전에는 몰랐던 사실이다. 어떤 표식은 그게 필요한 사람의 눈에만 보인다.

우재는 수경이 집 앞에 물건을 내려놓고 사진을 찍는 동안 엘리베이터 열림 버튼을 누른 채 기다렸다. 송장에 '부재 시 문 앞'이라고 쓰여 있는 경우엔 부재중인지 확인이 필요했기에 그때도 우재는 열림 버튼을 누른 채 기다렸다. 그러다가 1층에 도착했을 때 엘리베이터 앞에 입주민이 기다리고 있으면 둘 다 고개를 숙이고 얼른 빠져나왔다. 택배기사가 엘리베이터를 잡아놓는 걸 좋아하는 입주민은 없을 것이므로. 가끔 버튼을 누른 채 기다려주는 주민이 있었지만 열 명에 한두 명 정도였다.

차로 돌아온 우재는 약간 상기된 표정이었다. "나 이거 잘할 수 있을 거 같아."

수경은 안전벨트를 매며 말했다. "이것도 매일 하면 지쳐."

우재는 수경의 말을 귀담아듣지 않는 눈치였다.

"매일 거래하느라 앉아만 있었더니 허리가 안 좋아지더라고. 대리운전도 앉아 있는 거라 힘들었는데, 이걸 좀 섞어서 해야겠네."

수경은 이력서는 안 넣어볼 거냐고 물으려다가 말았다. 우재가 하는 대로 내버려두고 싶었다. 우재 역시 수경에게 그렇게 해주고 있으니까. 수경은 문득 그들 사이에 존재하는 감정에 의문을 품었다. 보통 부부지간이라면 서로의 등짝을 떠밀고, 채찍질하고, 잔소리를 퍼붓고 그런 게 좀 있어야 하지 않나. 그러나 그들은 그런 게 없었다. 속으론 어떤 생각을 하는지 모르겠으나 수경은 우재의 기분이 좋아 보인다고 생각했다. 그런데 이게 기분 좋을 일인가.

"수경아, 우리 점심은 언제 먹어?" 차를 출발시키자마자 우재가 천진한 표정으로 물었다.

*

여숙 씨와 도시락을 먹었던 벤치에 이번엔 우재와 나란히 앉았다. 수경은 가족들을 차례대로 자신의 일터로 초대하고 있는 기분이 들었다.

6월 한낮의 쨍쨍한 햇빛 아래 앉아서 여숙 씨가 싸준 도시락을 열었다. 현미밥과 계란말이, 미역줄기볶음, 콩자반, 멸치볶음, 열무김치.

"와, 진수성찬이네."

우재는 배가 많이 고팠는지 고기가 없다고 불평하지 않았다.

"좋네. 소풍 온 거 같다."

수경은 아무런 대답도 하지 않았다. 여숙 씨도 처음엔 소풍가는 사람처럼 들떴다가 배송을 한 군데 마치고 돌아와선 금세 기운이 빠져버렸다. 우재는 여숙 씨보다 체력이 훨씬 좋으니 아직 지치지 않은 모양인데, 저녁쯤엔 아마도 말수가 줄어들 것이다. 오늘 수경이 받은 물건은 백 개 남짓 되었다. 아반떼엔 한 번에 다 실을 수 없어서 두 번으로 나누어 배송할 계획이었다. 물류센터의 롤테이너에 남은 물건을 쌓아두고 그녀의 이름을 휘갈겨 쓴 종이를 붙여두고 왔다. 그러니 오늘은 퇴근 시간이 되기 전에 정신없이 달려서 물건을 배달해야 하는 날인데, 태평한 우재를 데리고 다녀야 하니 난감했다.

"같이 하니까 좋지?" 우재가 웃으며 물었다.

수경은 고개를 끄덕여주다가 물었다. "대리기사는 할 만해? 술 취한 사람들이 함부로 하고 그러지 않아?"

"그런 사람도 있지." 우재는 틈을 두었다가 입을 열었다. 말할까 말까 고심하는 기색이 엿보였다. "지난번엔 주차 못한다고 고래고래 소리 지르는 아저씨를 만났어. 못하지도 않았는데 괜히 그러더라고. 동네가 떠내려가게 소리를 내질러서 주민들이 다 나와서 구경했어. 근데 별일 아닌 거 알고 그냥 들어가더라. 한 사람만 빼고. 옆집 아주머니. 아주머니가 도저히 못 참겠다고 아저씨한테 항의하고 난리였어. 알고 봤더니, 대리기사만 부르면 그렇게 주차 못한다고 소리를 내지른대. 엉뚱한 사람한테 스트레스를 다 푸는 거지. 실제론 못하지도 않았는데. 아주머니가 시끄러워서 못 자겠다고 자꾸 이러면 경찰에 신고하겠다고 난리였어. 근데 아저씨도 지지 않고 소리를 지르니까 진짜로 신고해버리더라고."

"그래서?"

"경찰이 금방 왔어. 근데 동네 이웃들이 하나둘 나오더니, 죄다 그 아저씨를 감싸는 거야. 아무 일도 아니라고. 그냥 가시라고. 신고한 아줌마를 말리면서 이웃끼리 그러는 거 아니라고 설득하더라. 지켜보다가 그냥 왔어. 욕을 너무 많이 먹어서 머리가 멍하고, 정신이 하나도 없더라고."

수경은 어떻게 대꾸해야 할지 몰라 가만히 있었다.

"그래도 돈은 제대로 줬어. 돈까지 안 줬으면 그땐 때렸을지도 몰라."

"너는 사람 못 때리잖아."

"아니야. 때릴 수 있어." 우재는 미역줄기볶음을 우물거리며 한 번 더 말했다. "이젠 때릴 수 있어."

정적이 흘렀다.

우재 역시 같은 사람을 떠올리고 있을 것이다. 준후가 두들겨 팬 사람. 수경은 이렇게 불시에 끼어드는 기억이 싫었다. 일하다가도 불쑥, 밥 먹다가도 불쑥. 지나간 일인데 이렇게 생생하게.

"사실 나…… 콜 잡힐 때마다 그런 상상을 했었어."

"무슨 상상?"

"갔더니, 그 새끼가 대리를 부른 거지."

이어지는 생각을 말하지 않더라도 우재가 무슨 상상을 하는지 알 수 있었다. 언젠가 그런 식으로 마주친다면 어떻게 복수해줘야 하나, 그런 궁리를 했을 것이다. 수경은 아무런 대꾸도 하지 않았다. 만일 정말로 마주친다면, 우재는 어떻게 할까. 아마도 우재는 운전하는 내내 죽일까 말까 고민하다가 결국 그를 집 앞에 내려주고, 돈을 받고 돌아올 것 같았다.

"미역이 좀 짜다. 소금기를 더 빼야 하는데. 요즘 장모님이 요리를 좀 짜게 하시는 거 같아."

"날이 더워져서 그런가보지." 말을 돌리려는 우재에게 장단을 맞춰주며 수경은 현미밥을 오물거렸다. 미끄럼틀 아래를 삼삼오오 걷고 있는 비둘기들에게 눈길이 갔다. 오늘은 물웅덩이가 없었다. 비둘기들은 어디서 물을 먹을까.

"다 드시면 깨끗이 치워주세요." 누군가 그들을 향해 외쳤다.

수경이 돌아보니, 경비원이 서 있었다.

"비둘기가 꼬이니까요."

"네. 그럴게요."

수경은 그가 자신의 얼굴을 알고 있다고 확신했다. 혼자 이곳에서 몇 번 도시락을 먹은 적이 있었다. 아이들이 거의 없는 한적한 놀이터여서. 그래서인지 경비원이 그녀를 기억하고 있는 것 같았다. 마음이 불편해졌다.

"아는 사람이야?"

"아니. 몰라."

수경은 젓가락을 내려놓았다. 밥을 절반이나 남겼다. 우재가 수경의 눈치를 살피다가 말했다. "입맛 없어? 컵라면 사올까?"

"됐어."

수경은 무릎을 세우고 돌아앉았다. 우재는 도시락을 정리하고 잠시 틈을 두었다가 말했다. "수경아."

"왜."

"너무 애쓰지 않아도 돼."

"뭐?"

"너, 잘하고 있다고."

수경은 한동안 아무런 대답도 하지 못했다.

"우리가 지금 잘하고 있다는 거야?"

"그렇다니까."

"그래?"

"그래."

우재는 단호했다. 단호하게 말하더니 벤치에서 일어나 허리를 쭈욱 폈다.

"일 끝나고 보석이가 가게로 오래. 오늘이 오픈일이야."

수경은 눈을 동그랗게 떴다. "기어이 그걸 하겠대?"

"하지. 집기도 다 들였는데."

"그럼 지금 이 속도론 안 돼."

우재가 놀란 표정으로 물었다. "우리가 느려?"

"나 혼자 했을 때보다 느려."

우재는 어딜 가든 느긋하게 걸어다녔고, 태연하게 물건을 흘리고 다니기도 해서 수경이 우재의 꽁무니를 살피며 종종거려야 했다.

"느리면 안 되나?"

"안 되지. 보석 씨 가게도 못 가."

"그럼 이제부터 뛰어야 돼?"

"내가 세어보니까 우리가 한 시간에 열두 개밖에 못 돌렸더라."

"많이 한 거 아니야?"

"아니야. 시급을 계산해보면 만 원이 안 돼. 근데 우린 두 명이잖아. 그럼 한 사람당 시급이 얼만지 계산해봐."

우재의 얼굴에 경악이 스쳐지나갔다.

"그런 걸 다 계산해야 돼?"

"당연히 해야지."

수경은 벤치에서 일어났다. 이건 기본 중의 기본이다. 자차 배송기사의 시급은 본인이 결정한다. 뛰면 시급이 오르고, 걸으면 시급이 내려간다. 요의를 참으면 오르고, 화장실에 자주 들르면 내려간다. 밥을 굶으면 오르고, 밥을 먹으면 내려간다. 사 먹기까지 하면 더 많이 내려간다. 수경은 여숙 씨에겐 말해주지 않았던 시급 계산법과 시급 올리는 법에 대해 우재에겐 알려주었다. 우재는 다음 배송지부터 뛰기 시작했다.

"학교 졸업하고 이렇게 뛴 건 처음이야."

우재가 헉헉거리며 말했다. 수경은 그래도 아직 최저시급에 도달하지 못했다고 말하려다가 참았다.

"대리운전을 하는 게 훨씬 나은데?" 마침내 우재가 그렇게 말했을 때, 수경은 아무런 대꾸도 하지 않았다. 우재에겐 명백히 그렇겠지만 수경에겐 아니었다. 취객한테 어떤 봉변을 당할지 모르니까. 한참 후에 우재가 말했다. "생각해보니 콜이 안 좋은 날은 거의 못 벌어."

"그런 날이 많아?"

"많지."

우재는 틈을 두었다가 말했다. "선물 거래할 땐 하루는 마이너스, 다음날은 플러스, 결론적으론 제로, 이게 너무 싫었거든. 근데 대리기사도 그렇더라. 제로인 날이 있고 플러스인 날도 있는데, 평균이 잡히지 않으니까 전업으론 힘들어."

"이것도 그래. 물건 개수가 들쑥날쑥해. 내가 신청한 대로 오는 게 아니야. 없는 날은 잘리기도 해. 처음엔 아파트 물건을 많이 주는 게 좋았는데, 지금은 싫어졌어. 아파트가 더 안 좋아. 요즘엔 30층 넘는 고층 아파트도 많거든. 주민들이 엘리베이터를 자주 이용할 땐 엘리베이터 기다리느라 10분은 그냥 버려. 그러면 또 시급이 줄어드는 거야."

"그렇구나. 시간 계산을 잘해야 하네."

"시간이 돈이야. 그러니까 걷지 않고 뛰게 돼."

"나도 대기 시간엔 힘들더라. 그렇다고 얼마 남지도 않는 콜을 수락할 수도 없고. 화장실 찾는 것도 골치야. 심야 시간이라 더 그래."

우재와 수경은 잠깐 동안 침묵했다. 담담하게 서로의 고충을 나누는 광경이 말 그대로 담담해 보일 수는 있으나 그들은 부부였고, 뒤늦게 부부라는 게 떠올라서 부부가 둘 다 이래도 되는 것인가, 한 명은 그래도 정규직이어야 하지 않을까, 무기 계약직이라도, 아니면 그냥 계약직이라도 한 명은 다른 일을 해야 하지 않을까, 싶었다. 대인기피증이 있는 서른아홉과 경력이 제대로 단절된 마흔. 그래도 찾아보면 뭐라도 할 수 있을 텐데. 하지만 지금은 어디로 향하는지도 모르는 열차에 잠시 올라타 있는 상황이었다. 수경은 이 '잠시'가 얼마나 지속될 수 있을지 생각했다.

우재가 말했다. "우리 둘 다 플랫폼 노동자래."

"뭐?"

"보석이가 그랬어. 앱 기반으로 사람과 일거리를 연결해주는 거라고. 그래서 플랫폼이래."

"관심 있대?"

"아니. 절대로 하지 말래. 좋은 거 아니라고."

수경은 발끈했다. "그 사람은 그렇게 말할 자격 없는 거 아니야? 자기 손으로 돈 벌어본 적도 없잖아."

"이젠 하려고 하잖아."

"공동체 어쩌고 비영리 가게?"

"모르겠어, 나도. 걔가 뭘 하려는 건지. 근데 모르지. 벌지도 모르잖아."

절대로 못 벌걸. 수경은 그렇게 말하려다가 삼켰다. 알 수 없었다. 어쩌면 수경과 우재가 하는 일보다 더 나은 벌이인지도 모른다.

오후 4시가 되어도 기온이 떨어지지 않았다. 수경은 찜질방에 탄산음료 여덟 상자를 배송한 뒤 1층 마트로 달려가 할인행사 중인 월드콘을 두 개 샀다. 인근 상가로 배송을 다녀온 우재가 반색하며 월드콘을 받아들었다.

수경과 우재는 마트 옆에 서서 월드콘을 먹었다. 장바구니를 든 사람들이 오갔다. 맞은편엔 미용실, 네일아트숍, 만두 가게가 있었다. 찜솥에서 하얀 김이 피어오르고, 도복 입은 아이들이 자전거를 타고 지나갔다. 일상적인 동네 풍경인데 수경의 시선으론 노동 현장의 풍경이었다.

"우재야, 배송하다가 제일 좋을 때가 언제인지 알아?"

"배송 끝나자마자 비 왔을 때?"

"그때도 좋지만, 지금이 더 좋아. 이렇게 아이스크림 먹으면서 잠깐씩 쉴 때 세상이 좀 살 만한 곳으로 보여."

우재가 놀란 눈으로 돌아보았다. "그 정도야?"

"너는 일하다가 그럴 때 없어?"

"있지. 의정부까지 갔는데 우리 동네 쪽으로 콜이 잡혔을 때." 우재는 씩 웃으며 덧붙였다. "아주 깔끔하게 마무리되는 하루인 거지."

"우리 참 소소하다. 소소한 것에 만족을 느끼며 사네."

"이상한 건가?"

"이게 우리가 버티는 방식인 거지."

"그래도 돈은 벌잖아."

"놀면 창피하니까."

"나 이젠 안 창피해." 우재는 포장재에 붙은 초코 크림을 핥으며 말했다.

*

황보석의 가게는 번듯한 상가건물 2층에 문을 열었다. 사람들이 제법 많이 찾아와주었다고 황보석이 수선을 피우며 말했다. 좀처럼 자기 주파수를 잃는 법이 없는 사람인데 오늘은 좀 들떠 보였다. 수경이 도착했을 땐 손님이 두 명 남아 있었는데, 둘 다 황보석의 지인이었다. 한 명은 대학 동창인 소설가였고,

다른 한 명은 소설가의 친구였는데 직업이 뭔지는 말하지 않았다. 둘 다 와인 잔을 들고 있었다. 창가마다 초를 켜놓고 조도를 낮추어 놓아 은밀하고 낭만적인 분위기였고, 그런 점이 어색해 수경은 들고 있던 비닐봉지를 내밀며 조금만 있다 가야지, 하고 생각했다.

"맥주 사왔어요."

수경은 마음보다 훨씬 밝게 웃으며 빈 의자에 앉았다. 우재가 품에 안고 있던 과자를 탁자 위에 내려놓았다. 치즈 플레이트 옆에 자리한 반짝이는 스낵 봉지들. 수경은 어색하게 웃고 있는 우재의 얼굴을 쳐다보았다. 취기가 오른 게 분명한 황보석이 와인 잔을 가져와 수경과 우재에게 내밀었다.

"와인은 누가 가져오신 거지?"

우재의 물음에 황보석이 답했다. "파는 거야."

"와인을 팔아요? 비영리 가게라고 하지 않았어요?"

수경의 말에 황보석은 쓸쓸하게 웃었다. "비영리 가게여도 가게잖아요. 뭔가를 팔긴 해야죠."

"그럼 이윤을 적게 남기고 파는 거예요?"

"수경 씨, 가게 관리비랑 내 생활비는 나와야 장사를 계속 하죠."

수경은 그러면 비영리 가게라고 말할 수가 없지 않나 그런 생각이 들었지만 잠자코 있었다.

두 여자가 수경을 빤히 쳐다보았다. 소설가가 먼저 입을 열었다. "어떻게 알게 된 친구야?"

"어릴 때부터 친구였어. 초등학교 때부터."

우재가 부연 설명을 덧붙였다. "보석이는 전교 회장이었고, 저는 아무것도 아니었습니다. 반장도, 부반장도, 오락부장도 6년간 한 번도 못해봤어요." 여자들이 짧게 웃었다. "보석이는 여학생들한테 인기가 많았는데, 백일장에 나가기만 하면 상을 휩쓸어오고……."

죄다 황보석을 띄워주는 말들뿐이었다. 과거엔 어땠는지 몰라도 이제 황보석은 그런 사람이 아니었다. 수경은 두 남자 사이에 어떤 대화가 오갔을지 짐작해보았다. 어쩌면 황보석이 호감을 갖고 있는 여성(들)인지도 모르겠어. 수경은 팔짱을 끼고 있다가 와인을 마셨다. 많이 마시면 턱 부근에 뾰루지가 나기 때문에 선호하는 주종은 아니었다.

수경은 의자에서 슬그머니 일어났다. 공기가 갑갑했다. 등 뒤의 창문을 열었더니 가게 안으로 시원한 바람이 불어들어왔다. 다시 의자에 앉자마자 황보석이 말했다. "오늘도 배송하고 온 거예요?"

"네. 오늘은 같이 했어요."

"아까 수경이한테 그 얘기 해줬어. 우리가 플랫폼 노동자라는 말."

우재가 황보석에게 말했고, 소설가가 관심을 보였다. 수경과 비슷한 나이로 보였는데 네일 케어를 받고 왔는지 보랏빛 매니큐어가 유난히 반짝였다. 수경은 자신의 손톱을 내려다봤다. 서른이 넘어선 한 번도 길러본 적이 없다. 요리할 때 거추장스럽지 않나? 하긴 요즘 직접 요리 하는 사람이 몇이나 된다고. 하지만 배송할 땐 확실히 거추장스럽지.

"근로계약서에 뭐라고 명시되어 있어요?"

소설가의 말에 수경은 되물었다. "이용약관에 동의하고 일을 시작하긴 하는데, 그걸 말하는 거예요?"

"거기에 개인사업자라고 되어 있죠?"

"위탁 배송사업자요."

"바로 그게 문제야." 소설가는 황보석과 다른 여자에게로 시선을 돌리며 말했다. "이젠 널리 퍼졌잖아. 그런 노동 형태가. 음식 배달, 대리운전, 택배까지."

황보석이 연이어 말했다. "가장 큰 문제는 근로자를 사업자라 칭하고, 고용주를 중개자라고 칭하는 거야. 자기들은 그저 중개만 하니까 아무런 책임도 없다는 거지. 노동자를 직고용하지 않고 파견하는 단계를 뛰어넘어, 이젠 앱이나 웹 같은 플랫폼으로 일을 시켜. 그걸 뭐라고 하는지 아세요?" 황보석은 말미에 수경을 보며 물었고, 수경은 고개를 저었다.

"사이버 프롤레타리아라고 해요."

수경은 그렇구나, 하고 고개를 끄덕였다. 내가 사이버 프롤레타리아구나. 우재가 사이버 프롤레타리아구나. 그런데 이 발음을 한 번에, 혀가 꼬이지 않고 할 수가 있나? 프롤레타리아. 사이버 프롤레타리아. 수경은 속으로 되뇌었다.

"지금이라도 바꿔야 해. 사업자가 아니라 근로자라는 걸 알아야 하고, 중개자가 아니라 고용주라는 걸 알아야 한다고. 산재 처리도 안 되고, 작업 비용도 자기가 다 지불해야 하고. 그게 뭐냐? 현대판 노예제라니까. 산업혁명 시대로 돌아간 거나 다름없어. 노예야, 노예. 공부를 해야 벗어날 수가 있어."

우재는 아무런 대꾸가 없었다. 수경 역시 마찬가지였다. 그들을 대놓고 노예라고 하는데 뭐라고 대꾸해야 할까. 맞다고 해야 하나?

만일 회사를 계속 다니고 있었다면, 황보석의 말에 쉽게 동의했을지 생각해보았다. 아마도 그랬을 것이다. 그녀가 직접 겪고 있는 일도 아니고, 자주 배달시켜 먹는 어떤 집을 떠올리며 그러고 보니 그때 그 배달원 좀 지쳐 보였어. 태풍 온 날 주문하면서 죄책감을 가졌던 게 떠올라서, 그래, 그 사람들 상황이 많이 안 좋지, 보험료도 자기가 내고, 오토바이도 자기가 사잖아. 바꾸어야지. 이런 산업이 더 커지고 있고, 이제 우리 생활의 인프라가 되었는데. 수경은 아마도 자신은 그런 일을 할 계기 자체가 없을 거라고 생각하며 그런 말을 했을까. 황보석의 의견에 동의하며, 맞장구를 쳐주며. 하지만 황보석의 말은 전적으로 옳은 것이었다. 수경도 그건 알았다. 그러나 이런 이야기를 이런 자리에서 이런 사람들과 나누고 싶지는 않았다.

수경은 10년간 보아온 황보석과 오늘 처음 본 두 명의 여자들이 우재와 자신이 현대판 노예가 된 걸 염려해주는 것에 화를 내선 안 된다고 생각하면서도 화가 났다. 물론 개선되어야 할 점은 정말이지 많다. 그녀가 갔던 어떤 물류센터는 여자 화장실이 없었다. 남자 화장실 표시가 붙어 있는 화장실만 있었고, 그게 다였다. 만일 그녀가 개인사업자가 아니라 근로자로 분류되었다면 적어도 여자 화장실은 만들어주었을지도 모른다. 수경은 여자 화장실을 찾지 못해 당황했던 순간이 떠올랐다. 소설가에게 말해주었더니 손뼉을 치면서 흥분했다.

"어머나, 세상에. 그건 정말 아니죠. 내 동생이었으면 난 울었어."

수경은 소설가의 눈이 풀려 있다는 걸 그제야 깨달았다. 알고 보니 소설가는 수경보다 나이가 더 많았다. 동생이 있냐고 물었더니 외동이라고 대꾸했다. 뭐야…….

"우재야, 니가 하는 선물 거래도 문제가 많아."

황보석의 말에 우재는 깜짝 놀란 표정을 지었다.

"들어봐. 너 해외선물 거래할 때 사기업에서 만든 프로그램 쓰잖아. 그거 그냥 신호만 가져와서 다시 만든 거라며. 근데 회원들은 그걸 보고 거래하잖아. 계좌도 업체 꺼 빌려 쓰고, 증거금도 빌려 쓰고. 그 대신 업체에 거래 수수료를 지불하고. 맞지?"

"맞긴 하지."

"그러니까 플랫폼을 거기서 다 마련해주고 회원들은 참여만 하는 거지. 그런데 야, 생각해봐. 너도 못 벌었지만 그걸로 벌 수 있는 사람 많지 않을걸? 사설 도박장이나 다름없는 거야. 온라인 사설 도박장. 그리고 대여 계좌 쓰는 거 불법이잖아."

우재는 대답하지 않았다. 얼굴이 점점 벌게졌다. 수경은 대신 대답해주고 싶은 걸 참았다. 원래 이 바닥에선 다 그렇게 거래해요. 개인이 수천만 원이나 되는 증거금을 갖고 있겠어요? 다 빌려 쓰는 거지. 그러나 계좌 대여는 엄연히 불법이다. 수경 역시 그걸 알았기에 잠자코 있었다. 예전에 우재와 이 문제로 다툰 적도 있었지만 이젠 포기했다. 무뎌져버린 거다.

"거래 수수료만 왕창 내고, 실제로 번 돈은 없으니 그거 플랫폼 노동보다 더한 거야. 넌 완벽한 착취 시스템에 갇혀서 시간과 돈만 날린 거라고."

우재는 말이 없었다. 와인 잔을 옆으로 밀어내더니 캔 맥주를 따서 벌컥벌컥 들이켰다. 눈을 빛내며 황보석의 말을 듣고 있던 소설가가 선물 거래에 관한 것을 더 물어왔지만 우재는 대답해주지 않았다. 언제부터 하셨어요? 어떻게 시작하게 되셨어요? 한 달 평균 수익률이 어떻게 돼요? 설마 본업으로 하고 계세요?

우재는 못 들은 척 허공만 쳐다보았다.

선물 거래 시작한 지는 2년 됐고요, 계기는 주식투자 방송을 보다가 해외선물 소개하는 코너가 있었는데 그거 보다가 알게 됐어요. 기가 엄청 세 보이는 아주머니가 나와서 1틱에 1만 원! 이러면서 1틱 움직이는 건 일도 아니라는 듯이 말하기에 그러면 하루에 3~4만 원은 그냥 벌지 않을까 싶어서 시작했고요, 당연히 주식이 잘 안 되고 있을 때여서 그리로 간 거고, 수익률은 현재 마이너스예요. 본업으로 했었다가 얼마 전부터 대리운전이랑 투잡으로 하고 있고, 이젠 배송까지 쓰리잡이 될 예정이에요. 수경은 우재의 옆얼굴을 보면서 그의 4년간의 행적을 마음속으로 정리해버렸다.

우재의 표정을 살피던 황보석이 말했다. "여하튼 그 얘긴 나중에 다시 하자."

이미 다 얘기해놓고 뭘 더 하나 싶었지만 수경은 우재를 생각해 가만히 있었다. 여기서 황보석과 싸우면 꼴이 우스웠다. 어떤 걸 팔겠다는 건지 도무지 알 수는 없지만 그래도 개업날이지 않은가.

"다른 얘기해요, 우리."

수경의 말이 끝나자마자 그때까지 입을 다물고 있던 여자가 말했다. "저는 로컬 커뮤니티 활성화를 위한 시민활동가예요."

수경은 눈을 동그랗게 떴다. 어떤 일을 하고 있다는 건지 전혀 감이 잡히지 않았다.

"이번에 보석 씨 가게에서 의식향상집단 지도자들의 역량강화 무료교육 파트를 맡았어요. 지역의 발전적 활동에 도움되는 일을 찾아보고 있었거든요. 구청에 지원금도 신청해놨어요."

수경은 자기도 모르게 되묻고 말았다. "어떤 집단이라고요?"

그러자 여자는 수경의 얼굴을 빤히 쳐다보다가 '의식향상집단'이라는 단어를 또박또박 발음했다. 그러나 수경의 귀엔 외계어처럼 들렸다.

갑자기 황보석이 지나간 화제를 다시 꺼내며 끼어들었다. "엄청난 적자를 내면서도 계속해서 공급을 늘리고 있는 플랫폼 기업이 얼마나 많은 줄 알아? 사실 얘들은 벤처캐피털 투자금으로 버티는 거야. 버블인 거지. 모두가 이 버블을 굴리는 데 혈안이 되어 있고, 품을 들이고, 열정을 담으니까 언뜻 보면 무척 활발하게 돌아가는 공장처럼 보이지만 찍어내는 것은 공갈빵, 속이 텅 비어 있는 빵이지. 그러나 뭔가가 활발하게 작동하고 있으니까 모두 손을 놓을 수가 없는 상황인 거야. 문제는 이 시스템이 이미 사회의 한 축을 담당하고 있다는 거야. 누가 돈을 버는지 알아? 없어. 고강도 노동을 하는 저소득 노동자와 빠른 배송으로 이익을 보는 소비자, 적자투성이 기업만 남을 뿐."

"그래도 돈을 버는 인간들이 있어. 몰라서 그렇게 말하는 거야?" 시민활동가가 말했고, 황보석은 쓰게 웃었다.

"나는 지금 너무 좋다. 너무 재미있어." 소설가가 대뜸 그렇게 말했고, 수경은 소설가를 노려보았다. 재미있다고? 뭐가? 내가 엿 같은 일을 하는 게?

"제가 옛날부터 궁금한 게 있었는데." 수경은 소설가를 보며 말을 이어갔다. "작가는 얼마나 벌어요?"

소설가의 얼굴이 순식간에 구겨졌다. 그녀는 한숨을 길게 내쉬더니, 와인을 한 모금 마시고 가슴 언저리에 손을 얹었다가 내리며 시간을 끌다가 말했다. "내가 정말 싫어하는 게 뭔 줄 알아요? 작가만 보면 꼭 이런 걸 물어. 무슨 책 냈어요? 얼마나 벌어요? 이게 너무나 궁금하다는 거야. 그런데 수경 씨, 그거 알아요? 작가한테 그 두 가지 질문은 정말 해선 안 되는 거예요. 왜 그러냐 하면, 책을 그렇게 쉽게 낼 수 있는 것도 아니고, 솔직히 돈 정말 못 벌어요. 내가 책 팔아서 얼마 버는지 말하면 여기 있는 사람들 다 놀라 자빠질걸? 차라리 배송을 하거나, 대리운전을 하는 게 훨씬 낫다고 하면 믿을 수 있겠어요?"

"못 번다고 듣긴 했어." 우재가 씁쓸하지만 다독이는 듯한 표정으로 말했다.

수경은 그제야 분위기가 토마토 수프처럼 뭉근하게 풀어지고 있다는 걸 깨달았다. 생 토마토를 데쳐서 껍질을 벗긴 뒤 치킨스톡을 넣고 끓이다 보면 보글보글 끓어오르다가 감칠맛이 나는 순간이 오는데 바로 지금이 그랬다.

소설가가 수경을 바라보았다. 수경도 소설가를 바라보았다.

너만 힘든 거 아니야. 나도 힘들어.

너만 별 볼 일 없는 거 아니야. 나도 별 볼 일 없어.

여기 있는 사람들 다 그래. 그러니까, 마시자.

수경은 소설가와 건배했다. 소설가의 기다란 머리카락이 와인 잔에 빠졌지만 수경도 소설가도 개의치 않았다. 소설가가 잔을 비운 뒤 머리카락을 빼내 옆으로 휙 넘기자 시민활동가 은주 씨의 베이지색 니트에 보랏빛 와인이 튀었지만 수경은 잠자코 있었다. 술자리에선 그럴 수도 있지. 그러나 지금 그런 말을 해주기엔 은주 씨가 너무 멀쩡해 보였다. 술을 좀 더 먹어야겠어. 수경은 은주 씨의 잔에 맥주를 따라주었다. 이미 와인이 남아 있었음에도. 은주 씨가 인상을 찡그렸다. 그러면서도 와인 섞인 맥주를 단숨에 비웠다. 그리고 말했다.

"저는 어릴 때부터 어둠을 먼저 봤어요. 왜 그런 애들이 있잖아요. 빛과 어둠이 있으면 어둠 쪽으로 끌리는 애."

"저도 그런 동생 한 명 알아요." 수경은 보라를 떠올리며 말했다.

"맞아. 그런 사람들이 한 명씩 있어. 그런데 다들 그걸 알아야 해요. 그러고 싶어서 그러는 게 아니라는 걸. 자기가 사랑하는 사람들을 지키고 싶어서 그러는 거예요. 그리고 이런 사람들이……" 은주 씨는 갑자기 울먹이기 시작했다. "이런 사람들이,

사랑이 많아. 그래서 사랑하는 사람들도 많고, 여하튼 가슴에 사랑이 너무 많아."

은주 씨가 엉엉 소리를 내며 울기 시작했다. 모두가 벌떡 일어나 서둘러 냅킨을 집어들고 은주 씨에게 건넸다. 무슨 사연이라도 있는 걸까. 수경은 걱정스러운 표정으로 우재를 돌아보았다. 우재도 영문을 알 수 없는 표정이긴 마찬가지였다. 황보석이 건배를 제안했다.

"분위기 좋다. 내가 이러려고 가게를 연 거야. 서로 속마음도 얘기하고, 사회 비판도 하고, 격려도 해주고, 따끔한 충고도 해주고, 웃고, 울고, 응? 얼마나 좋아. 안 그래요, 수경 씨? 안 그러니, 우재야? 안 그래, 성연아?"

소설가의 이름은 성연이었다. 성연 씨는 고개를 푹 숙였다. 머리카락이 앞으로 주르륵 내려와 얼굴을 가렸다. 은주 씨가 말했다. "야, 우니?"

"아니."

"그래, 울지 마. 너까지 울면 개업날인데 이상하잖아."

"괜찮아. 울어." 황보석이 말했다. 단호하면서도 따뜻한 목소리로. "울고 싶은 사람은 울어도 돼. 여기서 울어. 나가서 울지 말고, 여기서. 그러라고 내가 이 가게를 연 거야. 알겠어?"

수경은 우재의 손을 살짝 잡았다가 놓았다. 실로 오랜만이었다. 가족이 아닌 사람들과 함께 웃고 떠든 건.

*

　와인과 맥주를 섞어 마신 우재는 집에 도착하자마자 두통을 호소했다. 수경은 진통제를 건네준 뒤 침대에 드러누웠다. 씻기도 귀찮았다. 뾰루지가 올라오려는지 벌써부터 턱 부근이 간질 거렸고 속이 울렁거렸다. 막판에 소주를 사온 게 화근이었다. 누가 사왔더라. 그래, 성연 씨였지. 웃으며 가게 밖으로 뛰쳐나가더니 잠시 후 더 크게 웃으며 소주를 품에 안고 돌아왔다. 나중엔 은주 씨가 매운 닭발을 배달시켰다. 모두 닭발에 소주를 먹느라 정신이 없었다. 어찌나 매운지 덜 마셔도 될 소주를 물처럼 마셨다. 내일 배송은 쉬어야 할 것 같았다.

　"괜찮아?" 진통제를 먹고 괜찮아졌는지 우재가 물어왔다.

　"보석 씨 참 똑똑하다. 원래 그렇게 똑똑했나? 그런데 왜 그렇게 펑펑 놀기만 했대?"

　"걔가 뭐가 똑똑해."

　"우리보고 사이버 프롤……이라잖아. 나는 그런 단어 처음 들어봤어."

　"걔 원래 그런 소리 잘해. 대학 다닐 때부터 그랬어."

　"운동권 뭐 그런 거였어?"

　"야, 나 99학번이야. 밀레니엄을 코앞에 두고 그런 걸 했겠어?"

수경이 대학을 다닐 때에도 그런 사람들은 눈에 띄지 않았다. 자기들끼리 어딘가에 모여서 열성적으로 활동했을지 몰라도 캠퍼스 안에선 그런 분위기를 감지할 수 없었다. 학창 시절 내내 억압됐던 욕구가 튀어나와 사방으로 내달리는 시기였는데, 수경 역시 몇 번 가볍고 무거운 연애를 반복했다. 수경은 그 시절이 전생처럼 멀게 느껴졌다.

"사실 나도 대리기사 하면서 이 바닥이 이렇게 돌아가면 안 된다고 느낄 때가 많아. 그럼 뭐 해. 노조를 만들 수도 없는데. 인터넷 카페에 누가 그런 글 올리면 찬성하는 사람도 있지만 결국 흐지부지해져."

"아닌데. 나 얼마 전에 기사 봤는데."

"무슨 기사?"

"대리운전도 노조 있어. 우재 니가 관심이 없어서 몰랐던 거야."

"그래? 그럴지도." 우재는 잠깐 동안 말이 없었다.

"우재야."

"어."

"넌 우리가 사이버 프롤로 살아도 괜찮다고 생각해?"

"사이버 프롤레타리아."

"그래, 그거."

"……임시직일 뿐이잖아. 계속하려는 건 아니야."

"다른 일 구할 거야?"

"구해야지. 넌 계속 배송 일 하려고?"

"몸이 따라줘야 하지. 허리라도 다치면 하고 싶어도 못해."

"그러니까 그만두고 다른 일 찾아봐. 허리 다치면 돈 많이 들 잖아."

"너도 다칠 수 있잖아. 너도 다른 일 알아봐."

"다른 일 알아보는 데 몇 달 걸리잖아. 노느니 이거라도 하는 게 낫지."

"나도 그래. 노느니 하는 거야."

"정말?"

우재가 놀란 얼굴로 고개를 들었다. 정말. 수경은 속으로 답했다. 취기 때문인지 아무렴 어때, 그런 생각이 절로 들었다. 다들 힘들고, 술 마시다가 울기도 하는데 나도 그냥 그렇게 살면서 앞으로 나아가면 되는 게 아닌가 싶었다. 평생 하고 싶은 일이 과연 있을까 싶고, 평생 남과 얽히지 않겠다는 결심이 과연 지속될까 싶고……. 오늘은 아무래도 상관없는 밤이었다. 내일도 아무래도 상관없는 아침이면 좋을 텐데.

나에게 일어났던 일, 일어날지도 모르는 일을 회고하고 의심하느라 현재를 그냥 다 흘려보내고 있잖아. 수경은 갑자기 없던 용기가 치솟았다. 은주 씨가 울었을 때 나도 같이 울 뻔했는데, 그건 나 역시 은주 씨가 말하는 사랑이 많은 사람이기 때문인지도 몰라. 이런 사람은 어떻게 살아가야 하는 걸까. 수경은 좋아하는 사람들과 함께했던 순간들이 떠올랐다. 밥을 먹으며, 커피를 마시며, 농담을 던지거나 어깨를 두드려주거나 잘못을 감싸주던 순간들이 떠올랐다. 그런 순간들에 다 그녀의 사랑이 담겨 있었다. 은주 씨가 그랬던 것처럼 수경은 눈물이 왈칵 솟아올랐다.

수경은 우재에게 물었다. "그 사람들 또 만날 수 있을까? 성연 씨랑 은주 씨."

"가게 가면 볼지도 모르지."

"나만 힘든 게 아니야. 다들 힘들어."

수경은 손등으로 눈을 비빈 뒤 습관적으로 핸드폰을 집어들었다.

배송 앱에 푸시 알림이 들어와 있었다. 알림을 클릭해 내용을 읽어보았다. 심야 배송 단가 인상이 여러 차례 공지되었다.

세상에! 이렇게나 많이 준다고?

수경은 눈물이 쏙 들어가고 눈이 번쩍 뜨였다. 그러나 술을 마셨으니 일을 나갈 수가 없었다. 단가 인상 공지가 뜰 때마다 늘 마음이 들썩였는데 지금도 그랬다. 나갈 수도 없는데 머릿속으론 아반떼를 몰고 물류센터로 달려가고 있다.

우재가 물었다. "뭐 봐?"

"배송 앱."

우재가 피식 웃더니 말했다. "애사심이 아니라 애앱심이네."

"⋯⋯그러네."

푸시 알림을 볼 때마다 늘 대기 상태로 있는 것 같은 기분에 시달렸다. 끄면 되는데 그게 도무지 쉽지가 않다. 딱히 할 일이 없으면 슬슬 운전해서 가보는 것도 나쁘지 않잖아. 그런 식으로 자신을 설득하다 보면 핸드폰을 놓을 수 없게 된다. 단가가 점차 인상되는 과정을 실시간으로 지켜보고 있노라면, 마권을 쥔 도박사의 심정을 이해할 수 있다. 그래, 이쯤에서 베팅해? 쉬기로 결심했더라도 그런 결심은 금세 무효가 된다. 그런 식으로 휴일과 노동일의 경계가 불분명해진다. 이젠 주말에 쉬는 것조차 죄책감이 느껴졌다. 주말엔 배송 단가가 더 높아지기 때문이다. 벌 수 있는데 벌지 않으면 벌을 받는 기분에 시달리게 된다는 걸 누가 이해해줄까.

"우재야, 너는 앱을 밤에만 보면 되니까 좋겠다."

"너는 종일 봐?"

"종일 보지. 요즘엔 다른 일거리는 없나 찾아보고 있어."

"앱으로 하는 거?"

수경은 고개를 끄덕였다. 황보석에게 잔소리를 무진장 듣고 왔고, 어떤 점이 바뀌어야 하는지도 분명히 알았지만 앱에 대한 중독성만큼은 나아지지 않았다.

이걸 볼 때마다 도파민이 나오는 게 분명해. 도파민이 아니더라도 어떤 자극적인 호르몬이 일시적으로 폭발하는 게 분명했다. 다른 일을 하고 있다가도 한 번씩 앱을 열면 짜릿한 뭔가가 손끝을 훑고 지나갔다. 하기만 하면 돈을 벌 수 있으니까. 그걸 아는 순간 통장에 돈이 입금된 것처럼 정신이 번쩍 들었다. 중독이다.

돌아보니 우재는 눈을 감고 있었다. 핸드폰을 배 위에 올려놓고 소중하다는 듯이 두 손으로 감싼 자세로. 문득 그들의 삶이 저 작은 핸드폰만 한 크기로 축소되어버린 기분이 들었다.

수경은 침대에서 일어나 우재의 손에서 핸드폰을 빼들었다. 곧바로 우재가 눈을 번쩍 떴다. 깜짝 놀란 표정이었다.

"아, 잠든 줄 알고 놀랐네."

"콜 기다리다가?"

"어. 그땐 놀라서 깨니까."

우재는 옆으로 돌아눕더니 작게 코를 골면서 잠들었다.

수경은 우재의 핸드폰과 자신의 핸드폰을 사이드테이블 위에 올려두고 불을 껐다. 세수도 안 했지만 일어나 욕실까지 걸어갈 기운이 없었다. 옆으로 돌아누워 우재의 등짝을 바라보았다. 그리 넓지 않았다. 다가가 안아주고 싶을 정도로 작아 보였다. 수경은 베갯잇으로 흐르는 눈물을 닦아냈다. 오늘따라 툭하면 눈물이 샘솟았다. 보석 씨의 말대로 보석 씨의 가게가 아닌 다른 곳에선 울고 싶지 않았다. 앞으론 보석 씨의 가게에서만 울어야지. 그리고 그때 성연 씨와 은주 씨도 옆에 있어줬으면 좋겠어. 같이 울었으면 좋겠어.

수경은 오늘 처음 본 사람들에게서 느꼈던 연대가 오늘 처음 본 사람들이기에 가능하다는 걸 알았다. 우재 앞에서, 엄마 앞에서, 아빠 앞에서, 준후 앞에선 절대 못 울지. 은지 앞에서도, 보라 앞에서도 못 운다. 못 울어. 씩씩한 척, 안 그런 척, 괜찮은 척하느라 바쁜데 울 시간이 어디 있어. 그들이 그렇게 살았으면 해서, 절대로 우는 일이 없었으면 해서. 그러다 보니 수경은 울지 않는 사람이 되어버렸다. 그랬는데 오늘은……. 수경은 축축해진 베개를 뒤집은 뒤 잠을 청했다. 뒤늦게 취기가 몰려와 방 안이 빙글빙글 돌았다.

*

"오늘은 차가 좀 없네."

수경의 말대로 물류센터 안은 어제보다 한산했다. 다들 어디로 갔을까. 안정적인 일을 구해 안착했을까.

차를 몰고 안쪽으로 들어가니, 물량을 더 받기 위해 데스크 근처에서 기웃거리는 배송기사들이 보였다. 미할당 물건이 담겨 있는 박스 안을 뒤적거리며 적당한 물건을 찾고 있는 것이다. 우재는 그들이 항구를 어슬렁거리는 갈매기 같다고 생각했다.

주차를 마치자마자 수경은 곧바로 장갑을 꼈다. 그리고 차에서 내려 그들에게 할당된 롤테이너의 번호를 받아왔다. "A4-168이야."

우재는 수십 개의 롤테이너가 빼곡히 들어차 있는 영역을 헤집으며 그들의 물건을 찾아다녔다. 하나같이 엄청나게 무겁고, 이걸 빼면 저게 막히고, 저걸 빼면 이게 막히는 거지 같은 구조로 놓여 있었다. 관리자가 나타나 주변을 걸어다니며 외쳤다. "손 조심하세요! 손 끼이지 않게 다들 조심하세요!"

다행히 그리 멀지 않은 곳에 그들의 물건이 있었다. 우재는 수경에게 곧바로 알렸다. 그들은 앞을 가로막고 있는 네 개의 롤테이너를 옆으로 밀어놓았다. 도중에 다른 기사가 반대 방향에서 롤테이너를 끌고 오는 걸 본 우재는 큰 소리로 외쳤다. "사장님, 잠시만요. 저희 먼저 지나갈게요."

배송기사들은 서로를 '사장님'이라고 불렀다. 그러나 남자 기사들에게만 사장님이라는 호칭을 썼고, 여자 기사들은 거의 없기도 했지만 있더라도 '저기요' '거 좀' '아가씨' 등의 호칭으로 불렸다. 수경은 아가씨라는 호칭을 무척 싫어했다.

차 앞까지 롤테이너를 끌고 온 뒤 우재는 곧바로 바코드를 스캔하기 시작했다. 허리 한번 펴지 않고 끝까지 흐트러짐 없는 자세와 일관된 속도로 바코드를 찍었다. 수경은 우재가 스캔한 물건을 아파트별로 분류해놓았다. 역시 오늘도 아파트가 많왔다. 하지만 어제처럼, 함께 움직이지 않고 각자 배달을 마친 뒤 우재가 사진을 찍어서 수경의 핸드폰으로 전송해주면 배송 시간은 절반으로 줄어들 것이다. 즉 시급이 두 배로 뛰는 것이다. 하지만 그들의 시급은 그렇게 계산하더라도 처참할 정도인데……. 우재는 그런 생각을 물리쳤다. 부지런히 허리를 굽히고 펴면서 물건만 날랐다. 그가 상실한 노동의 감각과 근력이 되돌아오고 있었다. 모니터 앞에 앉아 두근거리는 가슴을 움켜쥐면서 마우스 클릭으로 모든 노동을 대신했던 그의 노동 감각이 점차 회복되어가는 중이었다. 돈을 버는 일은 이렇게 정직할 수 있고, 어쩌면 정직해야만 하는지도 모른다.

수경이 관리 직원에게로 달려가 출차를 허가받는 동안, 우재에게로 한 직원이 어슬렁거리며 다가왔다. 회사 로고가 박힌 조끼를 입고 있는 것으로 보아 정규직 배송기사인 듯했다. 우재보다 나이가 한참 아래인 청년이었다.

"부부세요?"

다들 그걸 궁금해한다.

"네. 부부예요."

수경이 차로 돌아왔다. 청년은 우재와 수경의 얼굴을 번갈아보더니 말했다. "두 분이서 같이 하시는 거면…… 남편분은 아래층에서 위로 올라가시면 되고, 아내분은 위층에서 아래로 내려오시면 돼요. 그러면 중간에서 만날 수 있잖아요. 그렇죠?"

청년은 마치 부부라면 으레 배송하다가 한 번쯤 반드시 얼굴을 봐야 하지 않겠느냐는 식으로 말했다. 그러나 그럴 필요는 당연히 없었다. 바빠 죽겠는데 얼굴 볼 시간이 어디 있나. 각자 한 동씩 맡아서 뛰는 게 훨씬 편했다. 하지만 수경과 우재 모두 잠자코 있었다.

청년은 연이어 말했다. "문 앞까지 걸어가서 짐을 내려놓을 필요는 없어요. 그냥 바닥으로 던져서 문 앞까지 주욱 밀려가게 하세요. 그러면 시간을 많이 절약할 수 있거든요." 청년은 말을 마치고 회사 로고가 박힌 커다란 배송 트럭으로 걸어갔다.

우재는 곧바로 궁금한 걸 물었다. "수경아, 저 사람은 사진 안 찍어? 물건을 밀어놓고 그냥 가라고 하네."

"정규직은 안 찍어도 돼. 위탁 배송기사만 찍는 거야."

우재는 청년을 다시 돌아보았다. 정규직 청년과 일용직 그. 그 간극이 보일 듯 말 듯했다.

차가 출발했다. 조수석에 앉은 우재의 시야엔 도로의 일부분만 눈에 들어왔다. 그럴 수밖에 없었다. 누군가가 주문한 기다란 카펫이 둘둘 말린 채 튼튼한 비닐에 싸여 우재의 얼굴 앞을 가로지르는 상태로 놓여 있었다. 그러니 앞이 잘 보일 리가 없었다. 하지만 오늘은 커다란 서랍장 하나가 뒷좌석을 차지했기 때문에 어쩔 도리가 없었다. 이대론 물류센터와 배송지 사이를 세 번은 왕복해야 할 거라는 결론이 나왔다. 도로 위에서 버리는 시간이 엄청나게 길어진 것이다. 운이 나쁘면 간혹 이런 날도 있었다.

우재는 카펫을 미간에 바짝 붙인 채로 앉아 있었다. 자꾸만 실없는 웃음이 나오려는 것을 참았다. 밖에서 보면 물건에 가려져서 조수석에 사람이 타고 있는 줄 전혀 모를 것이다.

"괜찮아?"

수경이 걱정스러운 어조로 물었고, 우재는 일부러 밝게 대꾸했다. "차에서 내리면 나 사진 좀 찍어줘."

"사진을 왜?"

"이런 건 남겨야지. 나 지금 겨우 눈만 내놓고 있어."

우재는 웃으며 말했지만 수경은 웃지 않았다. 묵묵히 앞만 보며 운전했다. 말도 없었다. 우재는 고개를 돌리기 불편해서 눈동자를 옆으로 굴리며 수경의 표정을 살폈다. 생각에 잠긴 얼굴이었다. 우재도 입을 다물었다. 다행히 배송지가 가까웠다. 인근 아파트 단지였다.

"빨리 끝내고 가자."

그들은 차에서 내리자마자 카트에 짐을 쌓기 시작했다. 우재가 배달해야 할 무거운 짐은 수경이 근처까지 카트로 가져다주었다. 우재는 고층부터 차례로 물건을 배달하고 내려와 핸드폰으로 찍은 사진들을 수경에게 전송했다. 채팅용 메신저가 없었다면 상당히 불편했을 과정이다. 남의 집 현관 앞을 찍은 사진들이 우재의 핸드폰 사진앨범에 가득 쌓이기 시작했다. 모르는 사람이 본다면 도둑인가 싶을 정도로 이상한 사진들이었다.

우재는 송장에 '부문'이라고 찍힌 물건을 보면 한숨부터 나왔다. '부문'은 '부재 시 문 앞'의 줄임말이다. 수령인의 입장에선 물건이 분실될지도 모르니, 혹은 되도록 빨리 물건을 받고 싶어서 부문을 요구하는 것이겠지만, 그 같은 신입 배송기사의 입장에선 안 그래도 창피할 정도로 적은 시급을 더욱 낮추는 요인이 되었다. 열 명 중 한 명만 부문을 원하는 게 아니라 열 명 중 적어도 세 명 정도는 부문을 원했다. 그들을 위해 초인종을 누르고 기다리는 시간에도 엘리베이터는 배송기사를 기다리지 않고 운행된다. 30층 이상의 고층 아파트에선 부문 배송 한 건이 배송기사를 자칫 10분간 엘리베이터에 매여 있게 만드는 결과를 초래한다. 부문 하나가 초래하는 불행이 이토록 크지만 우재는 배송 일을 하기 전엔 이러한 사실을 전혀 몰랐고, 매번 부문에만 체크하는 수령인이었다.

"난 이제부터 두 번 다시 부문에 체크하지 않을 거야. 절대로."

"나도. 무조건 문 앞에 놓고 그냥 가라고 할 거야. 빨리 가버리라고 할 거야."

그들은 센터로 돌아갔다. 두 번째로 배송할 물건을 차에 실으며 커다란 박스 하나를 빼면 두 번만 배송해도 되겠다는 결론을 내렸다. 우재는 망설이다가 그 박스를 들고 데스크로 걸어갔다. 다행히 관리자가 그 물건을 흔쾌히 빼주었다. 우재와 수경은 곧바로 다음 배송지로 출발했다. 고급 아파트 단지였다. 엘리베이터 문이 번쩍거리는 금색이었다. 물건을 배달하느라 정신없이 뛰어다니고 있을 때, 수경의 핸드폰으로 연락이 왔다. 센터 관리자였다.

─아까 두고 가신 물건이요, 혹시 지금 가져다드리면 배송 가능하겠어요?

마침 그들은 해당 아파트 단지에 머물고 있었다.

─그렇긴 한데, 어떻게 가져다주시려고요?

─다 방법이 있죠.

전화를 끊고 나머지 물건들을 배달한 뒤, 우재는 수경과 함께 아파트 정문 경비실 앞에서 물건을 기다렸다. 10분쯤 지나자 배송 회사의 로고가 박힌 트럭이 나타나더니 도로변에 멈추어 섰다. 운전석에서 내린 기사는 그들에게 견우와 직녀나 실행할 법한 배송 방법을 설명해주었던 청년이었다. 청년은 환하게 웃는 얼굴로 트럭 짐칸에서 커다란 박스를 꺼내 그들의 핸드카트에 실어주었다.

"그럼 수고하세요. 부부끼리 정말 보기 좋네요."

청년은 덕담이라 하기엔 애매모호한 말을 남기고 곧바로 돌아갔다.

우재는 수경과 함께 물건을 날랐다. 박스가 너무 커서 우재가 앞에서 카트를 끌고, 수경이 뒤를 받치며 걸었다. 바람이 몹시 불어서 우재와 수경의 머리가 마구 헝클어졌다. 작은 카트에 커다란 상자를 싣고 불안하게 물건을 옮기는 모습은 주민들의 시선을 끌었다. 우재는 그들이 배송기사로 보일지 입주민으로 보일지 문득 궁금했다.

물건을 배달하고 돌아와 곧바로 다음 배송지로 향했다. 우재는 차창 너머를 바라보다가 수경을 돌아보며 말했다.

"나 어제 자동매매 프로그램 켜놓고 나갔는데, 벌었더라."

수경은 놀란 얼굴로 물었다. "얼마나?"

"4만 원."

수경의 눈이 반짝거리다가 이내 빛이 사라졌다.

"그럼 뭐 해. 다시 하면 잃을지도 모르는데."

"그래서 다시 안 하려고. 그럼 번 게 되잖아."

승리하려면 승리했을 때 멈춰라. 그러면 영원히 승리하리라. 그러나 어느 개미가 그 말을 듣겠는가.

"종일 주식 거래만 했을 땐 도로를 달리는 차들의 모양새도 다 차트로 보였거든. 근데 이젠 이런 생각만 들어. 저 차는 물건을 몇 개나 실을 수 있을까?"

수경이 웃으며 대꾸했다. "나도 그래. 스타렉스가 가장 위대한 차로 보여. 물건을 300개는 실을 수 있지 않을까?"

우재는 한참 웃다가 갑자기 조용해지더니 물었다.

"수경아, 넌 나하고 결혼한 거 후회 안 해?"

수경은 대답 없이 전방만 주시하다가 말했다. "우재야, 넌 친구한테 나랑 친구 된 거 후회하냐고 묻니?"

우재는 흐릿하게 미소 지었다.

좋은 남편이기보다 진정한 친구로 인정받은 것에 벅찬 마음이 든다면, 그건 어떤 부부일까. 우재는 수경의 웃는 얼굴을 보며 생각했다. 뭐가 됐든 그들은 괜찮을 거라고.

*

오랜만에 지번주소 물건이 꽤 많이 할당되었다. 지번주소 물건이란 아파트가 아닌 형태의 건물에 배달해야 하는 물건을 통칭하는 말이다. 사실 지번이란 단어의 뜻과는 거리가 멀었지만 센터에선 모두가 그 말을 썼다. 아파트에 비하면 엘리베이터를 기다리지 않아도 된다는 장점이 있지만, 구역별로 배송해야 할 물건이 띄엄띄엄 있을 때가 많고, 주소를 찾기 쉽지 않을 때도 종종 있어서 유의해야 했다.

우재는 수경이 사이드브레이크를 올리자마자 차에서 먼저 내리며 불법 주정차 단속카메라가 있는지 살폈다. 수경 역시 도로변까지 살펴본 후에야 없어,라고 큰 소리로 외쳤다. 단속카메라를 찾는 그들의 눈은 이제 날카롭다 못해 없는 카메라도 만들어낼 지경이었다. 카메라인 줄 알았는데 비둘기였네! 그렇게 안도하며 돌아선 적도 수차례 있었다.

우재는 비탈길 위쪽, 수경은 아래쪽 구역을 맡기로 했다. 차는 중간 지점에 주차했다. 경사도가 상당해서 겨울에 빙판길로 변하면 마의 코스가 될 듯한 언덕배기였다. 우재는 이 일을 시작한 뒤 지표가 매끈한지, 경사도는 어느 정도인지 살피는 습관이 생겼다.

수경이 먼저 물건을 들고 아래쪽으로 뛰어내려갔다. 우재는 반대편으로 뛰어올라갔다. 그러나 마음과 달리 두 다리는 허우적거리듯 느리게 움직였다. 나흘 연속으로 배송을 하고 나면 반드시 이런 몸 상태가 되었다. 물 젖은 솜을 뛰어넘어 물엿에 담근 솜 같은 상태. 수경 역시 내색하진 않지만 마찬가지일 것이다.

우재는 물건을 3단으로 쌓아서 안아들고 다가구주택 사이를 뛰어다녔다. 장미빌라, 원미빌라, 성미빌라. '미'자 돌림의 빌라들이 다닥다닥 붙어 있었다. 바닥은 울퉁불퉁하고, 개방식 빌라 주차장엔 쓰레기가 쌓여 있었다. 한낮임에도 주민은 한 명도 보이지 않았다. 1층 공용현관 문은 한쪽이 기울어졌거나 유리가 깨져 있었고, 흙을 채운 깡통으로 아래쪽을 받쳐놓았다. 우재는 장미빌라 4층에 과일 상자를 배달하고 내려온 뒤, 원미빌라 3층에 액체 세제를 배달하고 내려왔다. 그리고 성미빌라로 들어서려던 순간, 등골이 서늘해지는 걸 느꼈다. 우재는 이내 그런 감정을 무시하고 2층으로 뛰어올라갔다. 배송 물건은 가벼운 회색 봉투 하나였다. 우재는 '부문'이라 적혀 있는 송장을 확인한 뒤 초인종을 눌렀다. 곧이어 어린아이의 자지러지는 울음소리가 들려왔고 동시에 문이 벌컥 열렸다. 우재는 택배입니다,라고 말하며 물건을 현관 안쪽에 내려놓았다. 고개를 슬쩍 드니, 윗옷만 입은 채로 거실 바닥에 앉아 있는 어린아이가 눈에 들어왔다.

아이의 손에 국자가 들려 있었다. 아이의 엄마처럼 보이는 여자는 우재를 쓱 쳐다보더니 별다른 말없이 문을 닫으려 했다. 문이 닫히기 직전, 아이가 국자를 문으로 집어던졌다. 텅! 스테인리스 국자가 문짝에 부딪혀 굉음이 났다. 다시 아이가 울음을 터뜨렸다. 그러자 여자가 쉼 없이 외쳤다. "그만 울어! 그만 울라니까! 그만 울어!" 비명에 가까운 목소리였다.

계단을 내려오며 우재는 다리가 후들거렸다. 동시에 현기증도 났다. 1층 계단에 걸터앉아 잠시 동안 숨을 골랐다. 이유 없는 오싹함이 밀려왔다. 우재는 숨을 깊게 들이쉬었다.

비가 내릴 것이다. 눈으로 확인하기 전에 냄새로 알았다. 서늘한 기운과 비릿한 냄새를 코끝과 후각이 동시에 감지했다. 투둑. 투둑. 드디어 빗방울이 떨어졌다. 우재는 비 내리는 광경을 멍하니 쳐다봤다. 빗방울을 본 게 아니라 빗방울이 바닥에 떨어져 만들어내는 얼룩을 보았다.

성미빌라로 들어서는 순간 알았다. 등골을 훑고 내려가는 불길한 예감을. 그건 10년 뒤 몹시 허름한 집으로 들어서고 있는 자신의 모습이었다. 아무도 없는 텅 빈 집으로 들어서는 그의 뒷모습이었다. 그곳은 우재가 익히 아는 동네가 아니다. 어쩌면 서울이 아닐지도 모른다. 서울에서 태어나 서울 밖으로 벗어나 본 적이 없는 우재는 그 집이 어디에 있는 집인지 고심해보지 않아도 알 수 있었다. 그 동네는 우재에게 아주 낯설고 황량하며, 우재가 사랑하는 사람들이 없는 곳이다. 악취를 풍기는 공장만 즐비한 곳이다. 그는 왜 그런 곳에서 혼자 살고 있는 걸까.

우재는 자신의 두 다리를 내려다보았다. 심장이 달린 것처럼 다리에서 맥이 뛰었다. 불끈불끈. 그의 종아리와 허벅지에서 맥이 널뛰었다. 공중에서 한 바퀴 빙그르르 휘돌아 그의 팔뚝과 목덜미에서 다시 널을 밟고 뛰었다. 그러다 그의 심장이다. 곧이어 그의 머릿속이다. 심장으로 향하는 것들을 덜어내 머리로 넘겨준 것이다. 그래야 버틸 수 있으니까. 그러므로 생각을 해보자. 무슨 일이 있었나? 우재는 고개를 저었다. 아무 일도 없었다. 아무 일도.

우재는 가슴을 문질렀다. 그렇게 하면 막혀 있는 구멍이 조금이라도 뚫릴 것 같았다. 그러는 동안 아이의 울음소리가 현관

문을 뚫고 층계참을 뛰어내려와 그를 공격했다. 아이를 때리기라도 하는 건지 자지러지는 울음소리가 이젠 유리를 깨부술 듯 날카로워졌다. 당장 뛰어올라가 애 좀 그만 잡으라고, 혹시 아동학대 아니냐고 따져 묻다가 아이가 던지는 국자에 이마를 한 대 맞고 나면 정신이 번쩍 들 것 같았다.

"우재!"

고개를 드니 수경이 그에게로 걸어오고 있었다.

"여기서 뭐 해?"

우재는 일어나고 싶은 마음만 품고, 일어나지는 않았다.

"힘들어?"

수경이 가까이 걸어왔다. 풍선껌 냄새가 희미하게 났다.

"뭐 먹었어?" 우재는 와중에 궁금한 걸 물었다. 수경은 씨익 웃더니, 등 뒤에 감추고 있던 걸 내밀었다.

"니가 가장 좋아하는 거. 탱크보이."

"언제 산 거야?"

"배달 간 곳이 아이스크림 할인점이었어. 잽싸게 두 개 샀지."

우재는 수경이 내민 탱크보이를 받아들었다. 탱크보이. 이 이름이 아주 우스웠던 시절이 있었다. 아이스크림 이름이 탱크보이네, 이걸 먹어야지. 그렇게 단순했던 시절이 있었다. 아무것도 슬프지 않았던 시절이. 단순한 판단을 내리는 자신이 좋았던 시절이. 그런데 이젠 탱크보이를 한 손에 들고 슬픈 눈으로 꼭

지를 바라보고 있었다.

"꼭지 따줄까?" 수경이 친근한 목소리로 물어왔다. 우재는 그 목소리 때문에 눈물이 날 것 같았다. 내 아내는 왜 저렇게 나에게 자상할까. 10년 뒤 그가 혼자 남겨질 거라는 예감은 현실과 거리가 먼 예감일까.

"수경아, 탱크보이라는 이름은 좀 슬프지?"

"그게 왜 슬퍼?"

"아니…… 생각을 해봐. 얼마나 탱크보이가 되고 싶으면 탱크보이라고 이름을 지었겠어."

수경은 아무런 대꾸 없이 우재의 얼굴을 물끄러미 쳐다보았다.

아이의 울음소리가 다시 시작되었다. 슬리퍼를 끌고 계단을 찰박찰박 내려오는 소리에 이어 1층에 모습을 드러낸 여자는 우재의 등짝을 보더니 외치듯 말했다. "아저씨! 이 물건 깨졌잖아요!"

우재가 돌아보았다.

"이거 파손됐다고요!" 여자가 성난 얼굴로 뛰어와 우재의 면전에 물건을 내던졌다.

순간, 모든 게 멈추었다.

수경은 바닥에 떨어진 물건을 집어들었다. 유아용 플라스틱 식판이었다.

별안간 위층에서 와장창 깨지는 소리가 들렸고, 연이어 아이가 더욱 크게 터뜨린 울음소리가 정적을 뒤덮었다. 여자는 황급히 계단을 뛰어올라갔다.

*

빗줄기가 점점 굵어졌다. 이 골목에만 다섯 개의 물건이 몰려 있었다. 수경이 가방에서 비옷을 꺼내주었다.

우재는 배송할 물건 두 개를 품에 안았다. 그리고 뛰기 시작했다.

오른발이 나가고 왼발이 나간다. 단순하잖아. 뛰는 거. 이렇게 계속 단순하게 뛰면서 잘해보지 그랬어. 인간의 몸은 이렇게 쉽게 뛸 수 있고, 앞으로 나아갈 수도 있는데, 인간의 정신은 왜 그렇게 되지 않는 걸까.

우재는 다섯 가구가 사는 다가구주택으로 들어섰다. 정문은 굳게 잠겨 있었지만 후문은 반쯤 열려 있었고, 배송지는 2층의 두 가구였으므로 수령인은 후문으로 드나드는 세입자일 가능성이 컸다. 물건을 안고 계단을 올라 코너를 돌았을 때, 반쯤 열려 있는 현관문이 보였다. 우재는 송장을 확인한 뒤 열려 있는 문으로 다가갔다. 그리고 고개를 들이밀고 말했다. "택배입니다."

거실에 남녀가 뒤엉켜 있었다. 우재는 깜짝 놀라 뒤로 한 걸음 물러섰다. 다시 보니, 남자가 여자를 깔아뭉개고 한 손으로 여자의 목을 움켜쥐고 있었다. 여자의 얼굴이 터질 것처럼 붉었다. 우재는 자기도 모르게 안으로 뛰어들어갔다.

"지금 뭐 하는 겁니까?"

남자는 곧바로 손아귀의 힘을 풀더니 여자에게서 몸을 떼어 냈다. 우재는 남자의 얼굴은 보지도 않고 여자만 살폈다.

"괜찮으세요?"

여자는 바닥에서 일어나며 괴로운 듯 헛구역질을 했다. 남자는 분에 못 이긴 듯 주먹으로 벽을 내리치더니 화장실로 들어가 문을 쾅 닫았다.

우재는 배송할 물건을 옆구리에 끼고 재차 물었다. "괜찮으세요, 고객님?"

"누구⋯⋯세요?"

"택배입니다."

"⋯⋯아저씨." 여자는 괴로운 듯 숨을 몰아쉬다가 기침을 터뜨렸다.

"신고해드릴까요?"

여자는 고개를 끄덕이다가 이내 저었다. "⋯⋯괜찮아요."

여자는 바닥에서 일어나더니 물컵을 거머쥐고 한동안 가만히 서 있었다. 그러다가 우재를 돌아보더니 말했다. "그만 가보세요."

"괜찮으세요?"

"괜찮으니까 가보세요."

우재는 화장실 쪽을 살피며 물건을 거실에 내려놓았다. 그리고 뒤돌아 밖으로 나왔다. 그의 심장이 요동을 치고 있었다. 목을 졸린 건 여자인데, 마치 우재가 졸린 것처럼 손까지 떨렸다. 우재는 옆집에 배달해야 할 물건이 있다는 걸 잊고 계단을 내려와 반쯤 열려 있는 철문을 빠져나온 뒤 차로 터벅터벅 걸어갔다. 발걸음에 중력이 얼마간 사라져 있었다. 수경이 우재의 손에 들린 물건을 보더니 곧바로 물었다. "송장이 잘못됐어?"

"아니…… 그게 아니라, 이상한 걸 봐서 깜빡하고 그냥 왔네."

"뭘 봤는데?"

"남자가 여자 목을 조르고 있었어."

"뭐?"

수경이 차에서 뛰어나왔다. "어디서? 배송지?"

"어."

"신고했어?"

"하지 말래서 안 했어."

"남자가?"

"여자가."

수경은 말문이 막힌 듯 멍하니 서 있다가 그를 향해 손을 뻗으며 말했다. "이리 줘. 내가 다녀올게."

수경은 우재의 손에 들려 있는 물건을 낚아채더니 배송지를 확인하고 빠르게 걷기 시작했다. 우재는 수경을 뒤따라갔다. 수경이 물었다. "부부 같아?"

"모르지."

우재는 수경의 눈치를 살피며 뛰다시피 걸었다. 수경이 그렇게 걷고 있었다. 마침내 배송지에 도착한 수경은 후문을 밀어젖히더니 계단을 성큼성큼 걸어올라갔다. 수경이 그 집의 문을 쾅쾅 두드렸다.

문이 벌컥 열리더니 남자가 고개를 내밀었다.

수경은 남자의 어깨 너머를 살폈다. 남자는 수경의 손에 들린 상자를 보고도 수경이 배송기사임을 전혀 짐작하지 못했는지 이렇게 물었다. "누구세요?"

"택배요."

거실엔 아무도 없었다.

"아까 여자 분 때리셨죠?"

"누군데요, 당신?"

"때렸잖아요."

"누구냐니까?"

"말했잖아요, 택배라고!"

남자의 얼굴이 순식간에 확 붉어졌다. 우재는 수경의 등 뒤에 어깨를 펴고 섰다. 수경은 과거에 자신을 도와줬던 모텔 여사장처럼, 자신도 그렇게 해야 한다고 생각하는 것 같았다. 우재는 수경을 말리고 싶지 않았다. 오히려 돕고 싶었다.

"왜 여자를 때리냐고! 어? 당신한테 그런 권한이 있다고 생각해?"

남자의 얼굴이 확 구겨졌다.

"너 뭐야?"

우재는 수경의 팔을 잡아끌었다. 이제 그의 차례였다. 그러나 되도록 좋게 말하고 돌아가야 했다. 배달해야 할 물건이 아직 51개나 남았으니까.

"저희는 배송기사인데요."

"뭐? 둘 다?"

남자의 얼굴에 조소가 떠오르기 전에 우재는 얼른 말했다. 자기도 모르게 튀어나온 그 말은,

"둘 다 배송기사 맞는데요, 저희가 이 동네 치안도 담당하고 있거든요?"

"뭐?"

"그러니까, 우범지대에 배달을 가면 거기도 살피고 그런다고요."

우재는 자기가 지금 무슨 말을 하고 있는 걸까 내심 크게 놀랐지만, 내색하지 않으려 애쓰며 말했다. 우재의 머리가 성능

좋은 컴퓨터처럼 쌩쌩 돌아가면서 입으로 내용을 전달했다.

"원래 배송기사들 임무 중에 배송하다가 범죄 현장을 목격하면 신고해야 하는 게 있어요. 신고 안 하면 벌점 먹어요."

남자는 알쏭달쏭한 표정이었다. 수경 역시 점점 비슷한 표정으로 변해가고 있었다. 우재는 수경을 돌아보지 않고 말했다.

"착한 사마리아인 법 모르세요? 도덕 시간에 배웠을 텐데? 그게 우리 임무에 포함된다고요. 그러니까 여자 분 목을 조르거나 때리면 안 돼요. 아셨어요? 저희가 가만히 있을 수 없다고요. 저희 이 구역으로 매일 배달 오거든요?"

남자는 반신반의한 표정이었다. 수경 역시 점점 비슷한 표정으로 변해가고 있었다. 남자는 절반쯤 믿는 표정이었다가 다시 강한 의심으로 돌아갔다. 우재는 메신저백에서 포스트잇과 볼펜을 꺼냈다. 그리고 집 주소를 메모하는 시늉을 하며 수경에게 물었다.

"5분쯤 지났지? 오후…… 3시 28분. 201호에서 여자 목을 조르는 남자 목격……."

남자는 이제 완전히 믿지 않는 표정이었다. 불신이 온 얼굴에 흘러넘쳤다. 남자의 표정에 명백한 공격성이 떠올랐을 때, 수경이 갑자기 뒤를 돌아보았다. 그들 회사의 배송 트럭이 마침 대문 앞에 정차했다. 곧이어 택배기사가 차에서 내렸다. 수경은 그를 외쳐 불렀다.

"기사님!"

택배기사가 그들을 올려다보았다.

"여기 이 사람이 여자를 때려요. 이거 보고도 그냥 지나치면 안 되는 거잖아요? 우리 회사 방침이 그렇잖아요, 예?"

택배기사는 수경을 멍하니 쳐다보았다. 우재는 그제야 그가 누군지 알아봤다. 센터에서 그들에게 말을 걸었던 청년이다.

청년이 물었다. "또 때렸어요?"

청년의 목소리엔 확신이 묻어 있었다. 그럴 줄 알았다는 확신.

세 명의 기사는 '또 때린 남자'를 동시에 쏘아보았다. 그러자 남자의 표정이 점차 흐려지더니 욕설을 혼잣말처럼 뇌까리며 안으로 들어가 문을 쾅 닫았다.

우재는 계단을 내려오며 다리가 후들거리는 걸 깨달았다. 그러나 성미빌라에서 그랬던 것처럼 자존감이 뿌리째 흔들렸기 때문이 아니었다. 말도 안 되는 거짓말을 태연하게 늘어놓은 것, 그런 방식으로 데이트폭력범 혹은 가정폭력범을 제압하려고 한 자신의 용기에 놀란 마음 때문이었다.

후문으로 나오는 그들을 보며 청년이 씁쓸한 얼굴로 말을 걸어왔다.

"고객이 컴플레인 걸면 짜증나니까 적당히 하시는 게 좋아요."

그제야 우재와 수경은 서로의 얼굴을 쳐다보았다. 실수한 걸까? 그러나 우재는 기억 저편으로 사라진 착한 사마리아인 법을 끄집어낸 자신이 뒤늦게 존경스러웠고, 용기 있게 대들었던 수경이 놀라웠다. 하지만 지금은 정확하고 빠른 배송이 우선이었다. 그걸 알기에 그들은 서로의 얼굴을 쳐다보았다. 간섭할 시간에 물건 하나라도 더 배송했어야지. 굶어죽고 싶니? 하지만 잘한 일은 잘한 거다.

우재는 수경과 함께 차로 돌아왔다. 둘 다 걸음이 가볍고 빨랐다.

비는 어느새 그쳐 있었다.

*

"10년 뒤 이 세상은 어떻게 변해 있을까."

우재는 수경의 잔에 소주를 따라주며 물었다. 그들은 불판 위에서 지글거리는 돼지껍데기를 가운데 두고 마주 앉아 있었다.

"배달 드론이나 무인 배송 트럭이 나오겠지."

우재는 고개를 저었다. "그렇게는 안 될 거야. 드론이나 무인 배송 트럭이 인명 사고를 일으켰다고 가정해봐. 그러면 회사가 온전히 책임져야 하잖아. 그런데 우리 같은 긱(gig) 노동자를 고용해서 독립 계약자의 지위를 주고 일을 시키면 비용이 훨씬 적게 들어. 우리한테 사고 처리를 다 떠넘기면 되니까."

수경은 쓰게 웃으며 말했다. "맞네. 계산해보면 우리를 쓰는 게 낫네."

우재는 배송의 세계를 더 탐구해보고 싶었지만, 이젠 대리운전의 세계로 넘어가야 할 때였다. 그는 요즘 들어 하루에 서너 시간밖에 자지 않았고, 그렇게 하더라도 전혀 피곤한 줄 몰랐다. 우재는 말했다. "긱 노동자에게도 노동법을 적용해달라고 요구하면 어떨까?"

"아무도 안 쳐다볼걸. 긱 노동자가 뭔지 모르는 사람도 많아. 차라리 플랫폼 노동자라고 하는 게 낫지."

"그것도 모르는 사람 많아."

우재는 수경의 잔에 소주를 따라주었다. 오랜만에 둘이서 마주하는 술자리였다. 장인, 장모와 조카들이 없는 부부만의 자리. 이런 시간을 많이 만들어야겠다는 생각은 들지 않았다. 그랬다간 그날 번 돈을 술값으로 다 날리고 말 것이다. 대리운전도 못 나갈 테고. 우재는 잔을 들어 사이다를 마셨다. 돼지껍데기를 바라보고 있던 수경이 말했다.

"예전에⋯⋯ 내가 살았던 집이 재개발 구역에 있었거든. 집들이 너무 낡아서 사람이 사는 것처럼 보이지도 않을 정도였어. 세를 놔도 잘 안 나가서 점집도 많이 섞여 있고 그랬어. 하루는 그 집들 중 한 군데가 문이 열려 있더라. 분홍색 발이 쳐져 있었는데, 그 아래로 신발이 잔뜩 보였어. 구두랑 슬리퍼랑 아이들 운동화가 올망졸망. 안을 슬쩍 들여다봤는데 보기도 전에 알겠더라. 삼겹살 굽는 냄새가 어찌나 진동을 하던지. 밥상을 펴놓고 가족들이 둘러앉아서 삼겹살을 구워 먹고 있었어. 그걸 보고 약간 충격받았어."

"왜?"

"그 집이 너무 엉망인 집이었어. 외벽에 금이 죽죽 가 있고, 주변엔 쓰레기랑 개똥이 널려 있고. 나는 그때 그 사람들한테 고기 살 돈이 있을 거라는 생각을 못했어. 아니지. 고기를 먹는 가족의 풍경이 그 집에서 펼쳐질 거라는 생각을 못했어. 그 집은 가난의 상징 같았거든. 찢어지게 가난한 집의 모습으로 등장할 것 같은 분위기가 있었어. 그런데 그게 깨진 거지. 저 집도 우리 집처럼 일주일에 한두 번은 고기를 구워 먹는 집이고, 부부는 직장에 아이들은 학교에 다니면서 하루를 잘 영위하는 가족일 수 있겠다는 생각이 뒤늦게 들었어. 그때 가난에 대한 기준을 다시 세웠어. 고기가 먹고 싶을 때 고기를 먹을 수 있다면, 가난한 게 아니다."

"우리 지금 고기 먹고 있는데, 가난하지 않다는 거야?"

수경은 대답 대신 흐릿한 미소만 지었다.

*

우재는 계란으로 턱을 천천히 문질렀다.

취객의 머리통에 부딪히는 바람에 멍이 크게 들었다. 취객은 우재를 때리려는 게 아니었고, 구토한 뒤 고개를 쳐들었을 뿐 인데 뒤에 서 있던 우재는 그것도 모르고 취객의 등을 두들겨 주려다가 정통으로 받치고 말았다. 턱에서 정수리까지 벼락이 친 것처럼 통증이 훑고 지나갔다. 턱이 부서진 줄 알았다. 혀라도 깨물었다면 혀가 잘렸을지 모른다. 취객은 상당히 취해 있었고 자기가 무슨 짓을 한 건지 전혀 몰랐다. 얼굴을 감싸고 주저 앉는 우재를 보더니 깜짝 놀라며, "아저씨 우세요? 왜 울어요?"라고 묻기만 했다. 나중엔 자기도 같이 울었다. 우재가 계속 손바닥으로 얼굴을 감싼 채 일어나질 못하자, "아저씨, 그만 울어요, 나도 울고 싶잖아요, 나도 울래요" 그렇게 말하더니 자기가 쏟아놓은 토사물 옆에 쪼그려앉아 울기 시작했다. 넥타이를 매고 정장을 입은 남자가 엉엉 소리내며 울었다. 우재는 그 소리에 놀라 통증이 조금 가셨고, 나중엔 턱뼈가 무사할 거라 확신했고, 취객의 머리통이 짱돌보다 단단하다는 걸 알고 있어야겠다고 다짐했다. 그것도 모르고 우재는 구토하는 취객들의 등을 종종 두들겨주기도 했던 것이다.

우재는 반듯이 누운 자세로 일하러 나가지 않은 자신에 대해 생각했다. 어제 잡은 콜은 가까운 거리였는데 차가 너무 밀려서 남는 돈이 거의 없었다. 그거라도 하지 않으면 빈손으로 돌아가야 해서 고심 끝에 했는데, 취객은 우재에게 계속 욕설을 퍼부었다. 혼잣말처럼 욕설을 하며 차에 올라타더니 내릴 때까지 멈추지 않았다. 우재는 자기에게 그러는 것인지 아닌지 확실한 판단이 서지 않아 잠자코 운전만 했다. '잠자코'라는 단어는 이 일을 시작하면서 자주 떠올리는 단어가 되었다. 손님이 뭐라고 하든지 간에 잠자코 운전만 한다. 돈을 줄 때까지 잠자코 기다린다. 재촉하면 얻어맞는 수도 있으니까. 손을 획 뻗어 우재의 머리를 마구 문질렀던 손님도 있었는데 우재를 대하는 자세가 꼭 학생을 대하는 학주와 비슷했다. "이놈의 자식! 너 뭐 잘못한 거 없어? 이리 와봐. 이리 좀 와보라니까. 이게 뭐야. 너 이래도 돼? 대리기사가 이래도 되는 거야?" 남자는 우재의 옷차림이 촌스럽다고, 냄새 난다고, 말귀를 못 알아듣는다고 시비를 걸었다. 그러나 때리지는 않았기에 참고 또 참았다. 대꾸 없이 운전만 하고, 돈을 줄 때까지 잠자코 기다렸더니 돈을 주기는 했다. 문을 닫으며, "수고하셨습니다"라고 말해서 뒤늦게 깨달았다. 저 새끼가 하나도 안 취했구나.

수고하셨습니다.

그건 무엇에 대한 수고였을까. 욕을 먹고도 묵묵히 인내한 것에 대한 수고였을까. 자신을 집까지 안전하게 데려다준 것에 대한 수고였을까. 우재는 자신이 이렇게 인내심 많은 인간인 줄 몰랐다.

사람에게서 받는 스트레스가 가장 큰 법이라고, 우재의 실종

된 형은 입버릇처럼 말하곤 했다. 그동안 크게 실감하지 못하고 살았는데 이 일을 시작해보니 사람에게서 받는 스트레스는 모든 스트레스 가운데 가장 큰 걸 뛰어넘어 삶의 의욕을 빼앗아 가기도 한다는 걸 깨달았다. 우재는 계속 이렇게 살아야 하나 생각했다. 요즘 들어 자주 드는 생각이었다. 우울증인가 싶어 수경 몰래 병원에도 다녀왔다. 의사는 단박에 우울증이라고 했다. 어쩐지 반기는 얼굴이었다. 몇 가지 검사를 더 해봐야 알겠지만 우울증이 확실해 보인다고 했다. 우재의 말을 듣더니, "높은 곳에 올라가지 마시고요, 한강 다리에도 그만 가세요"라고 말하며 약을 처방해주었다. 우재는 약을 봉투째 버렸다. 단박에 우울증이라고 말하는 게 의심스러웠다. 고작 20분 상담한 끝에 그걸 어떻게 안단 말인가. 황보석 역시 우울증으로 치료받은 적이 있었다. 그런 진단명은 그렇게 빨리 나오는 게 아니라는 걸 알고 있었다. 자살 충동 몇 번 느꼈다고 해서 단박에 우울증입니다, 이럴 수는 없는 거지. 우재는 생각했다. 누구에게나 그런 시기가 있다고. 독감 앓듯이 우울을 앓고 지나가는 시기가. 그땐 높은 곳에서 아래를 내려다볼 때마다, 한강 다리에 서서 흘러가는 검은색 강물을 볼 때마다 뛰어내리고 싶은 충동을 느낄 수 있다. 뛰어내려도 고통 없이 잘 죽을 수 있을 것 같은 기분이 들 수 있다. 그런 걸 한 번도 겪어보지 않고 지나간 사람의 인생이란 대체 뭐란 말인가. 성공만 한 인생? 우재는 그런 인생이 있을까 싶었지만, 어딘가에 있다는 것도 알았다. 그리고 그런 사람들은 우재와 결코 말이 통하지 않을 거라는 것도 알았다. 서로가 서로를 못미더워하고 한심해할 게 분명했다. 상대가 우재를 그렇게 생각하는 근거는 확실하지만, 우재가 상대를 그렇게 생각하는 근거는 약간 불분명했다. 어쩐지 그럴 거 같은 느낌과 촉에 의지한 것인데, 저 자식은 한번 엎어져봐야 한다, 코가 깨져봐야 사람 된다, 그런 생각에 가까운 근거 없는 믿음이었다. 술을 마시고 그에게 운전대를 맡기는 남자들 중 자기가 그런 부류라고 착각하는 사람도 있었다. 우재에게 "하루에 얼마나 벌어요? 이런 일 왜 해요?"라고 물으며 우재의 일을 함부로 폄하했다. 그의 집 역시 그리 번듯한 곳이 아니라는 걸 아는데, 주차장에 차를 대주기까지 하니 모를 수가 없는데 그는 우재를 원하는 높이까지 마음껏 깎아내렸다. 우재는 그가 현대인의 직업 생활 트렌드를 몰라도 너무 모른다고 속으로 비웃었고, 그 트렌드라는 것은 바로 플랫폼 노동자로 투잡을 뛰는 거라고 생각했다. 알게 모르게 많은 사람들이 이렇게 살고 있을 거라고 믿었다. 이 일은 중독성이 상당해서 한번 시작하면 좀처럼 끊기가 힘들다. 앱을 켜놓고 콜을 잡기만 하면 돈을 번다. 앱을 켜놓고 추가 배송에 지원하기만 하면 돈을 번다. 그러니 그만두기가 더 힘들다.

우재는 자신을 너무 미워하지 않기로 했다. 미움받을 일이 자꾸만 발생하는데 그럴 때 자기마저 자기를 미워하면 높은 곳에 올라가고 싶어지고, 한강 다리 아래를 내려다보고 싶어지는 거다. 그렇게 단순한 인과관계다. 인간은 이유 없이 느끼거나 행하지 않는다.

"나 지난번에 했던 알바 있잖아. 천장 철거."

"그거 어땠어?" 수경이 핸드폰에서 시선을 떼더니 물었다.

"이제 그 사장님이랑 다시 못할 거 같아."

우재는 수경에게 무슨 일이 있었는지 말해주었다. 100평이 넘는 지하층 천장을 철거하는 일이었는데, 우재는 고용주인 철거업체 사장의 말만 믿고, 죄다 뜯으면 된다고 해서 죄다 뜯었다. 정말이지 죄다 뜯으면 되는 줄 알았고, 화재 감지기까지 뜯으면 안 되는 줄은 몰랐다. 그래도 착한 사람이었는지 그날 치일당은 주었다. 그러면서 이튿날로 예정된 철거 일은 나오지 말라고 했다. 다른 일을 알아보라고 했다. 그렇게 눈치가 없어선 철거 일은 아무래도 힘들 것 같다고 했다. 우재는 부끄러웠고, 여기서도 잘리면 어떤 일을 할 수 있을까 싶어서 자신의 눈치를 미워했다.

"수경아, 내가 눈치가 그렇게 없어?"

수경은 뜻밖에도 아니라고 말해주지 않았다. 곰곰이 생각하더니 가끔,이라고 답했다. 우재는 수경이 말하지 않은 속뜻을 알아들었다. 자주 그랬구나.

"근데 왜 나랑 결혼했어?"

수경은 틈을 두었다가 답했다. "그땐 그런 게 귀여워 보였어."

"지금은?"

수경은 대답 대신 고개를 옆으로 돌려버렸다.

"지금은 하나도 안 귀엽지?"

"귀여울 때는 지나갔지. 아직도 귀여우면 범죄야."

수경은 그렇게 말한 뒤 잠든 척했다. 더 이상 우재와 대화하기 싫을 때마다 쓰는 방법이었다. 우재는 수경의 어깨를 흔들며 그러면 자기는 이제 어떻게 해야 하는 거냐고 묻고 싶었다. 그러나 해답을 이미 알고 있었다. 뭘 어떻게 해. 할 수 있는 일을 계속 해야지.

우재는 이불을 가슴 위로 끌어올려 덮고, 계란을 머리맡에 내려놓았다. 멍을 모두 빨아들인 계란의 노른자는 정말로 보라색으로 변할까. 이런 건 전혀 효과 없다는 말을 들은 것도 같지만 계란을 손에서 놓으면 곧바로 불안해졌다. 우재는 다시 계란을 집어들고 턱을 문질렀다. 통증을 밟고 지나가는 계란의 묵직하고 차가운 무게감이 턱 끝에서 얼굴 전체로 번졌다. 내일이 되면 멍은 더욱 커질 것이고, 한층 흉측한 색으로 변할 것이다. 그런 얼굴로 거울을 볼 때마다 우재는 나도 울래요, 하고 엉엉 울어버린 남자를 떠올릴 것이다. 자기도 그래볼까 잠시 생각하면서. 나도 울래요, 나도 울고 싶어요.

"우재야."

"응."

"생각 그만하고 자."

"……응."

우재는 계란을 내려놓은 뒤 '잠자코' 눈을 감았다.

3장

은지

오늘 수익은 총 15만 원.

채팅창을 닫았다. 그제야 온몸이 뻐근하단 걸 깨달았다. 매번 이렇다. 할 때는 긴장한 줄도 모르는데, 끝나고 나면 온몸이 아프다. 상대가 어떻게 나올지 전혀 예측이 안 되니까. 실제로 만나지 않더라도 가끔은 폭행을 당한 것처럼 온몸이 아플 때도 있다. 그러면 타이레놀을 한 알 삼킨다. 약통엔 우먼스 타이레놀이 늘 있다. 그 여자가 생리통이 있을 때마다 먹는 약인데 은지에게도 잘 들었다.

그 여자를 엄마라고 부르지 않은 지도 오래되었다. 그 뒤로 좀 살 만해졌다. 엄마가 없다고 생각하니 갑자기 어른이 된 것 같았고, 살아가기 위해선 빨리 어른이 되어야만 했다. 어른이 뭐 별건가. 스스로 방어할 줄 알고, 돈 벌 줄 알면 그게 어른이지. 은지는 그렇게 할 수 있었다.

'틴챗'에서 만난 남자들은 문화상품권이나 기프티콘을 보내주었다. 물론 어떤 사진인지에 따라 금액이 다르다. 상대가 요구하는 사진을 보내준 적도 있다. 가끔은 준후가 모든 걸 알고 있는 것 같은 기분이 들 때가 있다. 사랑하지 않아서 가만히 내버려두는 건 아닐 테고, 아마도 틴챗을 은지의 일터로 생각해 간섭하지 않으려는 것 같다. 준후에게 미안한 감정은 들지 않았다. 틴챗에서 만난 남자들에겐 조금도 끌리지 않으니까.

죽을 때까지 너만 사랑하겠다고 쪽지를 보내오는 남자들을 은지는 늘 비웃었다. 그들은 은지보다 나이가 한참 많았고, 적절한 금액이 얼만지 꽤나 고민하며 사는 것 같았다. 아픈데 돌봐줄 사람이 없으니 와주면 10만 원을 주겠다, 우리 집 강아지가 굶고 있는데 일 때문에 갈 수 없으니 대신 집으로 가주면 7만 원을 주겠다, 나에게 여동생이 있는데 널 너무 보고 싶어 하고, 그 애도 너처럼 가수가 꿈이야, 한번 만나보지 않을래, 우리 집으로 오면 차비로 5만 원을 주고 맛있는 것도 사줄게.

그런 수작에 넘어간 적은 한 번도 없다. 여동생이 있다는 남자에게 가수가 되고 싶다고 말한 건 실수였다. 그 남자는 사진을 보내라고 말하는 대신 은지의 일상을 궁금해했다. 그러다 보니 코인노래방에 자주 가는 것과 언젠가 오디션 프로에 나갈 계획이라는 걸 말해버렸고, 그러고 나서야 이 사람한텐 사진을 팔수 없다는 걸 깨달았다. 다른 남자들은 오디션 프로 같은 건 볼 것 같지 않았다. 온종일 틴챗에서 여중생과 채팅이나 하겠지.

은지는 수경 숙모의 집을 향해 걸었다. 이젠 은지도 수경을 숙모라고 불렀다. 숙모 집에 빈방이 있으면 좋을 텐데. 그러나 그 작은 집엔 이미 여섯 명이나 살고 있다. 언제나 복닥거리고, 언제나 가난한 눈치다. 숙모는 회사에서 이상한 놈을 만난 뒤로 집밖으로 잘 나가지 않았고.

은지 역시 그 사건을 알고 있다. 준후가 말해주었다. 남자는 잠을 깊게 못 잔다는 숙모를 돕고 싶은 마음에 수면제 섞은 음료를 건네준 거라고 주장했다. 은지는 기사를 읽다가 욕설이 튀어나왔다. 씨발, 누가 보더라도 개수작인데. 은지는 음료를 먹고 잠들었다는 문장을 읽다가 손끝이 얼어붙었다. 그렇게 건조하고 짧은 문장으로 표현되어 있다는 게 믿기지 않았다. 서둘러 기사 창을 닫았고, 지금까지도 기사를 읽지 않았다. 준후가 말하길, 그 새끼 벌금형 선고받았고, 그래서 두들겨 패줄 수밖에 없었다고. 합의금 얘기는 한참 뒤에 했다. "숙모한테 미안했어." 좀처럼 미안하다는 말을 하지 않는 준후인데, 그 말을 할 땐 진심으로 미안해하는 기색이 엿보였다.

둘만 있을 땐 준후를 오빠라고 부르지 않았다. 오빠라는 말은 징그럽다. 어쩌면 일 때문인지도 모르겠다. 틴챗에선 오빠라는 단어를 직업적으로 사용해야 하니까. 상대가 원하면 주인님이라고도 불렀다. 오늘 낮에도 주인님이라고 부르라고 했지, 그 미친놈.

채팅방엔 은지 말고도 두 명의 여자애들이 더 있었다. 사진을 보니 모두 여중생들 같아 보였다. 남자는 자신을 주인님이라고 부르라고 명령했다. 그러자 앞 다투어 모두가 주인님! 주인님! 하고 외쳤다. 남자는 거만했고 자기가 뭐라도 된 것처럼 함부로 말했다.

—시끄러워. 내가 말하라고 할 때만 말해. 지금은 조용히 있어.

채팅방에 초대해놓고 조용히 있으라니 뭐 이런 또라이가 다 있지. 은지는 조용히 있었다. 다른 여자애들도 그렇게 했다.

—자, 이제부터 한 명씩 차례대로 말해봐. 주인님, 시키는 대로 하겠습니다.

다른 여자애들이 주인님, 시키는 대로 하겠습니다,라고 연이어 말했고 은지도 그렇게 했다. 별 거지 같은 새끼를 다 보겠네.

남자는 한 시간 동안 주인님이 되어 주인님이라고 부르는 하녀들을 마음껏 부려먹더니 나중엔 따로 만나자고 끈질기게 요구했다. 그러나 다른 여자애가 어디서 만나냐고 묻자 갑자기 태도가 바뀌었다.

—내가 너를 왜 만나 ㅋㅋㅋ

여자애는 무안했는지 아무런 말이 없었다. 남자는 여자애들을 무시하고, 괴롭힐 작정으로 채팅방을 연 것 같았다. 은지는 그때부터 조용히 있었다. 그러자 남자는 은지가 자기를 무시했다며, 주인님을 섬기지 않는다며 욕설을 퍼부었다. 은지는 그때도 가만히 있었다. 남자는 다른 여자애들과 한참 동안 떠들다가 다들 나가라고 하더니 은지와 단둘이 남았을 때 물었다.

─너는 이런 일 많이 안 해봤구나?

─네. (그래 보여?)

─왜 이런 걸 해?

─부모님이 안 계세요. (쉽고 뻔한 거짓말1)

─지금은 어디서 살아?

─아는 언니 집에서요. (쉽고 뻔한 거짓말2)

─너는 착한 애 같은데 이런 일 하지 마. 오빠가 걱정돼서 하는 소리야. 이런 데 사진 보내면 나중에 협박당할 수도 있어.

은지는 아무런 대답도 하지 않았다. 만일 그런 일이 생긴다면 준후가 처리해줄 것이다.

─나랑 만날래? 나 이상한 사람 아니야.

─싫어요, 주인님. (미친놈)

남자는 채팅창을 'ㅋ'로 가득 채웠고 은지는 잠자코 기다렸다. 남자는 기프티콘을 잔뜩 보내주었다.

그러니까 이런 일, 준후는 다 알고 있는지도 몰라.

은지는 고작 열다섯 살이라는 자신의 나이가 가끔 화날 정도로 어리게 보였지만, 그래도 준후를 이렇게 빨리 만난 건 기적 같았다. 어쩌면 평생 동안 함께할 수 있을지도 몰라. 어른들은 웃겠지만. 다 안다는 듯이 웃으며 어디 그럴 수 있나 보자고 하겠지만, 은지야말로 똑같이 말해주고 싶었다. 어디 우리가 헤어질 수 있나보자.

틴챗 메시지 알림이 들어왔다. 은지는 순식간에 바뀐 표정으로 틴챗에 접속했다. 나중에 어른이 되어 일터로 출근하는 얼굴도 이렇겠지.

─주인님인데, 나랑 만나자.

메시지를 삭제했다. 곧바로 메시지가 한 통 더 도착했다.

─너 명화여중 다니지?

숙모 집에 도착해서도 정신을 빼놓은 사람처럼 멍했다. 숙모는 도넛을 내주며 이런저런 말을 붙여왔지만 제대로 대답한 건 한 가지도 없었다. 도넛엔 손도 대지 않고 내내 핸드폰만 들여다봤다. 할 수 있는 게 그것밖에 없었다.

"은지야, 무슨 일 있어?"

"딱히요."

틴챗 메시지를 확인하던 중이었으므로 어떤 질문인지 생각하지도 않고 건성으로 답했다. 그 남자는 이제 은지의 일상을 파헤치고 있었다. 일주일 전엔 무얼 했는지, 한 달 전엔 무얼 했는지를. 심지어 남자친구가 있다는 것도 알았다. 도대체 그걸 어떻게 알았을까.

"요즘엔 인스타 자주 안 해?" 숙모의 말을 듣고 나서야 깨달았다. 얼른 인스타에 접속해 피드를 살펴보니 일주일 전, 한 달 전에 올린 일상 사진 아래 준후의 댓글이 달려 있었다. 누구든지 쉽게 은지의 일상을 엿볼 수 있었다. '명화여중 얼짱'이라는 해시태그도 그대로였다.

학교 인근에 인지도 높은 연예기획사가 있었다. 하굣길에 캐스팅되거나 '명화여중 얼짱'으로 해시태그가 달린 SNS 게시물을 통해 캐스팅 제안이 들어온 아이도 있었다. 은지는 단지 그런 이유로 공개해놓은 것뿐인데 틴챗에서 아는 사람을 만나게 될 줄은 몰랐다.

남자는 계속 메시지를 보냈다. 만나주지 않으면 학교 앞으로 찾아가겠다, 네가 어떤 일을 하고 있는지 학교에 알리겠다, 가족에게도 알리겠다, 남자친구에게도 알리겠다. 은지는 마지막 메시지를 보고 생각에 잠겼다.

준후에게 알리는 순간, 넌 죽어.

남자가 준후에게 맞아죽는 건 확실했지만 문제는 그게 아니었다. 준후가 헤어지자고 하면 어쩌나. 이미 알고 있으면서도 눈감아주는 거라고 생각하지만, 이건 선을 넘은 거라고 생각하면 어쩌나. 남자가 학교 앞에 나타나지 않더라도 온갖 인터넷 카페와 SNS를 통해 은지가 어떤 일을 하는지 쉽게 퍼뜨릴 수 있다. 은지의 얼굴과 이름, 주소와 연락처가 공개될 것이고, 준후는 더 이상 은지를 만나려 하지 않을지도 모른다. 이런 식으로 쪽팔림을 당하는 건 만나서 폭행을 당하는 것만큼의 데미지가 있다.

숙모, 나 어떡하지.

은지는 속으로만 물었다. 이젠 숙모까지 덩달아 멍해져 있었다. 집 안은 고요했다. 오늘은 숙모 대신 아저씨가 배송을 하러 나갔고, 할머니와 할아버지는 종로에 있는 단골 약국에 갔다. 지후는 친구 집에 갔고, 준후도 어딘가에서 친구들과 놀고 있을 것이다. 은지는 그 남자가 숙모 집 현관문을 쾅쾅 두들기며 나오라고 소리칠 것 같은 두려움을 느꼈다.

이 정도일 줄은 몰랐는데…….

누군가 신상을 폭로하겠다고 협박할 수 있다는 상상, 해본 적이 없는 건 아니다. 틴챗에서 만난 낯선 남자들에게 사진을 팔면서 그 정도 각오는 하지 않을 수 없다. 은지뿐만 아니라 같은 일을 하는 친구들도 그런 각오는 다 했다. 그러나 '걱정'이 아니라 '각오'라고 말했듯 일이 터지더라도 악착같이 버티겠다는 암묵적인 결심 같은 것이 우리들 사이에 있었다. 그러나 지금은 '우리들'이 아니었고, 은지는 혼자였다. 숙모도 준후도 그리고 엄마라고 부르지 않는 그 여자도 평소보다 한층 더 멀리 떨어진 곳에서 은지에게 등을 돌리고 서 있는 기분이었다.

남자는 은지에게 지정한 옷을 입고 약속 장소에 혼자 나오라고 말했다. 짧은 교복 치마, 빨간색 모자, 니삭스. 은지는 남자가 보낸 메시지를 물끄러미 들여다보았다. 니삭스라는 단어를 이 남자는 도대체 어떻게 알고 있는 걸까. 이번이 처음이 아닌 걸까. 은지는 그 메시지를 지우지 못했다. 어떤 차림새인지 기억하지 못할 것 같아서였다.

설마 나가려는 건 아니지.

은지는 자신에게 물었고, 대답은 하지 못했다.

어쩔 수 없다. 준후한테 말하는 수밖에.

*

남자는 은지를 빤히 쳐다보았다. 은지는 빨간색 모자를 쓰고 니삭스를 신었다. 남자는 아무런 말도 없이 고갯짓만 했다.

복잡한 상점가를 통과해 골목으로 들어서는 동안 남자는 한마디도 하지 않았다. 가끔 은지가 잘 따라오는지 돌아보았을 뿐이다. 그리고 은지는 준후가 잘 따라오는지 돌아보지 않기 위해 노력했다. 준후와 준후의 친구들을.

빌라 1층 공동현관. 비밀번호를 누른 뒤 남자는 앞장서 계단을 올라갔다. 은지는 비밀번호를 곁눈질로 보았다가 재빨리 준후에게 메시지를 보냈다. 남자는 계단을 한참 오르다가 4층에서 멈추었고, 빠르게 도어록 번호를 눌렀다. 번호를 가리려는 노력조차 하지 않았다. 그러나 현관문을 열고 곧바로 은지를 돌아보는 바람에 준후에게 알려줄 여유는 없었다. 은지는 심호흡을 하고 안으로 들어갔다. 남자가 문을 쾅 닫았다.

거실은 난장판이었다. 편의점 도시락과 컵라면 용기, 빈 생수병과 과자 봉지가 더러운 이불 따위와 함께 나뒹굴고 있었다. 은지는 주변을 두리번거리다가 소파에 앉았다. 남자는 주방으로 걸어가더니 팩 오렌지주스를 가져와 내밀었다. 은지는 순순히 받아들었다. 그러나 마시지는 않았다.

"진짜 왔네."

남자는 식탁 의자에 앉아 은지를 빤히 쳐다보았다.

"오라고 했잖아요."

"주인님이라고 해야지. 이제부터 말끝에 항상 주인님을 붙여."

"네…… 주인님."

은지는 순순히 대답한 뒤 거실 창 너머로 뿌옇게 흐려진 하늘을 바라보았다. 곧이어 계단을 올라오는 발소리가 들렸다.

잠시 후, 발소리가 멈추었다. 동시에 은지는 남자에게 물었다. "겁도 없이 왜 나를 부른 거예요?"

"뭐?"

"겁도 없이."

은지는 곧바로 현관으로 달려가 문을 열어주었다. 남자가 의자에서 엉거주춤 일어났을 때, 준후와 준후의 친구들이 집 안으로 들이닥쳤다.

은지는 몸을 격렬하게 움직이며 생각했다. 이런 일 아무나 하는 게 아니다. 정말로 아무나 하는 게 아니야. 모르는 남자한테 사진을 파는 여중생을 겁도 없이 부르다니. 그 여중생이 어떤 마음으로 그런 일을 하는지 함부로 짐작하다니. 그게 너의 실수다, 이 개새끼야. 쉽게 돈 벌려고 그런다고 생각했겠지. 너는 어른이니까 그 따위로 생각했겠지. 내가 진실을 말해줄 테니 잘 들어. 나는 각오하고 하는 거야. 각오! 일이 틀어지면 다 죽여버리고 감옥 들어갈 각오하고 하는 거라고. 감옥! 각오! 감옥! 각오! 은지는 발악하며 남자를 걷어찼다. 옆구리와 배를 마구 걷어차며 헐떡거렸다. 준후가 은지를 뒤에서 껴안더니 거실로 끌고 갔다. 준후의 친구들이 곧바로 남자를 에워쌌다. 준후가 땀에 젖은 은지의 앞머리를 뒤로 쓸어넘기며 말했다. "그만해. 내가 할 테니까."

은지는 소파에 앉아 주먹을 꼭 쥔 채로 눈물을 참았다. 슬퍼서 나오는 눈물이 아니라 너무 화가 나서, 자기를 우습게 본 게 화가 나서 치솟는 눈물이었다. 내가 틴챗에서 사진이나 판다고,

내가 어리다고, 나를 이 따위로 함부로 대하고. 은지는 니삭스를 벗어 바닥에 내팽개쳤다. 준후가 그걸 줍더니 주머니에 넣었다.

이깟 일로 그만두진 않을 거다. 앞으로 어떤 일이 생기든 이보다 최악은 아닐 테니까. 인스타도 계속 전체공개로 유지할 것이다. 어쩌면 기획사에서 연락이 올지도 모르니까. '#명화여중얼짱'도 여전히 유지할 것이다. 내가 명화여중 얼짱이 아니라고 시비를 거는 것들은 준후가 두들겨 패줄 테니까.

*

언제쯤 여길 떠날 수 있을까. 은지는 10년 뒤에도 틴챗 속에서 살고 있는 자신을 떠올릴 때가 있다. 더 이상 십대가 아님에도 틴챗에서 너무 오래 살아버린 탓에 다른 곳(앱)으로 떠나지 못하는 상태가 되어버린 스물다섯 살의 이은지.

틴챗은 원래 지역 기반 청소년 모임을 장려하기 위해 만들어졌다. 새로 생긴 스터디카페와 학원에 관한 정보를 나누고, 쓰지 않는 속눈썹이나 남은 비비크림, 주운 농구공이나 훔친 자전거를 팔고, 사이즈가 맞지 않은 운동화를 교환하는 그런 곳이었다. 그러나 지금 틴챗엔 십대만 있는 게 아니다. 어쩌면 어른들이 더 많을지도 모른다. 미성년자를 만나려고 혈안이 되어 있는 남자 어른들이.

은지는 횡단보도 앞에 멈추었다. 이 자리에 설 때마다 보이는 저 간판은 왜 저렇게 당당하게 걸려 있는 건지. 오피돌 2만 원. 은지는 오피돌이 뭔지 아는 자신을 한심하게 느껴야 할지 아니면 저런 간판을 대로변에서도 한눈에 보일 정도로 커다랗게 설치한 어른들을 한심하게 느껴야 할지 알 수 없었다.

은지는 보행 신호를 기다리며, 주변에 남자 어른이 나타날 때마다 오피돌 간판을 유심히 보는지를 살폈다. 잠재적 고객들. 잠정적 호구들. 은지는 그들을 쳐다보며 웃고 있는 자신을 발견했다. 왜 웃지? 내가 왜 웃지? 뭐가 웃기지? 대답하는 사람도 없는데 계속 물었다. 오늘따라 두통이 심했다. 가방에서 타이레놀을 꺼내 삼켰다. 혀가 말라 있어서 그대로 눌러붙었다. 목구멍으로 넘기긴 힘들고, 이 쓴맛을 고스란히 느끼면서 통증이 지나가길 기다려야지. 그러고 있는 동안 옆에 서 있던 남자가 몸을 움직였고, 은지는 소스라치게 놀란 얼굴로 남자를 돌아보았다. 놀랄 일도 아니었는데 놀랐다. 은지 쪽으로 가까이 움직였다고 해서 접촉이 일어난 것도 아닌데.

틴챗에 빠져들기 시작한 뒤로, 그곳에서 온갖 이상한 제안을 받아본 뒤로 은지는 현실 속에서 자꾸만 삐걱대는 자신을 발견했다. 지금처럼 누군가 예고 없이 가까이 다가올 때마다 흠칫 놀랐다. 가끔은 손까지 떨렸다. 학교에서도 그랬다. 은지의 얼굴을 힐끔거리는 과학 선생을 보며 혹시 틴챗에서 만난 사람일까, 온종일 그 생각만 했다. 그럴지도 모르지만 아닐 가능성이 더 크다. 그러나 그럴 가능성이 더 큰 세상이 틴챗의 세상이고, 은지는 틴챗과 현실을 구별해야 할 필요성을 점점 느끼지 못하고 있다.

사실 따지고 보면 같은 사람이잖아. 한 명의 인간이 이쪽과 저쪽으로 나뉘어 있는 건데, 구별이 의미가 있을까? 그냥 한 세계로 통합해버리면, 나는 단지 사회 생활을 일찍 시작한 것일 뿐 특별한 일을 하고 있는 건 아닌지도 몰라. 그런데 왜 자꾸 흠칫거리며 놀라고, 힐끔거리는 남자들이 신경 쓰여 미치겠고, 그런 감정이 극에 달하는 날엔 타이레놀을 물도 없이 씹어 삼킬까. 준후에겐 이런 말을 해도 그냥 안아주기만 할 테고, 친구들은 한 귀로 흘릴 게 분명하니 말하고 싶지 않았다. 결국 숙모의 얼굴이 떠올랐지만, 그런 말을 어떻게 해. 숙모는 나를 어린애로만 보는데.

틴챗에서 만난 회사원은 여중생이라는 단어만 봐도 흥분된다고 했다.

그래서 어쩌라고, 씨발. 네가 뭔데 나를 보고 흥분해. 왜 우리를 보고 흥분해?

은지는 앞서 걷는 교복 차림의 여학생을 바라보며 마음속으로 물었다. 너도 혹시 틴챗 쓰니? 틴챗을 쓰는 여학생들 중 몇 명이나 이런 짓거리를 하고 있을까. 준후는 왜 나를 말리지 않고, 친구들은 왜 내가 잘나간다고 생각하는 걸까. 사진을 많이 팔아서? 여중생이라는 단어를 듣기만 해도 흥분하는 남자들에게 내 얼굴이 공개되는 것에 대해선 왜 아무도 염려해주지 않는 걸까.

아마도 이런 이유로 숙모에게 모든 걸 털어놓고 싶은 충동을 느끼는지도 모른다. 숙모는 분명히 날 걱정해줄 테니까. 등짝을 때리며 핸드폰을 빼앗을지도 모르고, 그 자리에서 틴챗을 삭제해버릴지도 모른다. 그리고 이렇게 살아선 안 된다고 설득하겠지. 그러나 그런 숙모한테 숙모, 나 돈이 너무 필요한데 돈이 없어요, 돈 좀 줄 수 있어요,라고 말하면 숙모는 어떤 표정을 지을까. 숙모도 가난하고, 숙모의 남편도 가난하고, 숙모의 부모도 가난한데, 숙모가 나에게 돈을 줄 수 있을까. 은지야, 우리 모두는 가난하지만 그래도 해선 안 되는 일은 하면 안 되는 거야. 조금도 와닿지 않는 설득. 근거가 없다. 명확한 근거가. 그런 일을 해선 안 된다는 근거가. 아직 미성년자라서? 웃기지 마. 틴챗을 만든 어른도 분명히 알았을 거다. 어른들의 가입을 허용하면 어떤 일이 생길지. 그래도 나는 열다섯 살이지만 틴챗 안엔 아직 초경도 하지 않은 여자애들도 있다.

은지는 집 앞에서 걸음을 멈추었다. 허름한 다가구 주택. 현관마다 터진 쓰레기봉투가 나와 있고, 담뱃진 냄새가 층계에 배어 있다. 낮에도 잠옷 차림으로 빈둥거리는 남자 어른들이 간간이 보인다. 어쩌면 열 살짜리 여자애한테 집에 있는 아픈 고양이를 보여주겠다고 하는지도 모르지. 그런 집엘 다녀온 여자애들은 앞으로 어떤 생각을 하며 살아가게 될까.

은지는 결심했다. 언젠가 준후와 결혼하더라도 둘이서만 살아야지. 아이는 낳지 말아야지. 그러나 그렇게 결심할 것도 없이 은지의 머릿속에선 언제나 준후와 단둘뿐이다. 이 세상은 아이를 낳아 기르기에 적합하지 않은 곳이라고 말했던 숙모보다 자신이 더 그렇게 느꼈다. 나는 살아봤잖아. 틴챗 있는 시대에 여중생으로 살아봤잖아.

시간이 흐르고 흘러도 이름만 바뀐 또 다른 틴챗에 아이들은 끊임없이 빠져들 거고…… 그걸로 봐, 어른들은 돈을 벌고 있잖아. 그러면서 나한테 설교 좀 하지 마! 은지는 현관 앞에 주저앉았다. 눈물샘이 따갑고, 머리가 아프고, 온몸에 열이 올랐다. 준후에게 전화를 걸기 위해 핸드폰을 꺼냈다가 틴챗의 메시지 알림을 발견했다. 또 뭘 원하는데? 은지는 알면서도 메시지를 확인했다. 뻔하고 뻔한 말들. 착한 척하는 새끼들.

일어나 치마를 툭툭 털고 집 안으로 들어갔다. 세면대 거울을 보니 마스카라가 번져서 눈가가 비극적으로 보였다. 이럴 땐 노래가 저절로 튀어나온다. 흥얼거리듯 부르다가 목소리가 점점 커진다. 은지는 거실을 뛰어다니며 노래했다.

"조용히 합시다!" 옆집 남자가 벽을 쾅쾅 두들기며 악을 써댔다.

은지는 벽에 발길질을 해대며 계속 노래했다.

*

"숙모는 십대 때 어땠어요?"

"음…… 가장 먼저 기억나는 건, H.O.T. 근데 난 젝키 팬이었어."

"학교에선 어땠어요?"

"하복을 입는 시기엔 속옷 검사를 했던 게 생각나. 브래지어가 보이면 안 된다고 러닝셔츠를 꼭 입게 했는데, 흰색만 허락됐어."

"왜 보이면 안 되는데요?"

"속옷이 보이면 성범죄를 당할 수 있다고 했어. 그런데 그거 정말 이상한 말이야. 그게 왜 여학생 잘못인데?"

"학교 밖에선요?"

"삐삐. 음성사서함. 동네 서점. 대학로."

"동네 서점이요?"

"잡지를 샀어. 부록 받으려고 열심히 사 모았지. 근데 갑자기 이런 건 왜 물어?"

"숙모가 내 나이였을 때 어땠는지 궁금해서요. 그땐 채팅 같은 건 없었어요?"

"고등학생 때 했었지, 자주는 아니고 몇 번."

"핸드폰은 있었어요?"

"고3 때 처음 가졌어. 전화와 문자만 됐던 폰이야."

"노래는 어떻게 들었어요?"

"마이마이로 듣다가 나중엔 시디 플레이어로. 박효신이랑 이소라 노래를 많이 들었어."

"지금도 들어요?"

"요즘엔 더 옛날 노래 들어. 서태지 이전에 나왔던 노래들."

"저도 요즘 유튜브로 옛날 노래 듣는데, 숙모랑 이름이 똑같은 가수가 부르는 노래를 듣고 있어요."

"양수경?"

"맞아요. 노래 제목이 '당신은 어디 있나요'."

"무슨 노래지?"

숙모는 곧바로 노래를 검색해 틀었다. "아, 이 노래구나."

은지가 따라 부르자 활짝 웃으며 말했다. "니 목소리는 꼭 너 같다."

은지는 웃지 못했다. 수경 숙모가 보는 이은지는 진짜 이은지가 아니니까…….

이제부터 틴챗을 안 하면 어떨까. 그러려면 그 집에서 나와야 할 것이다. 그 여자를 볼 때마다 스스로가 너무 하찮은 존재로 느껴지는 걸 어떻게 할 방법이 없었다. 어쩜 그렇게 철저히 무시

할 수 있지. 그 집의 공기는 은지를 자꾸만 절벽으로 몰고 갔다.

그 여자를 엄마라고 안 부른 지 오래됐어요. 아빠는 한 번도 본 적 없고요. 그 집에 있으면 무슨 짓이든 하게 돼요. 그게 나를 죽이는 일이어도. 그래서 집에 가기 싫어요. 여기서 살면 안 돼요? 방은 없어도 돼요. 소파에서 잘게요. 돈도 벌어올게요. 가족처럼. 숙모가 사랑하는 가족처럼, 나도 적지만 조금씩이라도 돈을 벌어올게요. 그러면 가족이 될 수 있죠? 가족은 그런 거니까. 불행한 미래를 함께 방어하는 존재이니까.

은지는 마음속으로 생각한 것들을 천천히 지웠다. 그렇게 말끔하게 지운 얼굴로 인스타그램에 접속했다. 예쁜 여자들을 보면 잡념이 사라지고, 예뻐지려면 어떻게 해야 할까, 그 생각만 하게 된다. 세상이 아주 단순해진다.

어서 돈 모아서, 눈도 코도 턱도 이렇게 고쳐야지.

*

술병이 굴러간다. 누군가의 발, 엉킨 다리들.

모두 취했고, 음악 소리가 시끄러웠다. 누구 집이더라? 은지는 자신의 집이 아니라는 것만 겨우 확인한 뒤 눈을 감았다. 옆에서 준후의 숨소리가 들렸다. 이렇게 시끄러운데 우린 잠을 잘 수 있다. 평화롭고 안전하다. 은지는 코를 킁킁거렸다. 독한 본

드 냄새가 났다. 누군가 지루해진 모양이다. 그런 건 방에 처박혀서 하라니까! 준후가 소리를 질렀는데 이젠 자느라 모르고 있다. 은지는 준후의 어깨를 흔들어 깨웠다. 준후야, 창문 좀 열어줘. 준후는 기어가서 창문을 열고 다시 돌아온다. 준후의 한쪽 팔이 은지의 배 위에 있다. 은지는 눈을 감았다. 고래가 된 기분이다. 심해 밑바닥에 엎드려 있는 고래.

혀가 부풀어오르는 느낌이다. 점점 더 부풀어오르다가 팡 터져버리면, 그때 이은지는 무엇이 되나. 노래를 부를 수 없게 되나. 은지는 〈당신은 어디 있나요〉를 흥얼거렸다. 숙모가 잘 부른다고 칭찬해줬는데. 준후는 다른 노래를 부르라고 했지만 은지는 이 노래가 좋았다. 틴챗도, 나 같은 여중생도 없었던 시대에 나온 노래. 그러니까 세상의 절반이 이렇게 검게 물들지 않았던 시절에 모두가 듣고 불렀던 노래. 어쩌면 그런 세상은 존재한 적 없을지 모르지만, 그랬을 거라고 착각하며, 오해하며, 멋대로 상상하며 부르는 노래. 그런 노래라고. 은지는 창문 너머에서 불어오는 뜨끈한 바람에 고개를 들었다. 어느 집에선가 실외기가 시끄럽게 돌아간다. 귀 아파. 근데 나는 고래인데, 귀가 있나?

은지는 무릎걸음으로 창가로 기어갔다. 그리고 창문 밖으로 고개를 내밀고 어느 집 실외기에서 나는 소리인지 살펴보았다. 여긴 몇 층이지. 높나. 높지 않나. 가늠이 안 된다. 그럴 정신이 없다. 밖이 어둡다는 것만 알겠다. 저 속으로 들어가면 다른 세상으로 흡수될지도 모른다는 기대감이 들게 만드는 그런 어둠.

상체를 창턱에 걸친 채로 두 손을 휘젓고 있을 때 누군가 은지의 몸을 가뿐하게 들어올리더니 다시 거실로 안고 갔다. "떨어질 뻔했잖아, 바보야." 준후가 잠이 묻은 목소리로 은지를 다독이더니 금세 잠들었다.

준후는 몇 번이나 날 살려준 걸까.

왜 자꾸 살라고 하는 걸까.

준후야, 혼자가 아닌 둘이서 쓰레기장을 파헤치며 사는 건 더 슬픈 일이야.

듣고 있어?

내가 부르는 노래 좀 들어봐.

준후

    은지에겐 남성혐오증이 있다. 그런 건 하루아침에 생기는 게 아니다. 어릴 적부터 은지의 집을 드나들었던 그 여자의 수상한 애인들, 은지에게 과자를 주며 다리와 엉덩이를 더듬었던 마트 주인, 체벌하는 척 몸을 만졌던 선생들이 쌓이고 쌓여 한 트럭은 될걸. 은지는 그런 얘기들을 준후에게 했다. 그러면 준후는 은지를 지켜주겠다고 맹세하고, 은지는 안심한다. 그러나 뒤돌아서면 은지는 사진을 팔고, 준후는 그걸 묵인한다.

    준후의 생각으론 그건 '일'이다. 은지는 틴챗에서 알게 된 남자들을 절대로 만나지 않았고, 지난번처럼 문제가 생겼을 때에만 준후에게 알렸다. 그러면 준후가 문제를 해결해주고, 은지는 틴챗으로 복귀한다. 은지가 사진을 팔아 얼마나 버는지 준후는 모르고 있다. 마찬가지로 은지 역시 준후가 '총판'으로 선발되어 얼마나 버는지 모르고 있을 것이다.

총판을 처음 알게 된 건 2년 전이다. 게임을 즐긴 건 그보다 오래됐지만 제안을 받은 건 그쯤이다. 총판은 일종의 홍보직이다. 코드를 뿌리고, 회원으로 가입한 아이들이 베팅한 금액의 일부를 받는다. 회원들이 적은 돈을 걸면 준후도 적은 돈을 받는다. 그걸로 만족하는 아이들도 있지만, 처음에만 그렇다. 나중엔 점점 베팅액을 올리고, 잃은 돈을 만회하기 위해 어떻게든 돈을 마련해오기 시작한다. 돈을 구할 데가 없으면 부모 명함만 가져와도 곧바로 대출을 해준다. 준후는 그들을 독려해주기만 하면 된다. 반별로 이미 조직화되어 있다. 준후는 1학년 전체 우두머리 격이고, 준후가 조직한 각 반의 우두머리는 의외로 날라리가 아닌 경우도 있다. 성적은 중간 정도, 성격은 조용한 편, 학교 생활은 있는 듯 없는 듯이 하는 애들도 끼어 있다. 그런 애들한테 맡기는 편이 더 좋다. 쉽게 믿어버리니까. 준후는 그런 애들이 선발되면 더 잘해준다. 수수료를 떼어주면서 조금씩 더 찔러주는 식이다. 그러면 더 많은 애들을 물고 온다.

총판이 아니었을 때 이런 종류의 게임들은 늘 준후에게 스릴을 주었다. 이보다 더한 스릴은 찾기 힘들 정도였다. 복잡한 룰이 있는 건 아니다. 사다리 타기나 레이싱 게임만 할 줄 알면 된다. 그걸 못하는 애는 거의 없다. 고가의 장비가 필요한 것도 아니다. 핸드폰만 있으면 된다. 그러므로 집이나 학교, 화장실, 심지어 무덤가에서도 할 수 있다. 마음만 먹으면 언제나, 인터넷이 되는 곳이라면 어디에서나. 돈을 따기까지 걸리는 시간도 짧다. 컵라면에 물을 부어놓고 시작하면 라면이 익을 때쯤 게임이 끝난다. 적게는 5천 원에서 많게는 수십만 원도 벌 수 있다. 그러니 중독성이 대단한 것이다.

총판을 했던 십대는 돈이라는 건 나이를 떠나 언제든 벌 수 있는 거라는 생각을 하게 마련이다. 우리를 필요로 하는 어른들이 있다. 우리에게 돈을 주며 친구를 꾀어오라고 말하는 어른들이 있다. 친구를 도박중독자로 만들면 너에게 돈을 주겠다고 말하는 어른들이 있다. 준후는 이제 친구들과 주변 사람들을 보는 눈이 바뀌었다. 그들은 모두 그에게 돈을 벌어다 줄 미끼다.

준후 역시 처음 게임을 시작했을 땐 돈을 벌 수 있다는 믿음이 있었다. 순진해서 몰랐던 거지. 준후는 쓴웃음을 지었고, 연이어 삼촌의 얼굴을 떠올렸다. 쓴웃음과 삼촌이 연결되어 있기라도 한 것처럼. 삼촌은 이제 준후에게 아버지나 다름없는 존재인데, 어떻게 행동하더라도 아버지보다 나을 거라는 건 안다. 준후는 엄마를 '그 여자'라고 불렀지만 아버지에겐 아무런 호칭도 붙여주지 않았다. 부를 일을 악착같이 만들지 않았고, 가급적 떠올리지도 않았다. 얼굴도 잊었다(고 생각했다).

삼촌은 모르고 있다. 조카가 총판으로 활동한 지 세 달이 넘었다는 걸. 처음엔 어른들을 믿지 않았다. 수수료를 주겠다고 했지만 제대로 주지 않을 거라고 생각했다. 딱 봐도 불법적인 일이었고, 나중에 딴소리를 해도 복수하기가 애매할 것 같았다. 실장이라는 사람은 동네 게임방에서 마주칠 법한 친근한 형처럼 굴었지만, 그 역시 윗대가리의 지시에 따라 움직인다는 걸 알고 있다. 우두머리는 준후가 상대하기에 버거운 인물일지도 모른다. 조폭이겠지, 뭐. 사채업자거나. 그게 그거 아니냐. 준후의 친구들은 영화 속에나 나오는 인물들을 떠올렸다. 틀린 말이다. 그들은 이제 대놓고 조폭이 되지 않는다. 현실은 이렇다. 그들은 이제 대놓고 회사를 차리고, 대놓고 많은 돈을 번다. 대놓고 외제차를 몰고 다니고, 대놓고 명품 자랑을 하고, 대놓고 해외여행을 간다. 어떤 일을 하는지는 도통 알 수 없는데 물어보면 시원스레 대답은 해준다. 간단한 일이라고. 개인방송이나 SNS 혹은 음란물 사이트에 코드를 내보내면 그걸 타고 오는 사람들이 돈을 벌어다 주는 것이다.

준후는 자신의 머리를 신뢰했다. 예상했던 것보다 잘 굴러갔다. 먹고사는 데 지장은 없을 것 같았다. 2년 전 제안이 왔을 때 곧바로 수락하지 않았던 건 어른들을 믿지 않아서인 것도 있지만, 가장 큰 이유는 그 여자 때문이었다. 그 여자 때문에 정신이 좀 없었고, 삼촌 집에 들어가 살게 되었고, 지후가 눈칫밥을 먹을까 걱정되었고, 그 집엔 숙모의 부모님도 함께 살고 있어서 여러모로 골치가 좀 아팠고, 그래서 최종적으로 거절했다. 그때 준후 대신 총판이 된 놈은 돈을 꽤 많이 벌었다. 그걸 고스란히 목격한 뒤 준후는 올해 총판이 되었다. 게임에 참여하는 아이들이 많아질수록 돈을 많이 받는 구조이므로 이젠 웃는 얼굴로 아이들을 독려한다. 학폭, 양아치, 일진. 그런 건 내다버렸다. 돈이다. 이젠 돈이 가장 중요해졌다. 열일곱 살짜리 소년일지라도.

소년.

사실 소년이라는 단어는 지후에게나 어울리지.

준후는 한 번도 자신이 어리다고 생각해본 적이 없다. 어린 게 아니라 가난한 거다. 동생과 함께 살 집 하나 못 구하고 있으니. 그러나 숙모는 우리에게 늘 진심이고. 그 마음은 글쎄, 기대했던 것 이상이다. 웃는 얼굴로 대해줘도 뒤에선 온갖 욕을 다 할 거라고 생각했는데 이 여자는 뒤에서…… 운다. 가족들 몰래 옥상에 올라가 운다. 그러다가 담배를 피우는 것도 딱 한 번 봤는데 오래 가진 못했다. 아무도 모르겠지. 삼촌도 모를 것이다. 숙모가 옥상에 마련해놓은 아지트. 시멘트 포대와 깨진 화분 뒤에서 발견한 담뱃갑. 준후는 발소리를 죽이며 계단을 내려왔고 아무에게도 말하지 않았다. 삼촌은 숙모를 사랑하지만, 사랑하는 것과 아는 것은 별개의 문제다.

삼촌은 사람의 좋은 면만 보려고 하니까. 미워할 수가 없는 사람이지만 실로 너무나 무능한 것도 사실이다. 그래서 준후는 더욱더 돈에 집착했다.

어쩌면 사람은 이런 식으로 어른이 되는지도 몰라. 어떤 사람을 소중하게 생각하는 마음을 오로지 많은 돈을 버는 것으로만 연결하면서. 돈이 곧 마음이 되는 세상. 그게 진리다.

*

초등학생 때 같은 반이었던 남자애는 선천적으로 한쪽 귀에 장애가 있었다. 오른쪽만 그랬다. 그쪽 귀로는 소리를 듣지 못했기에 오른편에 앉은 짝꿍이 말을 걸면 늘 왼쪽 귀를 내밀었다. 준후는 그 애의 뒷자리에 앉았고, 매일 그 애가 짝꿍을 향해 왼쪽 귀를 내미는 것을 지켜보았다. 그러다가 하루는 수업이 끝나고 담임을 찾아가서 말했다.

"남학생들을 오른쪽에 앉게 해주세요."

담임은 영문을 모르겠다는 표정으로 이유를 물었고, 준후는 무척이나 실망했다. 어떻게 이렇게 둔할 수가 있을까. 오른쪽 귀가 안 들리는 애를 왼쪽 자리에 앉혀놓으면 그 애는 짝꿍과 대화할 때마다 고개를 돌려야만 한다는 걸 어떻게 모를 수가 있는 걸까. 준후는 한숨을 내쉬며 이유를 말했고, 담임은 얼굴을 붉혔다.

그땐 그렇게 착했다.

준후는 성선설, 성악설을 믿지 않았다. 타고난 성품 같은 건 없다. 그 시절 준후가 그런 말을 할 수 있었던 건 그의 인생을 통틀어 유일하게 부모 사이가 좋았던 시기였기 때문이다. 준후가 호칭을 붙여주지 않은 그 사람이 복권에 당첨되어 거액의 당첨금을 받았고, 부모는 매주 함께 부동산에 들러 집을 보러 다녔으며, 가끔 준후를 데리고 가서 2층짜리 단독주택을 가리키며 어떤지 묻곤 했다. 그러나 그 사람은 결국 집을 사는 대신 친구가 소개해준 게임 회사에 당첨금을 모두 투자했다. 약간 유명한 게이머와 갓 데뷔해 아무도 모르는 아이돌 그룹을 모델로 기용해 홍보했지만, 그 게임은 결국 망했다. 유저들로부터 사기라는 혹평을 들었는데 준후가 보아도 그래픽 수준이 형편없었다. 이런 식으로 투자금을 모아서 게임은 대충 만들고 나머지 돈은 갖고 튄 거지. 준후는 그때도 그렇게 판단했고, 지금도 그렇게 생각하고 있다. 그 사람이 하는 일이란 늘 그런 식이어서 아마 지금도 어딘가에서 멍청한 사기 행각에 속고 있을 것이다.

돈을 벌려면 언제나 구조를 파악해야 된다. 구조가 전부다. 온라인 도박으로 돈을 벌려면 온라인 도박의 구조를 파악해야 한다. 어떤 식으로 베팅하게 만들고, 어떤 식으로 벌게 만드는지 혹은 잃게 만드는지. 그 결과, 준후는 게임에 참여하는 것보다 참여자들을 관리하는 편이 더 낫다는 걸 깨달았다.

플랫폼이 눈에 보이기 시작하면 원리가 함께 드러난다. 돈을

벌려면 모두가 돈을 벌려고 달려가는 방향이 아니라, 그들을 그
곳으로 달려가게 만드는 바람이 불어오는 방향을 봐야 한다. 그
러면 보인다. 돈이 어디에서 흘러들어와 어디로 흘러나가는지.
단순하다. 아주 간명하고.

*

저 사람들은 나보다 수입이 적겠지.

삼촌과 숙모, 숙모의 부모님을 볼 때마다 준후는 늘 똑같은
생각을 한다. 하고 있는 일들이 그렇다. 삼촌은 해외선물 거래
를 하면서 밤엔 대리기사로 일하고, 숙모는 자기 차로 배송을
하고, 할아버지는 도보로 음식을 배달하고, 할머니는 용역회사
에 다시 나갔다가 실장과 다툰 뒤 집에서 쇼핑백을 접고 있다.

준후가 오랜만에 저녁식사 자리에 나타나는 날이면, 삼촌과
숙모는 준후를 챙겨주느라고 이런저런 질문을 던지는데 그때
마다 준후는 되도록 짧게 대답하거나 농담으로 넘기거나 했다.
졸업하고 대학에 갈 건지 아니면 곧바로 돈을 벌 건지 묻는 삼
촌에게 대학을 선택 사항으로 보는 어른은 삼촌밖에 없을 거라
고 말했더니 분위기가 썰렁해졌다. 준후는 좋은 의미로 그렇게
말한 건데 삼촌은 얼굴을 붉히며 고개를 숙이더니 밥을 먹는
둥 마는 둥 하다가 거실로 나가 소파에 멍하게 앉아 있었다. 준

후는 미안해졌다. 지후까지 눈치를 살피는 바람에 더욱 미안해졌다.

"삼촌, 나 대학 안 가도 괜찮아. 알잖아."

삼촌은 고개를 끄덕였다. 그러나 여전히 힘없는 얼굴이었다.

"형이 알면 실망할 거야."

"그 사람도 알걸."

"그 사람?"

삼촌이 준후를 돌아보았다. 그 사람이라는 말이 너무 자연스럽게 튀어나와버렸다.

"준후야, 아버지를 그렇게 부르면 안 되지."

"아버지?"

이번엔 준후가 삼촌을 돌아보았다. 아버지라는 말이 너무 자연스럽게 튀어나오잖아, 그런 표정으로.

삼촌은 다시 말이 없어졌고, 준후도 할 말이 없었다. 그러나 무슨 말이라도 해야 할 것 같았다.

"거래는 잘돼?"

"전혀."

"접었어?"

"거의."

"운전은 할 만해?"

"그런 듯."

"이상한 손님 있으면 나한테 연락해."

"때려주려고?"

삼촌이 웃으며 돌아보았는데 준후는 웃지 않았다. 진심이었기에. 그랬더니 삼촌의 표정이 흐려졌다.

마음 편하게 농담만 주고받을 수 있는 삼촌과 조카 사이였다면 좋을 텐데. 우재 삼촌은 그런 존재였다. 어느 집에나 한 명씩 있는, 조카와 격식 없이 지내는 착한 삼촌. 무능력하고, 숙모한테 완전히 잡혀 살지만 볼 때마다 늘 싱거운 농담만 던지는 그런 삼촌. 그러나 준후는 지금 삼촌의 넓지 않은 어깨에 놓여 있는 무거운 짐을 목도하고 있었다. 모래주머니 같은 그것들을 칼로 쿡 찔러 모래가 우수수 쏟아지게 해주면, 삼촌이 다시 싱거운 농담만 던져도 되는 사람으로 바뀔 수 있을까.

"대학 가고 싶으면 가도 돼. 가지 말라고 그렇게 말한 게 아니야."

"안 가, 대학. 은지도 안 간댔어."

"그럼 앞으로 뭐 해서 먹고살 건데?"

"지금도 잘 먹고 잘 살고 있거든?"

"어떻게?"

준후는 고민했다. 삼촌과 이런 얘기를 나눠서 좋을 게 없지만, 한 번은 말해야 한다면 지금일 것이다.

"삼촌이 하는 선물거래는 돈을 벌기 힘들어."

삼촌은 대답이 없었다. 워낙 그런 말을 많이 들어왔던 터라 이젠 무감해진 것 같았다.

"삼촌 같은 사람을 물어오면 수수료를 받는 구조야. 삼촌은 호구라고."

"버는 사람도 있어. 내가 못해서 그렇지."

"그 사람들이 소개해주는 회사의 계좌를 빌려 쓰는 거 아니야?"

삼촌은 믿을 수 없다는 표정으로 준후를 돌아보았다.

"니가 그런 걸 어떻게 다 아냐?"

"알지. 왜 몰라. 삼촌만 이 바닥의 구조를 모르는 거야."

"구조?"

"그래. 구조. 어떤 일을 하든지 구조부터 파악해야 돼."

삼촌의 시선이 옆에서 쇼핑백을 착착 접고 있는 할머니에게로 향했다.

할머니가 언제 여기로 왔지.

할머니는 삼촌의 장모이므로, 사위가 십대 조카에게 훈계 듣는 모습을 보게 하는 건 좀 그랬다. 준후도 그 정도는 알았지만, 이 집안에선 서로의 면을 세워주는 가식적인 행동은 아무도 하지 않거니와 오히려 직언을 날릴 때가 더 많았다.

"다른 거 해. 삼촌은 그걸로 벌 수 있는 사람이 아니야."

준후는 더 이상 해줄 말이 없었다. 누군가는 그 바닥에서도 돈을 벌지 모른다. 그러나 삼촌은 아니다. 게다가 삼촌이 하는 거래는 조금 특수하다. 주식처럼 전망을 내다보고 가만히 묻어두는 그런 방식을 선택할 수 없다. 초 단위로 날뛰는 차트를 준후도 본 적이 있었다.

"이젠 안 하려고. 걱정 마." 삼촌은 힘없는 목소리로 말했다.

준후는 가슴이 뻐근했다. 나 같은 십대에게 혼나는 어른은 대체 뭔가. 얼마나 형편없고 무해하길래. 준후는 삼촌의 정수리를 내려다보았다. 머리숱이 비어 있는 부분이 한눈에 들어왔다. 전업투자자로 살아가는 동안 삼촌의 머리숱은 엄청나게 줄어들었다.

할머니는 다 접은 쇼핑백을 한 무더기 쌓아놓고서 한숨을 내쉬었다. 불안한 마음에 부업거리를 가져오긴 했으나 이걸론 얼마 벌지 못한다는 걸 깨달은 얼굴이었다. 할머니가 삼촌에게 물었다. "내가 정말로 궁금해서 그러는데, 그걸로 버는 사람이 있긴 해?"

"있죠. 어떤 사람은 본업이 시인인데, 1년에 1억은 그냥 버는 거 같아요. 벌 때마다 축시를 발표해요."

"나처럼 나이 든 사람은 없지?"

"제가 가입한 라이브 방송 회원 중에 어머님과 나이가 비슷한 아주머니가 있어요."

"뭐 하는 여잔데?"

"농사짓는 사람이래요. 벌어놓은 돈이 꽤 있어서 취미로 거래하는 건데, 맨날 자기 친구들, 가족들 얘길 그렇게 해요. 아무도 듣는 사람이 없는데."

"여편네가 외로웠나보네."

할머니는 한숨을 내쉬며 쇼핑백 무더기를 구석에 쌓아놓더니 방으로 들어갔다. 곧이어 주방에서 숙모가 나와 준후 곁에 앉았다.

"오늘 은지 만났어?"

"어제요."

"접수는 했대?"

"무슨 접수요?"

"너한테 말 안 했어? 오디션 나간다고 했는데."

"아, 심심해서 하는 거지 진심 아닌데."

"진심일걸?" 숙모는 준후를 나무라는 듯한 눈빛으로 보며 말했다. "가수가 꿈이잖아. 걔 진심이야."

준후는 아무런 대꾸도 할 수 없었다. 진심이긴 한데요, 숙모, 우리한테 진심이라는 건 쉽게 변할 수 있는 거라서 믿으면 안 돼요. 왜 그런 거냐고 물어도 할 말이 없는데, 혹시 숙모는 진심이라는 단어를 너무 진심으로 받아들이는 거 아니에요?

준후는 속으로만 되묻고 소파에서 일어났다. 숙모와 삼촌이 동시에 준후를 돌아보았다. 얘기 좀 더 하다 가지, 그런 눈빛이 두 사람의 표정에서 읽혔다.

"저 졸려요."

"그래도 잠깐만 앉아봐. 너 요즘 뭐 하고 다니니?"

숙모가 눈에 불을 켜고 물었다. 준후는 당연히 사실대로 말할 수 없었다. 1학년 총괄 총판으로 살아가고 있으며 하루하루가 존나 스릴 넘친다, 앞으로 전업 총판이 되기 위해 열심히 살아가고 있다, 이렇게 말할 수는 없으니까.

"그냥 살아요."

"그냥 살면 안 되지. 너는 꿈이 뭐야? 은지는 가수 되고 싶다는데."

오늘따라 숙모는 적극적이었다. 삶에 대한 모든 낙관성이 숙모에게 깃들어 있는 것 같았다. 이런 밤이 누구에게나 한 번씩은 찾아오지. 그날이 숙모에겐 오늘인 것 같았다.

"그런 꿈이라면 누구나 있죠."

"그러니까 니 꿈은 뭐냐고."

"건물주요!"

준후는 그렇게 대꾸한 뒤 이어지는 숙모의 말은 듣지도 않고 방으로 들어왔다.

지후가 바닥에 엎드려 준후의 핸드폰을 들여다보고 있었다. 준후는 지후의 엉덩이를 베고 누웠다.

"지후야, 뭐 해?"

"이 세상에 어떤 불행한 일이 일어났는지 살펴보는 중이야."

준후는 말문이 막혔다.

"너 친구는 있지?"

"있는데. 미유."

"그래. 친하게 지내라."

"이미 친해."

"그래도 계속 친하게 지내. 걔 아니면 너랑 친구 하겠다는 애 별로 없을지도 몰라."

"상관없어."

"왜 상관이 없어?"

"형도 있고, 은지 누나도 있고, 숙모도 있고, 삼촌도 있고, 할아버지랑 할머니도 있으니까."

"우리는 친구가 아니잖아……. 가족이지."

"형은 모르는구나. 가족도 친구야."

준후는 어떻게 대꾸해야 할지 몰랐다.

"지후야, 미유가 좋아, 형이 좋아?" 지후는 대답이 없었다. 나중에라도 하려나 해서 기다렸는데 끝까지 대답하지 않더니 핸드폰을 돌려주며 말했다.

"형, 오늘도 이 세상엔 불행한 일이 많이 일어났어. 그런데 우리 집엔 그런 일이 안 일어났으니까 다행이야."

준후는 잠깐 동안 생각했다. 우리 집엔 그런 일이 안 일어났다고 믿게끔 놔둬야겠지.

"박지후, 대답 피하는 거냐? 누가 더 좋으냐니까?" 지후는 이불 속으로 들어가더니 몸을 둥글게 말고 자는 시늉을 했다. 준후는 웃으며 이불 속으로 기어들어갔다. 그리고 지후의 말을 곰곰이 생각했다.

이 세상에 일어난 불행한 일 가운데 준후가 일조하고 있는 불행한 일도 명백히 있다. 이 세상에 불행한 일이 자꾸만 일어나는 건 불행한 일을 저지르려는 사람들이 많아서 그런 게 아니라, 행복한 일을 기대하다가 불행해진 사람들이 많아서 그렇다는 걸 알려준다면 아마도 지후는 뉴스에 등장하는 사람들이 바로 우리라는 걸 알아챌지도 모른다. 영민한 아이니까.

지후의 규칙적인 숨소리가 들려왔다. 준후는 오랜만에 이불 위에 누워 고요한 밤을 만끽했다. 이 하나의 방을 얻기 위해, 이 하루의 고요한 밤을 얻기 위해 마음 졸이며 살았던 날들이 떠올랐다. 어쩌면 지후의 말이 맞는지도 모른다. 적어도 오늘은, 이 집에선 불행한 일이 일어나지 않았을 거라고, 불행의 절반 이상을 담당하고 있는 자신이 이른 시각에 이불 위에 누워 잠을 청하고 있으니…….

핸드폰이 진동했다. 준후는 눈을 번쩍 떴다.

—안 오고 뭐 하냐?

준후는 숨을 깊게 내쉰 뒤 지후가 깨지 않게 조용히 방문을 열었다. 세상의 불행에 일조하러 가는 발걸음은 결코 가볍지 않았다.

850원

　수경은 차 안에 배송 물건을 싣는 과정을 거의 기계적으로 해냈다. 이젠 아반떼 내부 구조를 빠삭하게 꿰고 있을 정도다. 어쩌면 아반떼를 설계한 사람보다 더 잘 알고 있을지도 모른다.

　운전석과 조수석 사이엔 30롤짜리 두루마리 휴지를 끼우면 딱 들어맞고, 10킬로그램짜리 쌀 포대는 조수석 발치에 놓으면 된다. 비교적 부피가 큰 박스의 개수와 크기를 미리 확인한 뒤 테트리스 하듯이 차 안에 물건을 쌓는 방법이나, 봉투에 담긴 물건들은 대시보드 위나 뒤쪽 창 아래에 쌓아놓으면 된다는 것, 길이가 1미터 이상인 물건은 뒷좌석에서 조수석에 이르기까지 가로질러 실을 수밖에 없다는 것, 운전석과 조수석 바로 밑은 리필용 세제를 두기에 맞춤한 크기이며 부피가 적당한 박스 하나를 남겨놓았다가 조수석에 실으면 마무리가 깔끔하다는 것, 나아가 그것이 첫 번째 배송지에 배달할 물건이라면 조수석을 미리 비워놓을 수 있어 공간적으로 덜 답답하다는 것도 그동안 깨달은 비법들이다. 수경은 종종 아반떼에 최대한 많은 물건을 싣는 기네스북에 오를 수도 있겠다고 우스갯소리를 했는데, 그건 결코 농담이 아니었다.

짐을 모두 실은 뒤엔 정수기에서 시원한 물을 받아가는 여유도 생겼다. 그리고 그럴 때마다 수경에게 말을 걸어오는 배송기사가 있었다.

"실력이 많이 느셨네요. 이젠 표정이 편안해 보여요."

수경은 별다른 대꾸 없이 물만 마셨다.

"날씨가 더워졌죠?" 남자는 그렇게 물으며 한 걸음 더 가까이 다가오더니 물병에 생수를 담았다. 수경은 옆으로 한 걸음은 물러섰다. 표정이 편안해 보여요, 날씨가 더워졌죠, 그런 말들을 이토록 경계해야 할 이유가 있을까. 그러나 수경은 경계했다. 표정이 편안해 보인다는 말의 속뜻은 너의 표정을 주의 깊게 살피고 있었다는 의미인지도 모르니까.

"힘들지 않으세요?"

"괜찮아요."

남자가 주머니에서 스카치 캔디를 꺼내며 물었다. "이거 드실래요?"

수경은 단박에 거절하고 차로 돌아갔다. 남자는 다른 여성 기사에게 다가가더니 물병을 건네며 시원한 물인데 마시지 않겠느냐고 물었다. 여성 기사는 고개를 저었다. 그러자 남자는 바닥에 놓인 무거운 물건을 가리키며 자기가 대신 실어주겠다고 제안했다. 여성 기사는 이번에도 거절했다. 불편한 기색을 최대한 드러내는 게 한눈에 보이는데도 남자는 멈추지 않고 계속 말을 걸었다.

수경은 서둘러 차를 몰고 센터 밖으로 나왔다. 도로를 달리는 내내 남자의 사소한 행동들이 뇌리에 달라붙어 떨어지지 않았다. 수경의 상상력은 자꾸만 범죄적 장면으로 달려갔다.

신도시 상가 구역에 물건이 몰려 있었다. 수경은 물건을 품에 안고 달렸다. 시급을 높이기 위해 시작된 달리기는 이제 물건만 손에 들었다 하면 다리가 자동으로 달리는 지경이 되었다.

안경점과 치과에 들른 뒤 마지막 물건의 송장에 표시되어 있는 '굿헬스케어'로 향했다. 그러나 어디에도 그런 간판은 보이지 않았다. 수경은 주차 딱지를 떼일까봐 불안한 마음으로 다시 주소를 확인한 뒤 해당 건물을 둘러보았다. 건물 외부에도, 층별 안내도에도, 2층으로 올라가는 계단에도 굿헬스케어 간판이나 표지판은 보이지 않았다. 대신 '골드안마'라는 간판이 눈에 들어왔다.

건물 밖으로 나가 간판을 다시 한번 찾아보았다. 그제야 골드안마라는 글자가 세로로 인쇄되어 있는 돌출간판 아래쪽에서 '굿헬스케어'를 발견했다. 골드안마의 다른 이름이 굿헬스케어였던 것이다.

수경은 다시 골드안마 앞으로 돌아갔다. 내부가 전혀 보이지 않는 가게였다. 수경은 문 앞에 서서 잠깐 동안 망설였다. 언뜻 봐도 어떤 곳인지 짐작이 갔다. 미성년자 출입금지 구역임을 알리는 표지판이 유독 눈에 들어왔다. 검은색 시트지를 꼼꼼하게 붙여놓은 출입문과 어떤 정보도 알려주지 않는 폐쇄성이 불특정다수에게 열려 있는 점포가 아니라는 걸 암시했다.

어쩌지…….

결국 심호흡을 한 뒤 문을 열었다.

물건을 카운터에 전달하고 돌아서며 수경은 카운터에 서 있는 여자의 머리 모양과 메이크업, 치렁치렁한 가운을 뇌리에 각인시켜버렸다. 되도록 아무것도 보지 않고 나오려 했으나 골드와 블랙 콘셉트의 실내장식, 노래방처럼 기다랗게 이어지는 복도, 굳게 닫힌 문들을 보았다. 그 찰나의 순간에 정장 차림의 중년 남자가 복도를 걸어가는 것도 보았다. 수경은 재빨리 문을 열고 밖으로 나왔다. 심장이 빠르게 뛰었다.

이 세상에 얼마나 많은 성매매업소가 있는지, 단 한 번이라도 생각해본 적이 있던가.

도처에서 택배로 물건을 주문하는 시대이므로 이런 일은 종종 발생할 수 있다. 특정한 장소엔 발을 들이지 않겠다는 결심은 배송기사에겐 전혀 어울리지 않는 생각일 것이다. 어떤 장소든지 간에 물건을 정확히 배달하는 것만이 유일한 목표가 되어야 한다. 그렇게 해서 받는 돈은 850원 남짓. 오늘의 배송 단가였다.

수경은 850원에 자신이 무얼 경험해버린 것인지 생각했다.

*

배송 취소 알림음에 눈을 떴다.

가끔 당일 아침에 일이 취소되는 날도 있었지만, 수경은 어제 퇴근 무렵 걸려온 전화 때문인지도 모르겠다고 생각했다. 무거운 운동기구가 든 박스를 옮기던 중 실수로 박스 아래에 손가락이 깔려버렸다. 그런 탓에 내내 불편한 상태로 물건을 배달한 뒤 서둘러 집으로 돌아가려 했는데, 뒤늦게 물건을 더 배송해줄 수 있겠느냐는 연락을 받았다. 수경이 있는 아파트 단지까지 물건을 가져다주겠다고 제안했다. 그러나 수경은 다친 손가락 때문에 추가 배송을 하고 싶지 않았고, 더군다나 그 물건을 배송하면 퇴근 시간대와 겹쳐서 차가 막힐 가능성이 컸다. 일당에서 주유비를 제한 돈이 수익이었으므로, 수경은 약속이 있다며 거절했다. 그리고 오늘 일이 잘렸다.

　인터넷 카페에 떠돌아다니는 팁 중 관리자에게 찍히면 일이 잘릴 수 있으니 되도록 눈 밖에 나지 않는 편이 좋다는 말이 있었는데, 설마 어제 추가 배송을 거절해 눈 밖에 난 것일까. 수경은 자책했다. 정확한 원인은 알 수 없었지만 그래서 더욱 그런 마음이 들었다.

　사측이 제시한 약관을 보았을 때 그녀는 엄연히 위탁배송 '사업자'였다. 사업자이면서 자기 마음대로 노동 시간을 정할 수 없는 것과 일하고 싶을 때 일할 수 없는 것, 당일에 일이 잘리기도 한다는 것에 대해선 어떻게 받아들여야 할까. 황보석이 했던 말이 떠올랐다. 사측이 원하는 건 무늬만 사업자일 뿐이고, 실은 근로자나 다름없는 노동 수행을 요구하고 있는 것이라고. 얼핏 듣기에 플랫폼 노동은 노동의 시간과 양을 스스로 정할 수 있는 것처럼 보인다. 그러나 얼마 지나지 않아 알 수 있다. 물건이 일정하게 할당되는 게 아니다. 월요일부터 금요일까지 이만큼 배송하면 이만큼을 벌 것이다,라는 기본적인 계획조차 세울 수 없다. 원하는 물량을 할당받지 못할 가능성이 있고, 받더라도 부상을 당하면 차질이 생길 수 있고, 안전교육 같은 건 시행되지 않는다. 그런 건 '사업자'들이 각자 알아서 해야 하고, 장갑도, 미끄러지지 않는 신발도 스스로 마련해야 하며, 다쳐도 호소할 곳이 없다. 회사는 아무런 책임도 지지 않는다. 그러므로 회사는 빨리 배송하라는 말을 하지 않지만, 늦게 배송하면 내부 평점 시스템에 의해 물건을 많이 받을 수 없게 된다는 말들이 나돈다. 이러한 교묘한 통제 아래 플랫폼 노동에 뛰어든 배송기사는 위탁 배송사업자로 분류되고, 용돈벌이를 하러 나온 '사장님'으로 불리며, 자신이 '플랫폼 노동자'라는 것을 자각하지 못한다.

21세기에 왜 이런 노동이 존재하는 걸까. 최저임금과 복지혜택이라는 20세기 노동자의 고뇌는 왜 여전히 반복되고 있는 걸까.

어떤 이가 생계를 유지할 수 있는 정도의 돈을 벌지 못해 일을 그만둔다면, 그것은 회사가 해고한 것이나 다름없다고 볼 수 있지 않을까. 그러나 그들은 회사가 그들을 해고했다는 생각은 하지 못한다. 그저 더 많은 돈을 벌기 위해 다른 곳으로 떠나는 거라고 생각할 뿐이다.

*

커다란 서랍장을 보자마자 수경은 좌절했다. 어떻게든 두 번에 나누어 실어야 주유비를 제하고도 일하러 나온 보람이 있었다. 그러나 롤테이너에도 2리터 여섯 개짜리 생수가 여덟 팩이나 실려 있었다.

본격적인 여름이니까 그럴 수 있다. 억지로 이해해보려고 해도 혹시 자신의 롤테이너만 이 모양인가 싶어서 옆 사람의 것을 힐끗거렸다. 거기도 만만치 않았다. 30롤짜리 휴지가 언뜻 봐도 여덟 개는 실려 있었다.

운이 나쁜 날도 있지.

수경은 한숨을 내쉬며 어떻게든 차 안에 생수를 욱여넣었고, 뒤늦게 차를 출발시켰다. 조수석에 물건을 너무 많이 쌓아놓은 탓에 사이드미러도 제대로 보이지 않았지만 방법이 없었다. 도로에 들어섰을 때부터 위태했다. 그래도 차량이 많지 않아 다행이었고, 차선을 변경할 때마다 주의를 기울였다. 하지만 아파트 단지 상가 주차장에서 그만 옆 차를 건드리고 말았다. 시야가 확보되지 않은 상태에서 무리하게 주차하려다 발생한 사고였으므로 온전히 그녀의 잘못이었다.

수경은 차에서 내려 운전자에게 전화를 걸었다. 잠시 후, 상가 정문에서 수경과 비슷한 또래의 남자가 걸어나왔다. 그는 그녀의 차 안을 힐끗 쳐다보았다.

"배송 중이세요?"

"네. 죄송합니다."

남자는 차량 옆면을 살피다가 접촉 부위를 손으로 문질러보고, 뒤로 물러서서 가만히 쳐다보기도 하다가 이윽고 고개를 돌리며 말했다. "살짝 스친 거니까 우리끼리 정리하죠. 이 정도야, 뭐. 한 5만 원 정도면 될 거 같은데."

수경은 표정이 저절로 굳었다. 오늘 받은 물량을 다 배달해도 5만 원은 남지 않는다.

"저…… 4만 원에 해주시면 안 될까요."

남자는 수경의 얼굴과 차를 번갈아 보더니 물었다. "부업이세요?"

"전업이에요."

남자는 미간에 깊은 주름이 생긴 얼굴로 고심하더니 4만 원에 합의를 보자고 말했다. 수경은 그 자리에서 남자의 계좌로 금액을 송금했다. 남자가 물었다. "보험처리 해도 되는데 회사 눈치 보여서 그런 거죠?"

"보험 같은 거 없어요."

"보험도 없이 차로 물건을 배달하라고 해요?"

"위탁 사업자라서요."

수경은 그렇게 대꾸했지만, 남자는 무슨 의미인지 알아듣지 못한 표정이었다.

*

생수를 잔뜩 쌓아올린 핸드카트를 힘껏 밀며 수경은 엘리베이터에 올라탔다. 그러나 배달을 마치고 1층으로 내려오자마자 성난 얼굴로 문 앞에 서 있는 입주민과 마주쳤다.

"이 안에서 카트 쓰면 안 되는 거 몰라요?"

수경은 당황했다. 카트를 쓰지 않으면 무거운 물건을 어떻게 배달하라는 건지 묻고 싶었지만, 묻지 않았다. 몰랐다고만 말했다.

"시끄러워서 살 수가 있어야지. 앞으론 복도에서 카트 쓰지 마세요."

입주민은 문을 쾅 닫고 들어갔다.

수경은 차로 돌아와 트렁크에 핸드카트를 싣고 곧바로 차를 출발시켰다. 옆 동으로 차를 옮기자마자 경비원과 눈이 마주쳤다. 경비원이 빠르게 걸어오더니 차창을 마구 두들겼다. 수경은 창을 내렸다.

"이 안에선 빨리 달리면 안 돼요."

"네, 안 그럴게요."

"애를 치기라도 하면 큰일이니까 천천히 움직이세요."

"네, 알겠습니다."

"지난번에도 말 안 듣고 쌩쌩 달리더만."

수경은 이 아파트에 처음 왔지만 잠자코 있었다.

"배송하는 사람들, 운전 거칠게 하고 그러잖아. 말도 더럽게 안 듣고. 조심해요. 알았죠?"

경비원이 엄중한 경고를 하고 떠난 뒤 수경은 차에서 짐을 내렸다. 땀이 비 오듯 흘러내렸다.

*

　여름의 절정이 왔을 때쯤 수경은 집에만 있었다. 예상했던 폭염은 없었다. 대신 하루도 그치지 않고 비가 내렸다. 처음엔 비옷을 입고 배송을 나가봤지만 비옷 안은 땀에 젖고, 비옷 밖은 장대비에 젖은 상태를 유지하며 침착하게 물건을 나르기는 쉽지 않았다. 물기가 흥건한 복도에서 미끄러져 엉덩뼈를 다치기도 했고, 젖은 박스를 들다가 귀퉁이가 찢어져 손목을 다치기도 했다. 자꾸만 부상을 당하니 자신감이 사라졌다. 병원에 갈 수도 없어서 집에서 쉬거나 찜질을 했는데, 일당을 생각해보면 그런 처치만 가능했다.

　모처럼 비가 그친 날, 수경은 오랜만에 맑게 갠 하늘을 보며 배송을 하러 나갔다. 물건이 너무 적어서 실망스러운 날이었지만 그래도 비가 내리지 않아 좋았다.

　몇 번 배송하러 왔던 아파트였다. 분위기가 여느 아파트와 조금 달랐는데, 허름한 건 차치하고서라도 구조상 집이 없어야 할 공간에 집을 만들어놓은 것과 엘리베이터 안에 실버 구인 공고가 잔뜩 붙어 있다는 것, 유일하게 그녀를 알아보고 먼저 인사하는 경비원이 있다는 것이 달랐다. 그러나 경비원은 그녀와 안면을 트고 나서도 좀처럼 경비실에 물건을 놓고 가는 건 허락해주지 않았는데, 수경이 고객의 집에 가보지도 않고서 무조건 경비실에 물건을 놓고 가려 한다고 생각했기 때문이다. 그날도 수경은 경비실에 맡겨달라는 메시지가 적혀 있는 송장을 보고 경비실로 물건을 가져갔다. 어차피 받아주지 않겠지만 말이라도 한번 해볼 생각이었다. 뜻밖에도 경비원은 수경에게 이제부터 물건을 경비실에 두고 가도 된다고 말했다. 한동안 보이지 않아 무슨 일이 있나 걱정했다며 냉장고에서 미리 타놓은 믹스 커피를 꺼냈다. 수경은 경비원이 잔에 커피를 따르는 동안 두근거리는 심장을 애써 진정시켰다. 자꾸만 주위를 둘러보던 수경은 어쩔 수 없이 커피를 받아들었다. 경비원이 그녀에게 몇 가지를 더 물었지만, 그녀는 물끄러미 잔을 내려다보며 아무런 대답도 하지 못했다.

귓속에서 이명이 매미 울음소리처럼 크게 울렸다.

스스로 일어서는 것.

상처를 지닌 채로 걸어가는 것.

다시 사회에 뛰어들어 생계와 보람을 위해 살아가는, 사회와 가족의 일원이 되는 것.

그렇게 해보고 싶었다.

수경은 손도 대지 않고 그대로 두고 온 커피를 떠올리며 생각했다. 더 이상 이 일은 하고 싶지 않다고.

좀 더 안전한 일을 찾아내야 한다고.

4장

헬프 미 시스터

여숙 씨는 제법 운전을 잘했다.

수경은 조수석에 앉아 여숙 씨를 곁눈질하며 입가에 팽팽히 번져가는 긴장감을 살폈다. 기분 좋은 긴장감이라는 건 물어보지 않아도 알 수 있었는데, 여숙 씨의 입꼬리는 운전대를 잡을 때마다 늘 위쪽으로 향했다.

"엄마, 운전 재미있어?"

"응. 재미있다. 진작 할걸." 여숙 씨는 능숙하게 차선을 변경하며 말했다. 수경은 여숙 씨의 침착함에 속으로 감탄했다.

'헬프 미 시스터'에 올라온 일거리를 수행하기 위해 사전 미팅을 가는 길이었다.

헬프 미 시스터에선 모든 구직자를 시스터라고 불렀다. 실제로 이곳엔 여성밖에 없다. 의뢰인도 구직자도 모두 여성이다. 보라에게서 이 앱에 대해 들었을 때, 수경은 자신에게 딱 맞는 일이라는 것을 알았다.

의뢰인은 홈파티 형식의 결혼식을 계획 중이라고 했다. 의뢰인의 집에서 열릴 예정이었는데, 엄마와 언니 역할을 해줄 사람이 필요하다고 했다. 말하자면 역할대행 아르바이트 같은 것이었고, 사전에 필요한 정보를 숙지하기 위해 의뢰인의 집에서 만나기로 했다. 수경은 왕래 없던 친척까지 초대해 터미널 웨딩홀에서 결혼식을 올렸기에 홈파티 웨딩이 어떤 분위기일지 전혀 감이 잡히지 않았다.

여숙 씨는 쇼핑백 접기를 그만두고 양천식 씨처럼 음식 배달을 해보려고 했지만 자꾸만 멈추는 오래된 핸드폰이 말썽이었다. 겨우 잡은 일거리는 너무 먼 거리의 배달이었고, 음식이 식거나 불기 전에 배달해야 하기 때문에 압박감을 크게 느꼈다. 택배 물건 배송은 당일 내로만 마치면 되니까 입이 마를 정도로 긴장되는 건 없는데, 음식 배달은 그렇지 않았다. 먼 거리를 걸어서 목적지에 도착하면 온몸이 땀으로 젖어 있을 때도 많았다. 몇 번을 그러다가 여숙 씨는 음식 배달은 자신과 맞지 않는다는 결론을 내렸다. 두 발로 걷는 일이 아니라 두 바퀴로 달려가는 일을 해야겠다고.

헬프 미 시스터는 원래 가사도우미와 의뢰인을 연결해주는 앱이었다. 처음엔 그렇게 시작했지만 점차 생활 편의형 앱으로 진화하고 있었다. 지역 커뮤니티 기반의 공유 경제를 표방했고, 되도록 근접 지역 안에서 도움받을 사람과 도움 줄 사람을 연결해준다고 광고했지만 어쨌거나 그 연결점은 수당이었다. 게다가 평점이란 것이 있었고, 센터에선 24시간 전화로 고객 불편 신고접수를 받았다.

가장 중요한 건 평점이었다. 오로지 평점으로만 평가받는 심플한 체계가 단두대처럼 빠르고 정확하게 시스터의 목을 내리치는 장치로 작동했다.

*

의뢰인의 집은 가정집이기보단 널찍한 쇼룸에 가까웠다. 욕실을 제외하곤 모든 공간이 하나로 연결되어 있었다. 바닥엔 흰 대리석이 깔려 있고, 층고가 높았으며, 천장 한가운데 커다란 샹들리에가 달려 있었다. 빼곡히 세워놓은 행어엔 옷이 색깔별로 가지런히 걸려 있었다. 소파 세트와 TV는 있었지만, 세탁기와 싱크대는 보이지 않았다.

자신의 이름을 박이리라고 소개한 의뢰인이 수경에게 물었다.

"두 분 실제로 모녀 사이이신 거죠?"

"네. 맞아요."

"같이 일하신 지는 오래됐어요?"

"봄부터요."

수경은 그렇게 말하며 박이리의 얼굴을 자세히 보았다. 짙은 눈썹과 날렵한 콧날, 맑은 피부가 특징인 그녀는 허리까지 기른 머리칼을 매만지며 말하는 버릇이 있었다. 호피 무늬의 얇은 로브를 걸치고, 검은색 크롭탑을 입었다.

"이 집에서 결혼식을 할 거예요."

여숙 씨는 궁금함을 참지 못하고 물었다. "주방이 없네요?"

그 말에 박이리는 웃으며, 밖에서 다 사먹는다고 말했다. "배달도 자주 시켜먹고요."

여숙 씨의 얼굴에 의문이 떠올랐다가 빠르게 사라졌다. 수경은 이곳에 오기 전 여숙 씨에게 몇 번이나 당부했다. "어떤 모습으로 살든 그건 그 사람의 자유이니까 엄마, 절대로 잔소리는 하지 마. 의뢰인이 평점을 다 매기니까 절대로 그러지 말라고."

여숙 씨는 뒤늦게 수경의 말이 떠올랐는지 웃으며 덧붙였다. "나도 그럴 수만 있으면 죄다 사먹고 싶어요."

"그러시면 되죠."

박이리는 산뜻한 미소를 지으며 말했고, 여숙 씨는 웃기만 했다. 긴장했는지 자꾸만 두 손을 만지작거렸다. 박이리는 의자에서 일어나 냉장고에서 캔 음료를 꺼내오더니 그들에게 하나씩 건넸다. 하나는 식혜였고, 다른 하나는 이온음료였다.

"편하게 있으셔도 돼요." 박이리는 그렇게 말하더니 갑자기 여숙 씨의 손을 덥석 잡았다. "이제부터 제 어머니세요. 아셨죠?"

여숙 씨는 잔잔하게 미소 지으며 고개를 끄덕였다.

수경은 무슨 사연인지 묻고 싶은 것을 꾹 참았다. 평점을 떠올리며, 가급적 쓸데없는 말은 하지 않겠다고 다짐했는데 박이리가 자신의 이야기를 털어놓기 시작했다.

"약혼자 부모님은 모르시거든요. 저희 부모님이 결혼을 허락하신 줄 아세요."

"세상에. 그래서 그랬구나."

여숙 씨는 과도하게 고개를 끄덕여주었다.

"그분들을 실망시키고 싶지 않아서요. 저희 가족은 아무도 오지 않을 거예요. 그날 제 가족은 어머니랑 언니 두 분뿐이에요. 약혼자도 다 알고 있어요. 조금 이따 오기로 했으니까 그때 인사 나누시면 돼요."

박이리가 여숙 씨의 손에서 식혜를 가져오더니 캔을 따서 다시 건네주었다. "편하게 드세요."

수경과 여숙 씨가 음료를 마시는 동안 박이리는 그들이 숙지하고 있어야 할 사항을 알려주었다. 박이리의 직업은 빈티지 옷가게를 운영하는 사장이라는 것, 서울 번화가 곳곳에 열 개의 점포를 열었다는 것, 여중 여고를 나왔고 대학은 일문과로 갔는데 한 학기를 마치고 중퇴했다는 것, 일본에서 유학 생활을 했다는 것, 약혼자와는 3년 전 일본에서 처음 만났다는 것 등을.

"어떻게 만났어요?"

수경의 물음에 박이리는 화사한 미소를 지으며 말했다. "핸드폰을 잃어버렸는데, 그걸 찾아준 사람이었어요. 첫인상이 좋았어요. 제가 먼저 그랬죠. 술이나 한잔하자고."

수경과 여숙 씨는 동시에 웃었다.

"그랬더니 자기 단골집으로 데리고 갔어요. 거기서 술을 정말 많이 마셨어요. 헤어지기 싫어서 제가 붙잡고 늘어졌고요."

"처음부터 말이 잘 통했나봐요."

"네. 그날부터 바로 사귀기로 했어요. 3년 동안 세 번 싸웠는데, 가장 길게 연락 안 한 게 일주일이었나 그래요. 안 보고는 못 살겠더라고요."

박이리는 첫 만남부터 프러포즈의 순간까지 쉬지 않고 말했다. 수경과 여숙 씨는 간간이 미소 지으며 계속 듣기만 했다.

"약혼자가 먼저 청혼했는데 저는 결혼 생각이 전혀 없었거든요. 처음엔 싫다고 했는데 결국 설득당한 거죠. 지금도 결혼이란 게 큰 의미가 있다는 생각은 안 해요. 근데 약혼자가 원하고, 저도 유부녀가 되면 어떤 기분일지 궁금하기도 해서요."

"별로 추천해주고 싶지는 않은데."

수경이 말했고, 박이리가 웃었다.

"그날 어떤 옷 입고 오실 거예요?"

"혹시 한복을 입어야 하나요?"

"아니요. 한복은 절대로 아니고요. 제가 한 가지 부탁드리고 싶은 게 있는데, 그날 드레스 코드가 있어서요. 흰 옷이요. 혹시 흰색 정장 있으세요?"

"흰색은 없는데."

여숙 씨가 곧바로 대꾸했다. 박이리는 의자에서 일어나더니 흰 옷만 걸려 있는 행어로 걸어갔다. "두 분께 선물로 한 벌씩 드릴게요. 가게에 가져갈 옷이거든요."

"그러실 필요 없어요." 수경은 곧바로 두 손을 저었다.

"드리고 싶어요. 제 결혼식 날 가족으로 만나게 된 분들인데, 이 정도는 해드리고 싶어요."

수경은 재차 사양했지만 박이리는 단호했다.

박이리는 여숙 씨의 몸에 맞는 흰색 바지 정장 한 벌을 찾아냈다. 평범한 디자인은 아니었고 재킷 숄더에 견장과 금색 수술이 달려 있었다. 박이리는 벽에 세워져 있던 파티션을 활짝 펼치고 여숙 씨에게 입어보라고 권했다.

여숙 씨는 파티션 뒤에서 옷을 갈아입었고, 쑥스러운 듯 입을 가리고 웃으며 파티션 밖으로 걸어나왔다. 다른 사람 같았다. 박이리는 손뼉을 치며 기뻐하더니 중절모를 가져와 여숙 씨의 머리에 씌워주었다. 거울을 바라보던 여숙 씨의 눈이 동그래졌다.

연이어 수경도 옷을 갈아입었다. 수경에겐 원피스 정장을 주었다. 이번에도 무난한 디자인은 아니었다. 커다란 금색 단추가 여러 개 달려 있고, 어깨 패드가 매우 두툼했으며, 허리 부분이 잘록했다. 그래도 제법 잘 맞고, 의외로 우아해 보이기까지 한다는 건 알았지만 선물로 받기에는 부담스러웠다. 수경이 재차 거절하자 박이리가 말했다. "이유가 있어서 드리는 거예요. 조금…… 당황하실지도 모르거든요."

박이리는 수경의 재킷에 붙은 실밥을 정리해주며 말했다. 그 말의 의미를 여숙 씨는 물론이거니와 수경 역시 몰랐고, 모녀는 서로의 얼굴을 보며 옷을 받아야 할지 거절해야 할지 눈빛으로 물었다. 누구도 결정을 내리지 못하는 가운데 박이리만 끝까지 단호했다. "드릴게요. 가져가세요."

누군가 안으로 들어오는 기척이 들렸다. 수경과 여숙 씨는 동시에 고개를 돌렸다. 약혼자인 모양이라고 짐작하며.

"왔어?" 박이리가 환하게 웃으며 다가갔다.

수경은 박이리의 표정을 살폈다. 그리고 늦지 않게 알아챘다. 하지만 여숙 씨는 알아채지 못했다. 수경은 얼른 여숙 씨의 손을 잡고 의자에서 일으켜 세웠다. 이건 평점의 문제가 아니라 매너의 문제였다.

"안녕하세요." 수경이 먼저 인사했다.

박이리가 약혼자에게로 다가가 허리에 손을 감으며 말했다.

"결혼식에 참석하실 분들이야. 나랑 닮은 거 같아?"

약혼자는 편안한 청바지와 티셔츠 차림이었는데 옆구리에 헬멧을 끼고 있었다. 수경은 웃었고, 여숙 씨는 뻣뻣하게 서 있었다. 어떤 말을 해야 좋을지 모르는 눈치였다.

"앉으세요."

약혼자의 말에 그들은 테이블을 사이에 두고 마주 앉았다.

"놀라셨죠?" 박이리가 여숙 씨에게 물었다.

"아니요. 괜찮아요. 나는……."

여숙 씨는 말을 멈췄다. 모두가 이어질 말을 기다렸다.

"괜찮으니까, 난 신경 쓰지 마요."

"그날 잘 부탁드릴게요."

약혼자가 말했다. 여숙 씨는 고개를 끄덕이더니 어색한 표정으로 웃었다.

집으로 돌아오는 차 안에서 여숙 씨가 말했다.

"저런 생각을 할 수 있다는 게 신기하네."

운전대를 잡고 있던 수경은 당부하듯이 말했다. "엄마, 결혼식 날 절대로 그런 말 하면 안 돼."

"안 해. 나도 그 정도 눈치는 있어."

"그래, 꼭 지켜야 돼."

여숙 씨는 한참 말이 없다가 입을 열었다. "수경아, 내가 이상하게 생각하는 건 그 아가씨들이 아니라…… 나야."

"엄마가 왜?"

"그런 걸 가능하다고 생각해본 적이 없어. 그게 이상하다는 거야. 젊은 사람들이 내가 생각도 못했던 일을 할 때마다 놀랍고 신기해. 이게 늙는 건가봐."

"엄마도 젊은 시절엔 놀라운 생각을 했을 거야. 할아버지가 보시기엔 뜻밖의 생각들을."

"그렇지. 맞아. 나도 연애해서 결혼했잖아. 집에선 선보라고 했는데 말을 안 들었어. 내가 같이 살고 싶은 사람이랑 살고 싶었어. 그 아가씨들도 똑같겠지. 자기가 살고 싶은 사람이랑 살고 싶은 거겠지."

모녀는 잠시간 말이 없었다.

수경은 원래부터 결혼이란 사랑하는 남녀의 결합이기보단 진심 어린 우정을 가진 두 사람의 결합에 가깝다고 생각했다. 그렇기에 꼭 아이를 낳아 가족을 이루고 살아야 하는 게 아니라, 동성 부부든지 이성 부부든지 간에 아이 없이 둘만 살아도 완성된 가족이고, 우정을 바탕으로 결혼해도 완성된 가족이 될 수 있다고 생각했다. 그러면 결혼이란 게 답답하고 무거운 족쇄가 되지 않을 것 같았다. 그런 결혼이 꼭 필요한지 묻는다면, 결혼 제도의 장점은 분명히 있으니까. 가족이 아닌 타인에게 재산과 기타 법적 권리를 완벽하게 증여, 상속하기에 가장 간편

한 방법이고, 법적 동의가 필요한 긴급한 일에 있어서도 가족이라면 손쉽게 보호자가 되어줄 수 있다. 서로의 임종을 지키겠다는 암묵적 약속과 가장 힘든 시기에 곁에서 붙잡아주겠다는 의리의 맹세도 결혼의 좋은 점이다. 그러나 특정한 성별의 결합과 특정한 감정의 보유, 특정한 구성원을 조건으로 한다면 가능성의 폭이 너무 좁아진다. 그러므로 좀 더 다양한 색깔의 결혼이 존재한다면, 결혼 제도의 장점만 취한 진화한 결혼이 가능하다면 결혼에 관한 날선 생각과 문제들이 사라질 수 있지 않을까.

여숙 씨 역시 나름의 생각에 잠겼다. '앱'이라는 걸 다룰 수 있게 된 뒤로 그녀의 삶은 이전에는 꿈꿀 수 없었던 영역까지 닿았다. 남은 평생 용역회사나 인력사무소만 들락거리며 살게 될 줄 알았다. 방 안에 앉아서 손가락 하나로 일거리를 받는 날이 올 줄은 정말이지 몰랐다. 물론 아직도 여숙 씨 또래의 노동자들 중엔 앱을 다룰 줄 모르거나, 이런 게 존재하는지도 몰라서 하던 방식으로 계속 해나가는 사람도 많을 것이다. 그러나 여숙 씨는 딸과 사위와 손자들로부터 새로운 것을 배우고, 적극적으로 자신의 삶에 도입해보고 있었다. 이런 게 어쩌면 4차 산업혁명인지도 모른다고, 여숙 씨는 우재가 했던 말을 떠올리며 생각했다. "4차산업혁명은 인공지능을 빼놓고 생각할 수 없다고들 말하지만 장모님, 제가 주목하는 건 플랫폼이에요. 이젠 변호사도 플랫폼으로 일거리를 받는 세상인 거 아세요? 장모님

하고 마찬가지인 거예요. 미국에선 기업이 플랫폼을 통해서 직원을 채용하기 시작했어요. 이제 이 세상은 정규직, 계약직, 파견직을 거쳐 플랫폼직의 세상으로 진입하는 거예요." 여숙 씨는 우재의 말 한마디, 한마디를 이해하기 위해 부단히 노력했다. 그래야 먹고살 수 있을 것 같았다.

이전에 하던 방식대로 해도 된다. 물론 그것도 가능하다. 그러나 그러면 평생 비슷비슷한 사람들과 비슷비슷한 방식의 일만 하면서, 비슷비슷한 억울한 처지에 놓일 것이다. 변하는 게 없을 것이다. 여숙 씨는 남은 생의 노동을 앱에 의지해보고 싶었다. 플랫폼이란 것에 올라타보고 싶었다. 그러느라 운전도 배우고, 앱 사용법도 충실히 익히면서 변화하고 있는 자신에게 감탄하고 있다. 여숙 씨는 이 일을 처음 시작했을 때의 자신과 지금의 자신은 완전히 달라졌다고 생각했다. 그땐 힙색에 청소도구를 넣어가지고 다니며 어딜 가든 청소부터 하려고 했다. 할 수 있는 일이 그것밖에 없다고 굳게 믿었다. 그러나 그건 여숙 씨가 자신의 가능성을 딱 그 정도로만 한정한 것에 불과했다. 고무장갑 속에 자신을 욱여넣은 것에 불과했다.

집으로 돌아온 모녀는 선물 받은 옷을 다시 입어보았다. 우재와 양천식 씨는 그들의 모습을 보고 웃지도 못했다. 우재는 코스튬플레이 파티에 참석하는 거냐고 물었고, 양천식 씨는 여숙 씨에게 대놓고 노망 난 사람 같다고 말했다.

여숙 씨는 그 말을 귓등으로 들었다. 어깨에 달린 견장과 금색 수술이 여숙 씨의 자신감을 한껏 부풀려놓았다. 전함을 이끄는 함장이 된 기분이었다. 여숙 씨는 이런 옷은 평생 입어볼 생각도 하지 않았다는 걸 깨달았고, 도대체 자신의 삶은 몇 평이나 되는 걸까 생각했다. 평생 2평짜리 방 한 칸에서 맴돈 것은 아닌지 의심스러웠다. 입어야 할 것 같은 옷을 입고, 배워야 할 것 같은 지식을 배우고, 해야 할 것 같은 일을 했다. 그러면서도 저항하거나 변화해보려는 노력은 하지 않았다. 그런 건 혁명가나 정치인의 몫인 것 같아서, 그들에겐 그럴 힘도 당위성도 없는 것 같아서 포기하고 살았다. 하지만 시대를 살아가는 다수는 그녀처럼 평범한 사람들이다.

여숙 씨는 이제부턴 저항해야지, 하고 생각했다. 그들을 뒤로 밀어놓고 달려가려는 시대의 머리채를 확 잡아챌 것이다. 같이 가! 하고 외치며.

*

롯데리아에 도착한 여숙 씨는 키오스크 앞에 줄을 섰다. 다 늘어난 등산복에서 덜 늘어난 등산복으로 갈아입고 나온 양천식 씨도 도망가지 않고 옆에 섰다.

"당신이 하게?"

"아무나 하면 어때."

"할 줄 알아?"

"이것저것 눌러보면 돼. 겁먹지 말고 눌러보면 알게 되어 있어."

그들의 순서가 되었고, 여숙 씨는 커피를, 양천식 씨는 아이스크림을 주문했다. 어쩔 줄 모르고 당황한 얼굴로 서 있다가 도망치듯 버거 세트를 누르지 않았고, 자리에 앉으며 낭패라고 생각하지도 않았다. 키오스크 화면 속 한글이 쓰여 있는 곳은 죄다 눌러보며 화면이 바뀔 때마다 무엇이 어떻게 변하는지 파악했다. 다른 손님을 기다리게 할까봐 초조해하지도 않았고, 그들을 위한 장소가 아닌 것 같아 위축되지도 않았다. 그렇다고 대번에 결제 버튼을 찾아낸 것은 아니었으나, 적어도 어깨는 펴고 있었다.

전광판에 번호가 뜨자, 일어나 메뉴를 받아왔다. 양천식 씨는 아이스크림을 먹었고, 여숙 씨는 커피를 마셨다. 각자 달다고 또 고소하다고 생각하면서 커피와 아이스크림에 올곧이 집중했다. 창밖으로 지나가는 사람들을 힐끔거리기도 하면서 여유를 누렸다.

"양천식, 우리가 진화했나봐."

양천식 씨는 아무런 대꾸 없이 아이스크림을 먹었다. 여숙 씨는 오랜만에 남편을 양천식이라고 불렀고 그런 자신이 우스웠다. 연애 시절 그녀는 술만 마시면 큰 소리로 그의 이름을 불렀다. "양천식, 같이 가!" "양천식, 너 나랑 결혼할 거냐?" 양천식 씨는 그녀의 주사를 흉보는 일이 한 번도 없었고, 적극적으로 숨겨주기까지 했었다.

여숙 씨가 말했다. "사람이 좀 젊게 살아야지."

"당신은 젊어진 기분이 들어?"

"가끔."

"근데 우린 늙었잖아."

"늙었지. 그래도 우리보다 늙은 사람들보다는 덜 늙었어."

"그게 뭔 말이야?"

"요즘 그런 생각이 들어. 우리보다 늙은 사람들이 불쌍하다는 생각. 너무 구식으로 살았잖아. 세상이 바라는 대로만 살았어. 불쌍해."

"우리도 구식이잖아."

"우리가 무슨 구식이야. 딸들이 애를 안 낳겠다고 하니까 손주 돌볼 일도 없는데. 하고 싶은 거 하면서, 돈 벌면서 건강하게 살면 돼. 안 그래?"

양천식 씨는 한동안 말이 없다가 물었다. "결혼식에 아버지는 필요 없대?"

"당신은 안 돼."

"왜 안 돼? 나 어디 가면 항상 잘생겼단 소리 들어."

여숙 씨는 웃고 나서 말했다. "다 여자들뿐이야."

"결혼식에 여자들만 온다고?"

"아니. 의뢰인도 구직자도 다 여자여야 한다고. 그런 앱이야."

"별의별 게 다 있네."

"……그런 게 필요한 세상이겠지."

양천식 씨는 아이스크림을 다 먹고 난 뒤에 물었다.

"어젯밤에 우재랑 무슨 말을 그렇게 오래했어?"

"4차산업혁명."

"뭐?"

"인공지능, 못 들어봤어?"

"알파고."

"그래, 그런 거. 그리고 우재가 그런 말도 했어. 생애주기로 보면 우리가 지금 적자 주기래. 돈 다 벌어놓고 은퇴할 나이."

"은퇴는 옘병."

"그래. 우리는 그게 아니니까 억지로 흑자로 돌려야지."

"우재가 그러래?"

"그러라는 게 아니라, 우재가 가끔 똑똑하잖아. 어젯밤에도 그랬어."

양천식 씨는 한동안 말이 없더니 물었다. "언제까지 일할 수 있을까?"

세상이 변하는 걸 알아챌 수 있을 때까지. 여숙 씨는 속으로 생각했고, 대답은 하지 않았다. 그러자 양천식 씨가 다시 물었다. "자신 없어?"

"아니."

여숙 씨는 연이어 말했다. "이게 사실…… 기술이 아니라 사람이야."

"뭐?"

"사람과 사람 사이의 일이라고. 기술이 아니라고."

여숙 씨는 박이리와 그녀의 약혼자를 떠올리며 그렇게 말했다. 양천식 씨는 그 말을 잠깐 동안 생각해보는 눈치더니 곧이어 하품을 했다.

도로변에 폐지를 실은 리어카가 지나가고 있었다. 그들은 리어카를 끌고 가는 할머니를 바라보았다. 배추 고갱이처럼, 풍성한 이파리는 사라지고 밑동만 남은 것 같은 작은 체구로 힘겹게 리어카를 끌었다. 그 순간 여숙 씨는 그들 부부의 미래도 그와 같다는 걸 깨달았다. 그들은 리어카 대신 앱으로, 폐지 대신 일거리를 주울 것이다. 그런 식으로 새로운 계층의 빈곤 노인이 탄생할 것이다. 그들은 폐지 줍는 노인이 아니라 플랫폼 노동하는 노인으로 불릴 것이다. 가난은 그대로인데 형태가 바뀔 뿐이다.

그렇더라도 불행하다는 생각은 아직 들지 않았다.

피벗

여숙 씨가 운전하는 차가 서해안 도로를 달리고 있다. 여숙 씨와 수경은 대부도 인근에 살고 있는 지심 씨를 만나러 가는 중이다.

지심 씨는 여숙 씨의 오랜 친구이고, 과거 여숙 씨가 가출했을 때 숙식을 책임져주었다. 함께 해수욕장의 쓰레기를 줍기도 했다. 땀을 너무 많이 흘리면 위험하니까 소금덩어리를 먹고 일했다. 지심 씨는 젊은 나이에 이혼한 뒤 혼자 살았다.

여숙 씨는 수경을 힐끗 쳐다보았다. 수경은 생각에 잠긴 얼굴로 차창 밖을 바라보고 있었다.

"그 결혼식, 참 재밌었지?"

수경과 여숙 씨는 신부의 언니와 엄마 역할을 거의 완벽하게 해냈다. 여숙 씨는 눈물을 흘렸고, 박이리의 약혼자에게 딸을 잘 부탁한다고 말했다. 그러나 박이리는 서로가 서로한테 부탁해야 한다고, 한 사람이 짐을 짊어지는 그런 종류의 결혼은 없다고 말했다. 그렇더라도 여숙 씨의 눈물은 상대 부모의 마음을 흔들었다. 상대 부모는 처음부터 내내 반신반의하는 표정으로 앉아 있었는데, 여숙 씨가 울자 비로소 이것이 결혼식이라는 걸 깨닫고 안도하는 표정이었다. 신부의 어머니가 울면 그건 여느 결혼식과 다를 바가 없다고 생각했는지도 모른다. 박이리와 약혼자는 아주 행복해 보였고, 그들의 친구들도 필사적으로 분위기를 띄웠다. 나중엔 다들 취해서 음악을 틀어놓고 춤을 추었는데 여숙 씨도 의자에서 일어나 열심히 손뼉을 쳤다. 식이 끝난 뒤 남은 음식을 나누어 포장해 갔고, 박이리의 약혼자는 이 결혼식에서 쓰레기가 단 한 개도 나오지 않았다는 사실이 매우 뿌듯하다고 말했다. 그들 모두 결혼식을 위해 새로 구입한 물건이 없었고, 하루 쓰고 버릴 만한 장식품도 사지 않았다. 오직 여숙 씨와 수경만 두 번 다시 보지 않을 사람이었는데, 당연히 그들은 쓰고 버려지는 존재로 취급받지 않았다. 적어도 그날 그 장소에선 그랬다.

내비게이션이 안내를 종료했다. 여숙 씨는 개운한 얼굴로 운전석에서 내렸다. 수경은 문을 열자마자 들려오는 파도 소리에 놀랐다.

저 멀리 지심 씨의 모습이 보였다. 오랜만에 봐도 비슷한 차림새였다. 벙거지 모자, 기다란 카디건, 치렁치렁한 치맛단. 퀼트 천으로 만든 치마를 보다가 수경은 오래전 그날도 지심 씨의 옷이 저것과 비슷했는데, 하고 생각했다. 시간이 흘러도 변하지 않는 사람을 보면 안도하다가도 까닭 없이 불안해진다. 시간이 저 사람은 비껴갔는데 나만 정통으로 밟고 지나간 기분이 들어서. 그러나 가까이서 본 지심 씨의 얼굴엔 얕은 지류 같은 잔주름이 고루 퍼져 있었다. 웃고 있어서 더 그랬다.

"지심아, 내가 운전하고 왔다."

여숙 씨는 대뜸 자랑부터 했다. 지심 씨는 놀라지 않았다. 그럴 수도 있다는 얼굴이었다. 주차장엔 지심 씨가 사용하는 차가 주차되어 있었다. 제법 커다란 SUV였는데, 몇 년 전부터 만나기 시작한 사람의 차라고 했다.

그들은 인근 식당에 자리를 잡았다. 바지락 칼국수는 국물이 뽀얗게 우러나서 달큰하고 시원했다. 서비스로 나온 열무 비빔밥도 맛이 좋았다.

"열무를 이렇게 꽉 짜서 수분을 뺀 다음에 들기름 넣고 비벼 먹으면 아주 맛있다, 여숙아."

"응, 알지."

여숙 씨는 오경자 씨의 소식을 짧게 전했다. 오경자 씨는 지금 해남에 있었다. 거기서 뭘 하고 있는지는 아무도 몰랐다. 물어도 대답해주지 않았다.

"남편하고 싸우고 간 거야."

"그래. 머리 좀 식히라고 해."

"그렇게 말하면 성질내. 거기서도 내내 화나 있는 눈치인데, 올라오라고 해도 안 오고 버티고 있어."

수경도 알고 있는 사실이었다. 보라가 집에 다녀갔다. 보라는 수경과 다투었다는 사실을 분명히 기억하는 태도로 수경을 대했다. 자꾸 눈치를 살폈고, 말투도 조심하는 기색이 역력했다. 사실 그래야 하는 사람은 수경이었는데. 그래서 술을 마시자고 제안했고, 취한 상태로 보라의 손을 잡고 울었다. 보라는 울지 않았다. 눈물이 맺혔지만 흐르지는 않았다. 수경은 그런 보라가 대단하다고 생각했다. 보라는 이곳저곳에 시위하러 다니느라 바빴다. 수경에겐 아무런 강요도 하지 않았다. 언니는 언니가 원하는 삶을 살라고 했다. 자기는 자기가 원하는 삶을 살겠다고. 보라가 그녀 때문에 인생 경로를 수정했다는 생각은 더 이상 들지 않았다.

보라는 명확한 방향성을 갖고 있었고, 누구도 자신을 흔들지 못한다는 확신을 품고 있었다. 그날 놀랍게도 술자리에 보라의 애인이 나타났다. 보라의 애인은 수경이 보기엔 생물학적 여성이었는데, 본인은 자신을 여성이라고 생각하지 않았다. 이분법적 성별 구분을 배척하며 제3의 성까지 포괄하는 어떤 것을 찾고 있었다. 수경은 그를 대하기가 어려웠고, 도무지 무슨 말인지 알아들을 수가 없었으나, 나중에 술이 깨고 나서 생각해보니 그럴 수도 있겠다고, 자기한테 맞는 성별을 찾는 게 어떤 사람에게는 가장 중요한 과제일 수도 있겠다고 그렇게 이해했다. 우리 모두가 같은 고민을 할 필요는 없다. 우리 모두가 선천적으로 주어진 무언가를 의심 없이 받아들일 필요도 없다. 이런 일은 선례가 필요하다. 그것도 아주 많이.

칼국수를 먹고 후식으로 나온 커피를 마시는 동안, 여숙 씨는 지심 씨에게 헬프 미 시스터에 대해 자세히 설명해주었다. 여성을 위한 생활밀착 편의형 서비스가 앱을 기반으로 진화하고 있는 현실과 이걸로 얼마를 벌었는지, 동시에 얼마나 불안정한지도.

"너도 그렇게 생각하니?"

지심 씨는 수경에게 물었다. 수경은 고개를 끄덕였다. 이런 일의 단점이야 늘 한결같다. 이젠 황보석과 토론도 할 수 있을 정도로 술술 말할 수 있다. 산재 처리가 안 된다는 것. 고정된 일감이 없기에 고정된 급여도 없다는 것. 사실상 0시간 계약이나 다름없는데 장시간 대기 상태로 있어야 한다는 것. 임시직 근로자에게는 생계의 불안정함을 보완하기 위해 수당을 더 줘야 하는데 그런 게 전혀 없다는 것. 평점이 낮으면 비활성화 처리된다는 것과 평점을 의식하느라 진이 빠질 때가 많다는 것. 미래지향적인 사람이 아니라 현재지향적인 사람으로 변한다는 것도.

"그게 무슨 뜻이야?"

"현재만 사는 사람이 되어버린 것 같을 때가 있어요. 현재가 제일 중요한 것 같은 기분이 들어요. 일거리가 죄다 일회적이고, 일거리를 캐치하는 순간에만 노동자가 되는 거니까 나머지 시간엔 노동자로서의 존재감이 희박해지죠. 그런데 자꾸 드는 생각이, 일이라는 게 원래 이런 게 아닐까, 이런 식으로 여러 가지 일거리를 캐치해서 살면 되지 않을까, 그래요. 이상해지는 거 같아요, 사람이."

"이상해지는 게 아니라 노동에 대한 근본적인 생각이 변하는 게 아닐까?"

"어쩌면 그럴지도 몰라요."

*

해변에 파도가 밀려왔다. 여숙 씨는 지심 씨와 그동안 못다 한 이야기를 나누려고 했지만, 해변을 걷는 동안 그런 이야기는 조금도 중요하지 않다는 생각이 들어 계속 걷기만 했다. 지심 씨 역시 할 얘기가 없는지 조용히 걷기만 했다.

수경은 그들과 조금 떨어져 걸었다. 파도가 밀려오고 밀려가는 단순한 리듬감이 마음을 느슨하게 해주었다. 이런 곳에 살면 다른 모습으로 변할지도 모른다는 기대감이 문득 들었다. 어떤 일이든 대수롭지 않게 생각하는 자세를 갖게 되지 않을까. 그러나 지심 씨는 웃으며 고개를 저었다. "여기도 인터넷도 되고, 전화도 되니까, 골치 아픈 일은 골치 아픈 그대로 있지."

"그런가요?"

"바다도 매일 보면 강물 같고. 파도 소리는 귀가 무뎌져서 이젠 잘 들리지도 않아."

여숙 씨가 불쑥 물었다. "너는 왜 여기 사는데?"

"갈 곳이 없어서."

여숙 씨는 그 말에 고개를 저으며 말했다. "갈 곳이 없는 게 아니라 가고 싶은 곳이 없는 거겠지."

지심 씨의 집은 방 두 개짜리 빌라였고, 테라스에선 바다가 보이지 않았지만 옥상에 올라가면 너른 갯벌이 한눈에 보였다. 지심 씨는 옥상에 야외 테이블과 접이식 의자를 가져다놓았고, 저녁 메뉴는 숯불 바비큐로 정해놓았다.

여숙 씨가 말했다. "돼지 목살 먹어도 되는데 뭐 하러 비싼 한우를 샀어."

"내가 산 게 아니라 그 사람이 사다 준 거야."

"그 남자는 돈이 많나보네?"

"나보단."

"부럽다, 얘."

여숙 씨는 그렇게 말하며 눈을 흘겼지만 수경은 그 말을 곧
이곧대로 믿지 않았다. 여숙 씨는 남을 부러워하고 그런 성격이
아니었다. 가만히 놓아두면 영원히 모서리가 둥근 사람으로 남
았을 것이다. 양천식 씨와 같이 사느라 예민하고 뾰족한 사람이
되었지만 이젠 점차 자신의 모습을 되찾아가고 있었다.

세 여자는 건배했다. 수경은 투병 중이었던 지심 씨의 예후가
좋아졌다는 소식을 듣고 안도했다. 지심 씨는 그 사람이 자기를
잘 돌봐주었고, 그런 이유로 그 사람에게 발목 잡힌 것 같다고
말했다.

"나이 들면 외로워. 서로 위로하고 돕고 살아. 절대로 결혼은
하지 말고."

여숙 씨의 말에 지심 씨는 고개를 저었다. "그 사람은 결혼을
원해."

"마흔 살 총각이라도 돼?"

"나보다 세 살 아래야."

"그 나이에 결혼을 원한다고? 한 번도 해본 적 없대?"

"젊을 때 이혼했어. 애들도 있어."

"그런데 왜 결혼이 하고 싶대?"

"부부가 되어야 자기 재산이 나한테로 온다고."

"그런 이유라면 해야지. 너한테 다 주고 싶다는 거잖아. 절절

하다, 얘."

"그 돈이 자식들한테 가는 건 싫은가봐. 좀 이상하지 않니?"

"그럴 수도 있지."

그러나 그럴 수 있는 것인지 생각하느라 모두 잠시 말이 없었다. 수경은 그럴 수도 있다고 결론내렸다. 자식이 아니라 사랑하는 여자에게 주고 싶을 수도 있지. 그러나 자식들은 그렇게 생각하지 않을 것이고, 지심 씨는 미움받을 가능성이 컸다.

"자식들은 만나봤어?"

"아니."

"잘 생각해. 그 사람도 나이가 있으니 결혼에 대한 생각이 옛날 사람과 똑같겠지. 좀 다르면 해볼 만하겠지만."

지심 씨는 고개를 끄덕였다. "맞아. 옛날 사람이야."

셋은 다시 건배한 뒤 술잔을 비웠다. 그러자마자 여숙 씨의 핸드폰에 푸시 알림이 들어왔다. 동시에 수경에게도 들어왔다. 모녀는 헬프 미 시스터에 올라온 공지를 읽기 시작했다. 침묵 끝에 여숙 씨가 물었다. "수경아, 이게 무슨 말이니?"

수경은 공지를 그대로 읽어주었다. "앞으로 의뢰받은 일의 90퍼센트는 수락해야 한대."

"어떤 일이든지?"

"어. 그리고 답신은 한 시간 이내로 줘야 하고."

모녀의 표정은 동시에 흐려졌다. 지심 씨가 무슨 일이냐고 물었지만, 자세히 설명해줄 의욕이 없었다. 머릿속이 복잡했다.

"안 지키면 어떻게 되는데?"

"비활성화되겠지."

여숙 씨는 한숨을 내쉬었다. 기계한테 거부당하는 것은 사람에게 거부당하는 것보다 더 화나고 답답한 일이었다. 하소연하면서 부탁해볼 사람은 어디에도 보이지 않고, 그저 앱에 접속할 수 없다는 통보만 듣게 된다. 가입한 뒤 일주일 동안 들어오는 모든 일거리를 거절하면 비활성화가 진행되는데, 수경은 그런 일이 생기면 골치 아프니까 되도록 수락하라고 말했고 여숙 씨는 그렇게 했었다. 하지만 하고 싶지 않은 일도 분명히 있었다. 바퀴벌레를 잡는 일은 괜찮았지만, 무거운 소파를 나르는 건 여숙 씨에겐 무리한 일이었다. 한 시간 이내에 답신을 줘야 하는 것도 핸드폰을 계속 쥐고 있으라는 명령으로 들렸다.

"왜 이런 식으로 바꾼 거지?"

수경은 아무런 대꾸도 하지 못했다. 지심 씨가 눈치를 살피다가 모녀의 잔에 술을 따라주었다.

"안 좋은 일이야?"

"아직 잘 모르겠어요."

수경은 그렇게 답했지만, 분위기는 가라앉아버렸다. 여숙 씨의 얼굴에 근심이 떠올랐고 내내 사라지지 않았다. 지심 씨는 옆으로 돌아앉아 그릴에 붙은 그을음을 집게로 벗겨내다가 이윽고 물었다. "꼭 그 일을 해야 돼?"

여숙 씨가 답했다. "굶어죽을 수는 없잖아."

"원래 하던 일도 있잖아. 굶어죽지는 않지."

여숙 씨는 두 눈을 깜빡였다. 원래 하던 일이 뭐였더라? 아, 병원 복도와 화장실을 청소하던 일이었지. 조장의 비위를 맞춰주고, 도시락을 5분 만에 먹어치우고, 커피 마실 시간도 없이 사람을 일거리로 내몰던 숨 막히는 분위기. 사람을 왕창 잘라놓고 잘린 사람의 몫을 다른 사람에게 태연하게 떠넘기며, 심지어 더 짧은 시간 내에 완수하라는 일상적인 명령. 주삿바늘에 찔리고, 무례한 환자들에게 놀라고. 그랬지. 한때는 그런 풍경 속에 내가 있었지. 여숙 씨는 아주 오래전 일인 것처럼 그때를 회상하다가 생각에 잠긴 수경의 옆얼굴이 눈에 들어왔다.

"우리한텐 이 일이 맞아."

지심 씨도 뒤늦게 수경의 눈치를 살피더니 얼른 다른 이야기를 꺼냈다.

*

모녀는 번갈아 씻은 뒤, 거실 바닥에 이부자리를 폈다. 보일러가 기세 좋게 작동하며 바닥을 데웠다. 여숙 씨와 수경은 나란히 누워 뜨끈한 바닥에 허리며 팔다리를 지지는 기분을 만끽

했지만 동시에 그 요상한 공지에 어떻게 대처해야 할지 몰라서 끊임없이 걱정했다. 뾰족한 수가 없었고 저항도 무의미했다. 따르고 싶지 않으면 탈퇴하면 그만이었다. 그러나 그렇게 할 수는 없었기에 여숙 씨와 수경은 내일부터 당장 어떤 일감이 들어올지 몰라 불안한 마음이 들었다.

"이게 원래 이런 거니? 상황이 갑자기 바뀌고 그래?"

"그럴 수도 있나봐. 나도 잘 몰라. 아마 수익이 좀 덜 났거나, 불만이 많이 접수됐거나 그랬나보지."

"우리는 잘했잖아."

수경은 대답하지 않았다. 평점을 보면 잘하긴 한 것 같았다. 수경은 평점 8.5, 여숙 씨는 평점 8.2를 유지하고 있었으니까. 8점 후반대나 9점 이상을 받기 위해선 별 희한한 노력까지 다 해야 했기에 그 정도로도 만족하고 있었다. 그러나 앞으론 어떻게 될지 알 수 없었다. 모녀는 한동안 생각에 잠겼다.

여숙 씨가 목소리를 낮추며 말했다. "지심이 쟤는 인생을 참 쉽게 생각해. 쟤가 제일 듣기 싫어하는 소리가 뭔 줄 아니? 굶어죽는다는 소리야. 누가 그런 소리를 하면 쟤는 늘 이렇게 말해. 왜 굶어죽냐고. 그럴 일 절대로 없다고. 살아만 있으면 뭐든 하게 되어 있다고. 우리나라가 알고 보면 일거리가 많은데 사람들이 안 하려고 해서 그렇다고. 외국인 노동자가 그런 일을 대신해서 다 하고 있다고."

방문이 열리고, 지심 씨가 나왔다. 여숙 씨는 말을 멈추었다. 주방으로 걸어가던 지심 씨가 웃으며 "내 욕 했니?" 물었고, 여숙 씨는 대답 대신 웃기만 했다. 지심 씨는 컵을 씻어놓고 다시 방으로 들어갔다.

"쟤가 촉이 저렇게 좋다. 꼭 내가 제일 안 좋을 때를 알고 귀신같이 연락한다니까."

"엄마는 지금이 제일 안 좋을 때야?"

"······아니. 제일 좋을 때지."

그렇게 말해놓고 머쓱했는지 여숙 씨는 혼잣말처럼 작게 중얼거렸다.

"제일 좋을 때랑 제일 안 좋을 때가 겹치는 수도 있어. 살아보니까 그래."

여숙 씨는 새벽까지 뒤척였고, 수경도 눈을 감을 때마다 들려오는 파도 소리에 잠을 이룰 수가 없었다. 눈을 뜨면 여숙 씨의 숨소리와 정적만 들릴 뿐 파도 소리는 온데간데없이 사라졌는데, 그렇게 밤새 파도 소리와 숨바꼭질하다 보니 어느새 날이 밝았다.

수경은 잠든 적도 없으면서 그런 척 기지개를 켰고, 여숙 씨 역시 아이고 푹 잤다,라는 거짓말로 하루를 시작했다.

우재는 그것이 '피벗'이라고 했다.

수경은 그런 단어를 우재에게서 처음 들었고, 우재 역시 황보석 덕분에 알게 된 것이었다. 쉽게 말해, 기업이 이전의 사업 방향에서 벗어나 다른 방향으로 전향하는 것을 뜻하는데, 아예 다른 분야의 사업으로 전환할 수도 있다. 좋은 방향으로 피벗이 단행될 수도 있지만 그렇지 않을 수도 있다. 만약 헬프 미 시스터가 좋은 방향의 피벗을 단행했을 경우 예상되는 변화는 다음과 같다. 시스터를 개인 사업자가 아닌 직원으로 고용하기, 스톡옵션 제공하기, 시스터를 위한 24시간 전화 상담센터 운영하기 등등. 그러나 그런 피벗이 단행된 플랫폼 기업은 없다.

시스터는 원래 일거리를 골라서 수락할 수 있었다. 자신의 특기나 어떤 일을 해줄 수 있는지 등을 프로필에 자세히 적어놓긴 하지만, 때로는 뜻밖의 의뢰가 들어올 수도 있는데 그럴 땐 거절이 가능했다. 그러나 이젠 웬만하면 수락해야 했다. 게다가 한 시간 이내에 답신을 주려면 알림을 계속 확인하는 수밖에 없었다.

여숙 씨와 수경은 온종일 핸드폰을 손에 쥐고 있었다. 알림이 울릴 때마다 할 만한 일인지 아닌지 가늠해보는 대신 웬만하면 하는 쪽으로 가닥을 잡고 나갈 채비를 했다. 여숙 씨에게 들어온 의뢰는 함께 물건을 버려달라는 것이었고, 수경에게 들어온 의뢰는 시가에 가서 제사 음식을 대신 해달라는 것이었다.

모녀는 지하철역 개찰구 앞에서 손을 흔들고 헤어졌다.

여숙 씨가 만나기로 한 의뢰인은 약속 장소에 커다란 종이박스 두 개와 함께 서 있었다. 박스는 테이프로 단단히 밀봉해놓았고, 새것처럼 깨끗했다. 어떤 물건이 들어 있는지 묻고 싶었지만 어쩐지 묻기가 꺼려졌는데, 의뢰인이 마스크와 모자로 얼굴을 거의 다 가리고 경계하는 듯한 눈빛으로 주위를 두리번거리고 있어서였다. 젊은 여성이라는 것만 짐작할 수 있었다. 손이며 발이 무척 작았다. 여숙 씨는 인사를 건넨 뒤 박스 하나를 건네받았다. 의뢰인은 바닥에 놓여 있던 다른 박스를 약간 멈칫거리며 안아들더니 앞장서 걷기 시작했다.

여숙 씨는 어디로 가는지 묻고 싶은 걸 참았다. 헬프 미 시스터가 단행한 변화 중엔 평점 시스템이 포함되어 있었는데, 이젠 총 열 개의 별점에서 다섯 개의 별점으로 줄었다. 그건 7점이나 8점을 주던 사람들이 3점을 줄 거라는, 평가 구간이 촘촘하지 않아 발생하는 변별력의 감소를 뜻했다. 물론 우재의 생각이었다. 우재는 어젯밤 여숙 씨와 수경을 앉혀두고 일장연설을 했는데, 요지는 이럴 때일수록 정신을 똑바로 차려야 한다는 것이었다. 갈수록 의뢰인이 늘어났고, 구직자도 이에 비례해 증가했다. 경쟁이 점점 치열해지고 있었다. 처음엔 별다른 기술 없이도 주눅들지 않았는데 새로 가입하는 시스터들은 제빵이나 미용 기술을 갖고 있었으며, 캠핑카 운전도 가능했다. 직접 담근 술을 서비스로 제공하기도 했는데 여숙 씨가 짐작했듯 과실주 같은 건 아니었고, 수제 맥주나 수제 막걸리였다. 시스터가 왜 그런 걸 제공해야 하는지 여숙 씨는 이해할 수 없었다. 동시에 여숙 씨 같은 상대적 고령의 시스터들은 점점 도태되어가고 있었다. 그런 상황 탓에 여숙 씨는 끝까지 묻지 못했다. 자신이 들고 가는 박스 안에 무엇이 들어 있는지, 이걸 왜 특정한 장소에 버리려고 하는지를.

의뢰인은 고물상이 줄지어 늘어선 삭막한 거리를 앞장서 걸었다. 인적이 드물었고, 인도가 없는 거리였다. 차도 옆에서 건물에 바짝 붙어 걸어야 했다. 고철을 실은 트럭이 지나갈 때마다 비산먼지가 심하게 날렸다. 의뢰인은 말없이 걷기만 했다. 여숙 씨도 말없이 뒤따라갔다. 의뢰인의 어깨가 무척 작아 보였다. 몇 살일까. 묻지 않는 게 원칙이고, 답할 의무도 없었다. 헬프 미 시스터에선 의뢰인의 신상정보는 보호받았고, 시스터의 신상정보는 투명하게 공개되었다.

마침내 의뢰인이 도착한 곳은 야트막한 야산이었다. 이름도 없고, 운동기구도 설치되어 있지 않고, 주민들조차 그곳에 있는지 인식하지 못할 야산. 그런 곳으로 의뢰인은 걸어올라갔다.

여숙 씨는 심상치 않은 기색을 느꼈지만 잠자코 의뢰인을 따라 갔다. 마침내 의뢰인은 걸음을 멈추더니 커다란 나무 아래에 박스를 내려놓고 여숙 씨를 돌아보았다.

"저기요, 시스터님."

여숙 씨는 교육 받은 매뉴얼대로 말했다. "네. 뭘 도와드릴까요?"

"이걸 저 안쪽에 버리고 와주시겠어요?"

의뢰인이 가리킨 장소는 한눈에 봐도 버려진 지 오래된 천막이었다. 집 형태로 둘러쳐놓아 누군가 한때 살았구나, 그 정도의 희미한 짐작만 할 수 있는 장소였다. 여숙 씨는 머뭇거렸다. 무얼 버리는 거냐고, 왜 이런 곳에 버리는 거냐고 묻고 싶었지만 그렇게 하지 않았다. 평점은 중요했고, 의뢰인은 몹시 우울해 보였고, 어쩌면 3점을 주는 것도 힘겨워할지 몰랐다.

여숙 씨는 잠깐 동안 머뭇거리다가 박스를 천막 앞으로 가져갔다. 그러는 동안 자신이 프로필을 수정하며 어떤 말들을 적어 넣었는가를 떠올렸다.

─ 말수 적음. 비밀 유지에 능통. 강심장.

그건 우재가 불러준 대로 적은 것이었는데, 우재는 시스터로서 여숙 씨의 경쟁력이 점차 하락하는 것을 걱정했고, 이대로는 안 된다며 새로운 마케팅 전략을 제시했다. 양천식 씨와 〈무간도〉를 보다가 만든 이미지여서 그런지 약간 비현실적이기까지 했다. 우재는 이렇게 말했다. "장모님의 단점은 나이이지만 그걸 장점으로 만들 수도 있어요. 젊은 사람은 비위가 약하거나 용기가 없어서 못하는 일도 장모님은 할 수 있잖아요."

"아니야. 나 비위 약해."

우재는 고개를 저었다. "이제부터 그래선 안 돼요. 장모님, 이렇게 생각해보세요. 나는 킬러다. 실력이 아주 뛰어난 킬러다."

여숙 씨는 두 눈을 크게 뜨기만 했는데, 결국 우재가 불러주는 대로 적긴 했다. 웬만한 일엔 눈 하나 깜빡 안 한다는 걸 어필해야 한다고 했다.

여숙 씨는 우재의 말을 떠올리며 천막을 들추었다. 온갖 지저분한 쓰레기와 부탄가스통 같은 것들이 버려져 있었다. 여숙 씨는 천막 한가운데 박스를 두고 밖으로 나왔다. 의뢰인은 기어들어가는 목소리로 말했다. "죄송하지만, 테이프 좀 떼어주세요."

여숙 씨는 뒤돌아 다시 천막 안으로 들어갔고, 박스 위에 붙은 테이프를 떼어냈다. 안이 얼핏 보였다.

잠시 후, 밖으로 나온 여숙 씨는 의뢰인이 들고 있는 나머지 박스 하나를 마저 건네받아 천막 안으로 가져갔다. 마찬가지로 테이프를 떼어낸 뒤 잠깐 동안 머물렀다가 밖으로 나왔다.

의뢰인은 약속한 금액을 그 자리에서 회사로 송금했다. 수수료를 제한 돈이 여숙 씨의 통장으로 입금될 것이다. 여숙 씨는 이런 쉬운 일을 왜 자신에게 맡긴 것인지 묻지 않았다. 아마도 이런 일을 하려는 시스터는 없기 때문일 것이다. 이런 일을 하고 난 시스터는 요즘 젊은 사람들이 그러하듯 SNS에 사진을 올리거나, 언론사에 제보할 수도 있다. 그러나 여숙 씨는 그러지 않았고, 그럴 생각도 없었다. 의뢰인에게 어떤 사정이 있을 거라고만 생각했다. 혼자서 두 번 오가도 되지만 그러지 않았고, 낯선 사람에게 이 일을 맡겼고, 그렇게 공범을 만들었고, 마지막엔 테이프를 떼어낼 용기가 없어서 대신 해달라고 부탁했다. 그리고 돈을 송금했다.

의뢰인이 먼저 돌아가고 난 뒤 여숙 씨는 고물상이 늘어서 있는 거리를 혼자 걸었다.

돌아갈까. 돌아가서 어떻게든 해볼까.

동물구조센터에 전화하면 받아줄지도 모른다. 그러나 안락사를 시킨다고 듣기도 했는데. 어떻게 해야 할까. 수경에게 물어볼까. 지금쯤 수경은 남의 시어머니 밑에서 제사 음식을 만드느라 여념이 없을 텐데.

여숙 씨는 적지 않은 돈을 받았다. 그건 의뢰인의 죄책감을 입증하는 금액이었는지도 모른다. 신경 쓰지 말자. 안 그래도 좁아터진 집인데 생명을 더 들일 자리는 없다. 내 집도 아닌데. 결국 여숙 씨는 지하철에 올라탔고, 동네로 왔다. 그러고 나서야 계단을 올라갈 힘이 없다는 걸 깨달았다.

한 마리 정도는 괜찮지 않을까. 다 데려오려니까 불가능해 보였지, 한 마리 정도는 다들 괜찮다고 하지 않을까.

여숙 씨는 다시 지하철을 탔다. 그리고 고물상이 늘어서 있는 거리를 세 번째로 걸었다. 트럭 세 대가 연달아 지나갔고, 먼지가 희뿌옇게 피어올랐다. 여숙 씨는 입과 코를 가린 채 야산을 향해 걸어갔다.

박스는 없었다.

감쪽같이 사라졌다. 모든 게 여숙 씨의 꿈이었던 것처럼 흔적도 없이.

여숙 씨는 천막 구석에 주저앉았다. 발치에 굴러다니는 부탄가스통은 새것처럼 보였다. 괜스레 손을 뻗어 가스통을 집어들고 흔들어보았다. 절반쯤 차 있었다. 위험한 곳이네. 그 옆에 낡은 지갑이 떨어져 있었다. 안을 펼쳐 보았다. 지저분한 비닐 커버 너머로 젊은 여성의 얼굴이 보였다. 여숙 씨는 흠칫 놀라 지갑을 떨어뜨렸다. 이곳에서 온갖 불행한 일이 일어난 것만 같았다. 여숙 씨는 천막 밖으로 나왔다.

테이프를 꼼꼼하게 붙여놓았던 것. 그것을 여숙 씨에게 떼어달라고 말한 것. 그 전에, 그것을 버리기로 결심한 것. 모든 게이상했고, 수상했다. 그러나 그것에 대해 길게 생각할 여유도 없이 알림이 울렸다. 그 소리에 여숙 씨는 기계적으로 수락률 90퍼센트를 떠올렸다. 연이어 의뢰인이 보낸 메시지를 읽었다.

심장의 두근거림이 미처 잦아들지도 못한 상태로.

*

수경은 초인종을 누른 뒤 기다렸다. 잠시 후 인터폰이 켜지더니 아이들이 떠드는 소리가 왁자하게 쏟아졌다. 그 사이로 여자아이의 목소리가 선명하게 들려왔다.

—누구세요?

수경은 잠깐 머뭇거리다가 헬프 미 시스터에서 왔다고 답했지만, 짐작대로 아이는 무슨 말인지 이해하지 못했다. 수경이 다시 설명해주려던 참에 문이 열렸다. 수경은 심호흡을 하고 안으로 들어갔다.

40평은 됨직한 넓은 아파트였다. 현관엔 크고 작은 신발들이 어지럽게 놓여 있었다. 거실로 들어서니 세 명의 고만고만한 아이들이 소파 부근에 서 있었다. 다섯 살에서 일곱 살 사이로 보였다. 아이들은 수경을 호기심 어린 눈길로 쳐다보았다. 여자 어른들은 주방에 모여 있었고, 그들 중 한 명이 의뢰인의 시어머니였다.

이곳으로 오는 동안 수경은 의뢰인이 과연 어떤 방식으로 평점을 줄지 예측해보았다. 시어머니의 평가를 그대로 반영한 평점을 줄까, 아니면 의뢰인의 독립적 판단 끝에 나온 평점을 줄까. 그러나 의뢰인과 만날 수 없으니 독립적인 판단이 가능할까 싶었다. 결국 수경은 의뢰인의 시어머니에게 잘해야 한다는 결론을 내렸는데, 화장실에서 손을 씻는 동안 걸려온 전화가 수경의 생각을 바꿨다. 의뢰인은 말했다.

　─앞으로 제가 그 집에 가서 제사 음식을 할 일은 없을 거예요. 시스터님을 고용한 건, 그런 저의 생각을 확실히 전달해주셨으면 해서예요.

　수경은 알겠다고 답하며 전화를 끊었지만, 어리둥절한 표정은 지울 수 없었다. 그런 문제는 직접 말해야 하지 않나. 그러나 의뢰인은 수경이 대신 말해주길 원했다. 그제야 수경은 의뢰인이 진정으로 원하는 것은 제사 음식을 완벽하게 해내는 것도 아니고, 시어머니의 비위를 맞춰주는 것도 아닌, 이제 제사에 오지 않겠다는 선언을 대신해주는 거라는 걸 깨달았다.

　아, 그래서 수당이 그렇게 컸구나.

　수경은 수건에 손을 닦으며 생각했다. 그만한 돈을 줄 때부터 눈치채긴 했다. 녹록지 않은 상황이겠구나, 어쩌면 몹시 까다로운 시어머니인지도 모르겠다, 그런 생각들이 스쳐지나갔다. 수경에겐 처음부터 시부모님이 없었고, 그렇기에 '시월드'라는 걸 경험해본 적도 없었다.

　수경은 화장실 밖으로 나와 주방으로 걸어갔다. 시어머니의 지휘 아래 두 명의 며느리들이 일사분란하게 전을 부치고 있었다. 수경을 보고 두 눈을 휘둥그레 떴던 며느리들은 알고 보니 둘째 며느리와 막내 며느리였고, 수경을 보낸 의뢰인이 맏며느리였다. 그러므로 분위기가 좋을 리가 없었다. 시어머니는 웬만해선 입을 열지 않았다. 말로 하는 게 아니라 모든 지시를 손짓이나 턱짓으로 했다. 수경은 전을 부치거나 새 식용유를 가져오거나 산적에 쓸 소고기의 핏물을 빼는 일 등을 맡았고, 실수 없이 잘해냈다. 그러나 대화 한마디 오가지 않는 주방은 얼음장 같았다. 거실에서 뛰어놀던 아이들도 만화영화를 보느라 조용해졌다.

커다란 대바구니에 동그랑땡이 가득 찼을 때쯤 의뢰인의 시어머니가 화장실에 갔고, 그때만 기다렸다는 듯 곧바로 둘째 며느리가 수경에게 물었다. "정말로 형님 대신 오신 거예요?"

"네."

"그럼 형님은 오늘 안 오실 거래요?"

"아마도요."

"도대체 무슨 생각이래요?"

맏며느리가 참석하지 않았으니 모든 비난이 대리인인 수경에게 쏟아질 수밖에 없었다. 그건 이해하지만, 수경이 의뢰인의 속마음까지 다 아는 건 아니었다. 수경 역시 시부모의 제사를 지낼 때마다 주재의 아내가 참석하지 않아 서운한 적이 많았지만, 주재와 우재가 수경의 눈치를 살피며 도와줬기에 그럭저럭 잘해낼 수 있었다. 수경이 맏며느리 역할을 한 셈이지만 혼자 모든 일을 떠맡은 건 아니었다.

"이제 안 오실 거 같아요."

"다음에도 안 온다고요?" 막내 며느리가 눈을 동그랗게 떴다.

"네. 안 오실 거래요. 그렇게 전해달라고 하셨어요."

두 명의 며느리는 이해할 수 없다는 표정이었다.

"무책임하네요."

"이럴 줄 알았어."

시어머니가 주방으로 돌아오자 며느리들은 입을 다물었다. 시어머니는 바닥에 펼쳐놓은 기름 튄 신문지를 물끄러미 바라보더니 식탁 의자에 앉았다. 막내 며느리가 재빨리 커피를 타서 한 잔씩 돌렸다. 휴식 시간인 모양이었다.

수경은 화장실로 들어가 그사이에 온 문자 메시지가 없는지 확인했지만, 없었다. 의뢰인의 생각은 아직까지 변함없는 것이다. 그렇다면 이젠 수경이 의뢰인의 생각을 전달할 차례였다.

주방으로 돌아온 수경은 시어머니의 맞은편 자리에 앉았다.

"제사가 뭐라고 생각해요?"

갑작스러운 질문에 수경은 말문이 막혔다. 그러자 시어머니는 두 명의 며느리를 돌아보며 물었다. "너희들은 제사가 뭐라고 생각하니?"

아무도 대답하지 않았다. 며느리들은 서로의 눈치를 살피더니 연이어 시어머니의 눈치를 살폈다.

이렇게 온종일 시어머니의 눈치를 살펴야 하는 날, 남자들은 늦게 나타나는 날, 육체적으로 고단하기도 하지만 정신적으로 더 지치는 날, 인터넷 쇼핑몰에서 모둠전 세트를 보며 시어머니에게 말해볼까 고민하고 또 고민하다가 결국 하지 못해 재앙이 일어나고 만 날, 친정어머니가 딸에게 부엌일 잘 못하는 척해라, 못하는 척해야 일 많이 안 한다고 언질해주는 날.

물론 아무도 그렇게 대답하지 않았다. 모두가 침묵을 지켰다. 시어머니가 말했다. "고인을 기리며 같이 밥 한 끼 먹자는 거야. 그뿐이다. 그게 왜 싸울 일인지 나는 모르겠다."

수경은 어떤 말이든 해야 한다고 느꼈다. 의뢰인을 대신해서. 의뢰인이 의뢰한 것은 제사 음식 만들기가 아니라 이런 말을 대신해주는 것이니까. 수경은 심호흡을 한 뒤 입을 열었다. "며느리 입장에선 고인에 대한 감정이 존재하지 않잖아요. 의무만으로 그 자리에 참석해 온종일 가사 노동을 하는 거잖아요. 여자라는 이유로요."

시어머니의 표정은 고요했다.

"나도 인터넷 기사도 보고, 친구들 만나면 못된 며느리 얘기도 들으니까 다 안다. 아는데, 그래도 그러면 안 되는 거다. 안 되는 거야."

아무도 대꾸하지 않았다.

"너희 방식대로 하면 금세 잊고 만다. 조상 잊고 잘되는 후손은 없어. 아직 네 시간밖에 안 지났다. 너희들 편하라고 내가 재료 손질도 싹 다 해놨고, 어제 장도 봐다놨고, 얼마나 무거웠는지 아니? 너희는 계란물 묻혀서 부치기만 하면 되는데, 그게 힘드니?"

머느리들이 앞다투어 입을 열었다.

"어머님은 매번 저희만 부르시잖아요. 아들들한텐 안 시키잖아요."

"걔들은 일하잖니."

"저희도 일해요."

"요즘 일 안 하는 여자가 어디 있어요."

시어머니는 질렸다는 표정으로 머느리들을 쳐다보았다.

"저도 다음부턴 다른 사람 대신 보낼래요."

둘째 머느리가 말했다. 막내 머느리는 시어머니의 눈치를 살폈다.

수경은 마음을 굳게 먹고 입을 열었다.

"제 의뢰인은 이제부터 제사에 참석하지 않겠다는 의사를 분명히 전해달라고 했어요. 오늘 제가 여기 온 건, 그 말을 대신 전해드리기 위해서예요."

시어머니는 놀란 표정으로 수경을 돌아보았지만 손에 들고 있던 커피를 끼얹거나 하지는 않았다. 그런 건 현실 속에선 쉽게 일어날 수 없는 일이야. 그렇게 생각하고 안도했는데 갑자기 시어머니가 고함을 지르기 시작했다. 수경은 놀라서 의자에서 벌떡 일어났다.

시어머니의 얼굴이 붉어지며 입에서 거친 말들이 쏟아져나왔다. 수경은 얼른 며느리들을 살폈는데, 놀랍게도 눈을 내리깔고 있을 뿐 놀란 표정이 아니었다. 그제야 수경은 시어머니의 문제점이 뭔지 깨달았다. 의뢰인이 수경을 대신 보낸 이유도.

차분하고 고요한 가면은 사라지고, 뜨겁고 붉고 혼란스러운 얼굴이 나타났다. 시어머니는 수경에게 저속한 욕설을 퍼부으며 등짝을 계속 밀쳤다. 거실에 있던 아이들이 동그래진 눈으로 쳐다보았다. 수경은 현관문 밖으로 쫓겨났다. 등 뒤로 문이 쾅 닫혔다.

*

의뢰인으로부터 전화가 걸려왔다. 수경은 의뢰인이 원하는 말을 전달했지만 결과는 장담할 수 없다고 말했다. 다음 제사 때부터 다시 시가에 가야 할 수도 있다고. 의뢰인은 이미 예상했던 일이라고 담담하게 말했다.

—처음엔 무척 화를 내실 게 분명해서 시스터님을 고용한 거예요. 다음에 제가 찾아가서 제대로 말씀드리려고요. 그땐 아마 화를 조금 덜 내시지 않을까, 그런 기대로요.

의뢰인은 약속한 금액을 지급했고, 수경은 개운치 않은 기분으로 통화를 마쳤다.

그날 밤, 침대에 누운 수경은 습관처럼 헬프 미 시스터에 접속했다. 의뢰인이 원하는 서비스는 여전히 다양했다.

— 함께 아침 체조할 사람 구합니다.

— 함께 책 읽을 사람 구합니다.

— 대신 사표내줄 사람 구합니다.

— 대신 이별 통보해줄 사람 구합니다.

수경은 하나씩 찬찬히 살펴보다가 우재와 함께 이것은 시대의 어떤 요구를 보여주는 것인가 탐구해보았다.

"이 사람은 아침에 체조할 시간이 없는 건 아니야. 그럴 의욕이 없는 거지. 왜일까? 귀찮아서? 단순히 그렇게 생각하고 넘기면 안 돼. 아침에 일어나기 힘든 이유는 전날 식단이 탄수화물 위주로 구성되어 있거나, 정크 푸드만 먹어서 몸이 무거워져서일지도 몰라. 상사에게서 스트레스를 많이 받고 있는 상황인지도 모르고."

우재의 말에 수경이 대꾸했다.

"그냥 외로운 사람인지도 몰라. 아침에 누군가와 만나 얘기하고 싶은 사람. 난 그 마음 뭔지 알 거 같아. 사람이 밤에만 외로워지는 게 아니야. 아침에 눈을 뜰 때도 되게 외로워질 때가 있어."

우재는 고개를 끄덕이다가 다음 의뢰인을 보며 말했다. "이 사람도 책 읽을 시간이 없는 게 아니야. 의지가 약한 거지. 근데 왜 책을 읽겠다고 결심한 건지 궁금하다. 요즘 같은 세상에 독서 인구는 멸종 직전인데."

"그래서 동지를 구하는 건지도 모르지. 같은 종족을. 이런 상상을 해본 적 있어. 멸종 위기종인 독서 인구가 모여서 국가를 설립하는 거야. 가끔 영화를 보면 그런 사람이 나오잖아. 섬 입구를 막아놓고 독립 국가를 선포하는 설정. 그 나라에선 독서가 너무 일상적인 일이고, 책에 관한 대화를 가장 많이 하지. 날씨 얘기처럼. 그리고 책 읽는 사람들을 위한 국가 정책이 아주 많은 거야."

"언제부터 그렇게 책을 좋아했어?"

"내가 좋아하는 게 아니라 보라가 떠올라서. 보라라면 그런 생각을 하지 않을까."

"이 사람은 왜 사표를 대신 내달라고 할까? 얼굴도 보기 싫을 정도로 안 좋은 일을 겪었겠지? 난 이 사람 이해돼."

"나는 대신 이별 통보해달라는 사람이 이해돼. 두려운 거야. 어떤 일이 일어날지."

"그게 아니라 슬퍼서 그런 게 아닐까? 마음이 약해질까봐."

수경은 대답하지 않았고, 우재는 연이어 말했다. "요구 사항이 참 다양하다. 그런데 핵심은 하나네."

"뭔데?"

"나는 누군가 필요합니다."

5장

웃는 가족

주말 낮, 수경은 혼자 집에 남았다.

준후는 인기 애니메이션 영화를 보여주기 위해 지후를 데리고 극장에 갔고, 양천식 씨는 음식을 배달하다가 빗길에 미끄러져 발목을 다친 뒤 차로 배달을 해보겠다며 친구를 만나러 갔다. LPG차량으로 개조한 친구의 차를 싼값에 매수하기 위해서였다. 만일 거래가 잘 성사되면, 두 대의 차를 주차할 곳은 없으므로 수경의 차를 팔기로 했다. 여숙 씨는 오경자 씨를 만나러 광장시장에 갔고, 우재는 집 근처 편의점에 친구를 만나러 갔다. 아마도 편의점 야외 테이블에 앉아 캔 맥주를 마시고 있을 것이다. 수경은 그들이 모두 외출한 뒤 집을 청소하기 시작했다. 두 개의 방과 부모님의 짐이 군데군데 놓여 있는 거실을 청소기로 밀었다. 화장실 타일에 핀 곰팡이를 제거하고, 여섯 사람의 신발로 빼곡하게 차 있는 신발장을 정리했다. 다섯 명과 함께 있다가 혼자 있어도 집은 전혀 넓어 보이지 않았다.

약속 시간에 보라가 먼저 도착했다. 보라는 간식거리를 내오는 수경에게 들뜬 표정으로 말했다.

"언니, 우리는 이제 사랑이 아니라 다른 걸 해보려고."

수경은 음료를 보라 쪽으로 밀어놓으며 물었다. "그게 무슨 뜻이야?"

"우리 둘의 감정이 사랑을 기반으로 한 게 아닐 수도 있잖아. 걔도 나도 동시에 같은 생각을 한 거야. 신기하지?"

"사랑이 아니면 뭔데. 우정?"

"사랑 아니면 우정이라는 태도 자체가 세뇌인 거야. 들어봐. 우리는 서로가 늘 보고 싶고, 서로에게 상처주지 않으려 노력하고, 서로가 발전하길 바라고 돕고 있어. 근데 이게 사랑인 걸 어떻게 확신할 수 있어? 키스했다고 사랑인가? 영원히 함께 있겠다고 맹세했다고 사랑인가? 아니야. 우리는 우리의 감정이 뭔지 정의내릴 수 없다고 생각해. 나아가 우리만의 정의가 필요하다고."

수경은 보라를 바라보았고, 섣불리 어떤 대꾸도 하지 않았는데 보라의 말을 음미해볼 시간이 필요해서였다. 사랑 아니면 우정. 그도 아니면 신뢰, 보살핌, 연민 같은 단어들이 떠올랐지만 역시 불명확했다. 보라와 보라의 애인은 서로에게서 어떤 감정을 발견한 걸까. 아무도 모르는 감정일까, 누구나 아는 감정일까. 수경은 무척 궁금했다. 아무도 본 적 없는 새로운 빛깔의 감정이기라도 한 것처럼.

"그렇게 생각한다고 그 사람과의 관계가 바뀌는 게 있어?"

보라는 곰곰이 생각하더니 없는 것 같다고 답했다. "우리는 원래 결혼할 생각이 없었고, 그런 제도를 받아들일 생각도 없었어. 우리가 결혼하면 개는 자기가 남편인지 아내인지 그것도 모르겠다고 하고, 나도 헷갈려. 내가 개의 아내라고 생각하면 어딘가 맞지 않는 게 있거든."

말을 마친 보라는 생각에 잠긴 얼굴이 되었다. 수경은 보라 앞에 놓인 음료 잔을 바라보았다. 아이스 음료만 마신다는 걸 알기에 전날 밤 얼음을 잔뜩 얼려두었다. 컵에 맺힌 물방울을 지긋이 바라보다가 수경은 입을 열었다. 문득 이 말을 해야겠다는 결심이 섰다. "보라야, 그때 한강에서 우리가 다투었던 거, 그거 사과할게."

수경은 지금이 아니면 영원히 사과할 수 없을 거라는 생각이 들었고, 보라에게 뒤늦게 미안했다. 보라는 얼굴을 붉히면서 아니라고, 자기 잘못이라고 손을 내저었다.

수경은 말했다. "그렇게 말하면 안 되는 거였어. 나만 잘 먹고 잘 살면 그만이라고 그렇게 들렸을 거야. 나는 그냥 이런 마음이야. 그 사람이 자기 죄를 인정했고, 항소하지 않았고, 형량은 실망스럽지만 그걸 받아들여야 내가 일상으로 돌아갈 수 있다고 생각했어. 자다가 악몽 꾸고 깨어나는 일은 평생 계속될지도 모르지만 그래도 나는 지금의 내 일상이 소중해. 지금의 내 모습이 극복 가능한 지점까지 가닿은 모습이라고 생각해. 그런데 그걸 니가 깨뜨릴 거 같아서, 나도 모르게 방어하느라 그런 거야. 절대로 널 비난한 게 아니야."

보라는 고개를 끄덕여주었다. 그러나 고개를 푹 숙인 채여서 울고 있는 건지도 몰랐다. 보라는 이런 얘기만 하면 화를 내거나 울었으니까. 그게 어떤 마음인지 수경은 이제 알았다. 어쩌면 그 사건으로 가장 큰 상처를 받은 사람은 보라일 수도 있다.

어떻게 그런 일이 가능한지 수경은 지금도 알 수 없다. 그렇게 결론내릴 때마다 늘 의구심이 남는다. 그러나 수경은 그럴 수도 있다고 생각하기로 했다. 수경을 지켜보는 보라가 받고 있는 고통이 수경의 고통보다 더 클 수 있다고. 그리고 수경을 전혀 모르는 사람이 수경의 사건을 기사로 접하고 받은 고통이 수경의 고통보다 더 클 수 있다고. 그들은 모두 이어져 있다. 총체적 가해의 형태를 이해하는 사회의 구성원으로서. 수경은 얼굴도 모르는 그들을 떠올렸다. 그러고 있는 동안 차츰 보라의 아픔이 만져졌다.

지하철과 횡단보도, 산책길과 여행지에서 난데없이 폭력을 당하거나 납치를 당한 여성들의 기사를 접할 때마다 수경은 지하철과 횡단보도, 산책길과 여행지에서 똑같이 두려움을 느꼈다. 피해자들이 느끼는 것만큼은 아닐지라도 커다란 두려움을 느꼈고, 곁에 누군가 갑자기 다가올 때마다 소스라치게 놀랐다.

피해자에게 당신이 느끼는 두려움을 나 역시 느끼고 있다고 말한다고 한들, 그 두려움의 크기가 줄어드는 것은 아니다. 무언가 근본적인 대책이 필요하다. 호신술 같은 개인적인 것에 그치지 않는 것이. 상대가 힘이 약하니 한 번쯤, 충동적으로 그래도 된다고 생각하는 무자비한 폭력성을 저지할 만한 것이. 그게 무얼지, 수경은 고심했다. 아마도 보라 역시 이런 마음으로 수경에게 함께 시위를 하자고, 집회에 나가자고 말했을 것이다. 수경은 이제 보라를 이해했다. 과거엔 생계 때문에 덮고 지나가려 했던 것들이 서서히 눈에 보였다. 시간이 훌쩍 지나서야. 그러나 여전히 해결책을 찾기는 어렵다. 그런 폭력엔 어떻게 대응해야 할지 알 수 없었다. 양천식 씨처럼, 재수가 없어서 그런 일을 당한 거라고 생각할 수는 없었다. 우재처럼, 돈을 많이 벌면 다 해결될 문제라고 생각할 수도 없었다. 여숙 씨처럼, 엄마인 자신이 어떻게든 딸을 보호해주면 될 거라고 생각할 수도 없었다. 여성들로만 구성된 회사에서 여성 고객들만 상대하며 일할 수도 없었다. 플랫폼 노동처럼 타인과의 연결성이 제거된 일만 할 수도 없었다. 모두 근본적인 대책은 아니었다. 수경은 과연 대책을 떠올릴 수 있을지 자신이 없어졌다. 결국 이런 고민을 나누는 데에서 그치고 말지도 모르지만, 그래도 수경은 이런 고민을 드러내야 한다는 걸 깨달았다.

"언니, 나는 그때 언니한테 상처주려는 게 아니었어." 보라가 울먹이며 먼저 입을 열었다.

수경은 자신이 어떤 생각들을 하고 있는지 말해주었다. 보라는 고개를 끄덕였고, 한숨을 내쉬었고, 불가능해 보일지라도 그들의 노력으로 세상을 조금씩이라도 바꾸어가야 한다고 말했다. 그 누구도 느닷없는 폭력에 희생되는 일이 없게 하기 위해.

수경은 보라의 말을 들으며 보라의 등을 계속 쓰다듬고 있는 동안 아주 나이 많은 할머니가 된 기분이 들었다. 할머니가 되어서도 언니,라는 말을 들으면 좋을 텐데. 그때도 그런 말을 들으면 기분이 좋을 것 같았다. 언니라는 말엔 누군가를 보듬어주고 안아주고 지켜주는 존재라는 의미가 깃들어 있는 것 같았다. 그건 강한 사람만이 할 수 있고, 수경은 강한 사람이 되고 싶었다. 허리가 굽고 눈썹이 모두 흰색으로 변하더라도 언니,라고 누군가 불러준다면 저절로 강해질 것 같았다.

"보라야, 지금 내 모습이 너한테 어떻게 보일지 모르겠지만, 나는 최대한 노력하고 있는 거야."

보라는 안다고 말하며 그제야 고개를 들었다. 눈가에 눈물이 고여 있었다. 보라는 고개를 끄덕였고 그 바람에 눈물이 한 줄기 흘러내렸다가 보라의 손등에 닦여 사라졌다. 이제 겨우 그 사건에 대해 진심을 말할 수 있게 되었다. 뾰족한 방패를 세우지 않고 상대의 진심을 헤아릴 줄 알게 되었다. 수경은 안도의 한숨을 내쉬었다. 한 고비를 넘어선 기분이었다.

자리에서 일어나 주방으로 들어가려는데 도어록 작동음이 들렸다. 번호를 누르는 속도로 짐작하건대 은지 같았다. 은지는 현관에 있는 보라의 신발을 발견하자마자 놀란 입모양을 하더니 거실로 들어섰다.

"언니다!"

은지는 신기한 사람이라도 만난 것처럼 우뚝 서 있다가 이내 보라 옆에 붙어 앉았다.

지난주에 시작된 TV 오디션 프로그램에서 은지는 심사위원의 주목을 받는 참가자로 등장했다. 은지는 양수경의 〈당신은 어디 있나요〉를 불렀고, 심사위원들은 은지의 청아한 모습과 슬픈 목소리에 반했다. 열다섯 살의 소녀가 갖고 있을 법한 투명함과 그 나이엔 도저히 가질 수 없는 깊이를 함께 갖고 있다고 극찬했다. 그러나 은지는 중도 탈락했고, 오늘은 다 함께 수경의 집에 모여 재방송을 보기로 했다.

"언니, 나 예뻐졌죠?"

은지는 자리에 앉자마자 물었고, 보라는 순순히 고개를 끄덕여주었다. 헤어스타일도 화장도 한층 자연스러워졌다. 오디션 프로그램을 촬영하는 동안 은지는 자신의 고유한 매력을 알게 되었는지도 모른다. 두꺼운 아이라이너는 가늘어졌고, 자연스러운 컬링이 들어간 속눈썹도 가벼워 보였다. 밀가루처럼 하얀 얼굴은 그대로였지만 그래도 전보다는 훨씬 나았다. 보라는 이제 은지가 불편하지 않았다. 처음엔 맞는 구석이라곤 찾으려야 찾을 수 없을 거라 생각했고, 그 생각은 지금도 변함없다. 그러나 잣대와 평가를 동시에 버린다면 그런 건 아무래도 상관없는 일로 변했다. 보라는 은지가 언니,라고 부를 때마다 허리가 곧게 펴지는 자신을 발견했다. 보라는 은지의 옆얼굴을 바라보다가 물었다. "살이 빠졌니?"

은지는 얼른 고개를 끄덕였다. 기쁜 듯이 미소를 짓기까지 해서 보라도 덩달아 미소가 지어졌다. 그게 그렇게 기쁜 일이구나. 은지는 술을 끊었더니 살이 저절로 빠지더라고 천진한 목소리로 말했다. 술을 끊었다니. 보라는 웃고 말았다. 어쩌면 주량이 나보다 셀지도 몰라.

"숙모, 할머니는요?"

수경은 벽시계를 돌아보았다. 여숙 씨는 아마도 저녁 무렵이 되어서야 돌아올 것이다. 수경의 대답에 은지는 고개를 끄덕이더니 핸드폰을 집어들고 채팅에 몰두했다.

잠시 후 오디션 프로그램이 시작되었고, 수경은 리모컨 볼륨을 올렸다. 수경과 보라는 바짝 긴장한 얼굴로 TV 화면을 보았다.

은지는 교복을 입고 카메라 앞에 섰다. 은지는 모든 순간마다 해맑게 웃었고, 눈빛이 반짝반짝했고, 어떤 말이든 재치 있게 대답할 줄 알았다. 모두가 은지를 마음에 들어 하는 것 같았다. 심사위원들은 은지에게 호의적이었다. 은지가 무대에 서면 그들의 입가에 반갑고도 잔잔한 미소가 걸렸다. 은지는 가장 어린 참가자였지만 노래를 시작하면 표정이 돌변했고, 가사에 담긴 응축된 감정을 고스란히 전달했다. 하지만 은지는 결국 열다섯 살의 한계를 넘지는 못했다. 심사위원들은 은지의 두 번째 무대를 보더니 나이에 맞지 않은 옷을 입었다고 평했다. 그러나 애정이 넘치는 심사평이었다. 원숙한 감정을 담아내기엔 아직 본인의 그릇이 너무 순수하다, 그 순수함을 보여줄 수 있는 선곡이었다면 더 좋았을 것이다, 대략 이런 말이었다. 보라는 은지가 나오는 내내 한마디도 하지 않다가 마침내 은지의 무대가 끝나자 말했다.

"이런 무대에 나와서 주목받았다가 사라지는 사람들이 많지?"

은지는 아니라고 반박했다. 다들 어디선가 계속 노래하고 있을 거라고. 버스킹이든 다른 오디션 도전이든지 간에 끊임없이 노력하고 있다고. 그러자 보라는 고개를 기울이며 생각에 잠겼다가 말했다. "무대 위에서 빛나는 사람은 분명히 있어. 놀라울 정도로 집중하게 만들고, 귀 기울이게 만들고, 눈을 뗄 수 없게 만들지. 하지만 무대에서 내려가면 그런 빛도 사라져. 그 사람에게 적합한 무대를 찾아 또 떠나야 하는 거지. 너무 고독한 일이야." 보라는 잠시 후 이렇게 덧붙였다. "어쩌면 모든 일이 그런지도 모르겠다."

은지는 아무런 대꾸 없이 핸드폰을 집어들었다. 보라의 말을 이해한 것 같지는 않았다. 수경은 은지의 얼굴에 가득한 활기를 보며 생각했다. 저 아이는 지금 온 세상이 자기의 무대 같을 거라고. 그렇다면 나는 어떠한가…….

헬프 미 시스터는 여전히 수경의 일터였다. 평일과 주말을 가리지 않고 일했다. 어떤 일거리가 들어와도 수락했다. 지난주엔 승용차로 이삿짐 나르는 걸 도왔고, 덫에 걸린 쥐를 처리해주러 간 적도 있었다. 의뢰인은 혼자 식당을 운영하는 젊은 여성이었는데, 산나물과 손두부 같은 건강식 위주의 요리를 팔았다. 식당 주방에 자꾸만 출몰하는 쥐를 잡기 위해 덫을 놓았고, 며칠 동안 죽지 않고 살아서 버둥거리는 쥐를 어찌지 못해 헬프 미 시스터를 찾았다. 수경은 쥐를 죽이기 위해 물통에 물을 받았다. 그렇게 하는 게 가장 깨끗한 방법이라고 여숙 씨가 알려주었다. "식당에선 그렇게들 많이 해." 물통에 물을 받는 동안 수경은 사형대를 제작하는 목수의 마음 같은 것을 떠올렸고, 곧이어 감상에 젖는 대신 비감해지고 비정해졌다. 그렇게 하지 않으면 해결하기 어려운 일이었다. 쥐는 끈끈이 덫에 달라붙어 괴로움에 몸

부림을 치다가 옆얼굴로 수경을 쳐다보았다. 눈이 동그랗고 새까맸다. 호소하는 눈빛이었다. 살려달라고, 덫에서 떼어내 집으로 돌려보내달라고. 수경은 쥐를 덫과 함께 들어서 물통 속에 빠뜨렸다. 쥐는 발버둥치지 않고 조용히 죽었다. 저항은 없었다. 의아할 정도로 고요한 죽음이었다. 죽은 쥐를 덫째로 건져내 검은색 비닐봉지에 담은 뒤 다시 쓰레기봉투에 옮겨 담아 단단히 묶었다. 의뢰인은 카운터에 서서 숨죽인 채 기다리다가 수경이 쓰레기봉투를 들고 나오자 안도의 한숨을 내쉬었다. 쥐와 사투를 벌인 지 반년 가까이 되었다고 했다. 어찌나 재빠른지 한 번도 잡힌 적이 없고, 틈을 죄다 메웠는데도 어딘가로 계속해서 기어나왔고, 자주 발각되었다. "서울에 쥐가 이렇게 많은지 몰랐어요. 우리가 몰라서 그렇지 온통 쥐 천지예요." 의뢰인은 고개를 흔들며 말했다. 새끼를 본 적도 많다고 했다. 고물거리고 아직 털도 나지 않은 새끼들을. 수경은 의뢰인이 권하는 산나물 비빔밥을 먹으며 땅 밑으로 달려가고 있을 쥐들을 떠올렸다. 한 번이 어렵지 두 번은 조금 덜 어렵고, 세 번부터는 마음가짐이 달라질 것이다. 네 번은 요령 있는 사람이라는 말을 듣거나 할 수 있을 것이고, 다섯 번은 빨리 처리할 생각만 하게 될 것이다. 수경은 어느덧 그런 사람이 될 것이다. 쥐 처리의 달인.

"언니 뭐 봐?" 보라의 말에 수경은 고개를 들었다.

헬프 미 시스터에 접속해 일거리를 기다리는 중이었다. 오늘은 일할 생각이 없었는데 무의식중에 접속해버렸다. 이런 적이 많다. TV를 볼 때나 우재와 대화하는 중에도 습관적으로 접속했다. 수락 가능 상태로 해놓고 일거리를 기다렸다. 그러다가 일이 잡히면 짜증을 내면서도 웃었다. 그런 얼굴로 일하러 나갔다. 밤낮 없이, 주말도 가리지 않고. 수경은 멋쩍게 웃고 자리에서 일어났다.

별안간 현관문이 열리더니, 여숙 씨가 한 손에 비닐봉지를 들고 들어왔다.

"엄마, 왜 이렇게 일찍 왔어?"

"말도 마." 여숙 씨는 신발을 벗으며 말했다. "오경자 걔가 요즘 툭하면 다리에 쥐가 나. 그래서 운전도 못하고 있는데 오늘 또 쥐가 난 거야. 횡단보도를 건너는데 신호가 깜빡거려서 내가 뛰자, 그랬거든? 근데 얘가 갑자기 뛰어서 그랬는지 다리에 또 쥐가 난 거야. 바닥에 주저앉고 난리도 아니었어. 신발을 벗기고 발을 이렇게 막 구부려주고, 다리도 주물러주고. 결국 집에 갔어. 택시 타고."

여숙 씨는 주방으로 가서 접시에 빈대떡을 옮겼다. "아직 따뜻하네. 식을까봐 안고 왔더니."

여숙 씨는 그런 이유로 오경자와 만나자마자 헤어졌다. 그러고 나선 혼자 빈대떡집에 갔고, 기다란 줄의 끄트머리에 서 있다가 빈대떡을 포장해 왔다. 청계천을 걷는데 빈대떡이 식기 전에 돌아가는 게 낫지 않을까 싶었고, 헬프 미 시스터를 켜놓은 채로 열차를 타고 집으로 돌아왔다. 그러는 동안 일거리는 한 건도 들어오지 않았고, 내심 기대했던 여숙 씨는 약간 실망했다. 이젠 헬프 미 시스터를 꺼놓는 일이 거의 없었고, 사실 오경자를 만났을 때에도 여전히 수락 가능한 상태로 해두었다. 물론 일거리가 들어온다고 해서 할 수 있는 것도 아니었지만 가까운 거리라면, 쉬운 일이라면, 오경자에게 잠깐 기다리라 하고 얼른 다녀올 생각도 했다. 그렇게 번 돈으로 술값을 내면 오경자도 좋고 자기도 좋지 않을까 생각했지만, 만약 정말로 그렇게 했더라면 오경자는 화를 냈을지도 모른다. 돈독 올랐냐? 하면서.

네 명의 여자는 바닥에 둘러앉아 빈대떡을 먹기 시작했다. 여숙 씨는 빈대떡을 먹으면서도 손에서 핸드폰을 놓지 않았고, 수경 역시 간간이 핸드폰을 들여다봤다. 은지는 빈대떡을 먹는 둥 마는 둥 하더니 인스타그램 댓글에 답글을 달기 시작했고, 키토 식단을 포기한 보라만 열심히 빈대떡을 먹었다.

여숙 씨가 갑자기 놀란 소리를 냈고, 모두가 여숙 씨를 돌아보았다. 여숙 씨는 일거리가 들어왔다고 기쁜 목소리로 말했다. 용인에 있는 어느 절에 가서 소원 카드를 달고 돌아오는 것이었다.

"이 사람 무슨 안 좋은 일이 있나보다. 유명하다는 절엔 죄다 가서 소원 카드를 달고 있대."

여숙 씨는 그렇게 중얼거리더니 얼른 수락 버튼을 눌렀고, 이튿날로 날짜가 잡혔다. 장소는 용인 와우정사. 수경은 충동적으로 가족 나들이를 결정했다.

"우재랑 아버지랑 지후도 데리고 가자."

여숙 씨는 뜻밖이라는 표정을 짓다가 이내 그러자고 했다.

"준후는 가자고 해도 안 갈 테니 걔는 빼고."

그 말에 은지는 말갛게 웃었다. 은지는 여전히 준후를 사랑했고, 준후 얘기만 나와도 웃었다.

"준후가 왜 그렇게 좋니?"

은지는 잘생겨서요,라고 답했고 여숙 씨는 코웃음을 쳤다. 양천식도 젊을 땐 참 잘생겼었는데, 그렇게 덧붙이며.

수경은 여숙 씨의 말에 놀랐다. 그녀는 아버지가 잘생겼던 시절 같은 건 전혀 떠오르지 않았다. 아버지는 늘 아버지였고, 젊은 시절엔 일만 하는 사람이었다. 잘생겼는지 아닌지 그런 걸 생각해본 적은 한 번도 없었다. 그런데 여숙 씨는 그런 걸 생각했단 말이지……. 수경은 두 사람의 결혼식 사진을 떠올렸다. 예식장 소속 주례 선생님을 뒤편에 병풍처럼 세우고, 두 사람은 팔짱을 낀 채 카메라를 바라보고 있다. 여숙 씨의 웨딩드레스는 치맛단이 아주 풍성하고, 반짝거리는 레이스로 온통 뒤덮여 있다. 레이스에 푹 파묻힌 모습에 가깝다. 커다란 귀걸이는 큐빅이고, 손에 든 부케는 조화다. 모든 게 예식장의 것이다. 양천식 씨의 양복은 푸르스름한 빛이 감돌고 넥타이는 빨갛다. 그 또한 예식장의 것이지만 양천식 씨의 몸에 딱 맞다. 흰 장갑을 끼고 머리를 2대 8 가르마로 빗어 넘겼다. 경직된 듯하면서도 힘차 보이는 얼굴. 팔짱을 낀 채로 두 사람은 그들의 앞날을 바라본다. 부자가 될 것이라 예상하는 앞날, 아이를 낳아 잘 기를 것이라 확신하는 앞날, 노년에도 행복한 부부의 모습일 것이라 희망하는 앞날. 그리고 그 가운데 이루어진 것이 있는가. 수경은 그건 자신이 판단할 문제가 아니라는 걸 알았다. 그리고 생각의 공은 여숙 씨에게로 넘어간다.

생각의 공을 받아든 여숙 씨는 그것을 배 위에 올려놓고 가만히 굴려본다. 두 손을 수달의 앞발처럼 사용하면서. 그러는 동안 여숙 씨의 머리가 천천히 돌아가기 시작한다. 영사기의 작동 원리처럼, 여숙 씨의 머리에 걸린 필름이 여숙 씨의 망막을 스크린 삼아 영상을 띄운다. 그것은 젊은 시절 가구점에서 일하던 양천식의 모습이다. 와이셔츠를 입고 넥타이까지 매고 잰걸음으로 출근했지. 한때는 자동차 판매상으로도 일했다. 그때도 와이셔츠를 입고 넥타이를 매고 경보 선수처럼 출근했지. 한때는 들뜬 마음으로 친구와 유통회사를 설립했는데 그건 아주 영세한 규모였고, 식당에 식자재를 납품하는 일이었다. 감부스라고 했었나. 각종 양념이며 비품 같은 것들을 납품했는데 결국 잘되지 않았다. 인터넷 쇼핑몰이 성행하면서 점차 매출이 줄어들었다. 양천식은 그밖에도 짧게 혹은 길게 많은 일들을 했고……
두 사람의 첫 차는 엑셀이었다. 은회색이었지. 첫차를 뽑던 날
두 사람은 강변으로 드라이브를 다녀왔다. 음악을 크게 틀어놓
고. 그건 김건모의 〈핑계〉였나. 아니지. 그건 한참 뒤에 나온 노
래야. 그 노래가 나왔을 때 양천식이 그 노래를 어찌나 많이 듣
는지 자기 얘기인가, 의심까지 했었다니까. 아이들은 그때 거기
없었고. 아이들에 관한 기억은 나중으로 미루자. 지금은 일단
양천식 너에 대한 기억부터. 여숙 씨를 울렸던 양천식, 여숙 씨
를 분개하게 했던 양천식, 여숙 씨를 실없이 웃게 했던 양천식.
양천식의 잘나고, 못나고, 못되고, 착한 모습들이 여숙 씨의 망
막에 상처럼 맺혔다. 그래, 양천식 그때 너 진짜 못났었지. 사기
를 당하고 집을 날렸던 양천식, 그때 너 진짜 불쌍했었지. 그때
구부러진 어깨가 지금까지도 펴지지 않고 있다. 우린 전 재산을
날렸고, 딸과 사위의 집에 얹혀사는 중이고, 이 아이들은 우리
의 과거를 모른다. 우리의 젊은 시절을 몰라. 여숙 씨는 갑자기
그게 너무 슬펐다. 그들의 젊은 시절을 모른다는 게. 그때가 가
장 찬란하고 아름다운 시절이었는데. 지금 여숙 씨에게 남은 그
와 비슷한 감정은 헬프 미 시스터로 일거리가 들어와 그것을 수
락하는 순간이다. 그 또한 못지않게 찬란하고 아름답다.

이번엔 보라에게로 생각의 공이 넘어간다. 보라는 공을 배 위
에 올려두고, 두 손으로 머리를 받친 자세로 느긋하게 생각한

다. 이 가족에게 스미지도 못했고 그렇다고 아주 겉돌지도 않는다. 매개체는 언제나 수경이다. 수경이 없다면 이 가족과 연결될 수 없다. 그게 아주 신기하단 말이지. 한 사람을 깊게 알게 되면 그 사람의 가족도 깊게 알게 된다. 깊게 알고 싶지 않은 것들까지도 깊게 알게 된다. 곧이어 자신의 가족을 돌아보게 되는데…… 보라는 엄마의 다리에 쥐가 자주 난다는 걸 알고 있었다. 몇 달 전부터 그런 상태였다. 병원에도 가보고 한의원에도 가봤지만 운동 부족이라는 진단을 들었을 뿐 별다른 이상은 없다고 했다. 보라는 무심코 늙어서 그래,라고 말했고 수긍하는 엄마의 옆얼굴에서 엄마를 관통하고 지나가는 시간을 보았다. 그 시간은 보라가 되돌릴 수 없고, 어떻게 해볼 수가 없는 것인데 나중에 나이가 들면 반드시 후회하게 될지도 모르는 그런 종류의 것이다. 보라는 엄마에게 좀 더 잘해야 한다고, 엄마와 많은 시간을 보내야 한다고 다짐하지만 그건 다짐으로만 그친다. 보라는 서서히 생각의 공을 굴리기 시작한다.

엄마는 나와 다르고, 어쩜 그렇게 낙관적인지. 엄마는 나와 같고, 어쩜 그렇게 대책 없는지. 엄마는 나와 같다는 말을 하면, 엄마는 눈을 동그랗게 뜨고. 엄마는 나와 다르다고 하면, 엄마는 상처받은 듯하면서도 당당한 표정을 짓는다. 엄마는 보라의 패션을 이해하지 못하고, 보라도 엄마의 패션을 이해하지 못한다. 보라는 완경을 한 엄마가 어떤 기분일지 짐작도 하지 못한다. 보라의 탐폰을 탐탁지 않게 바라보는 엄마의 눈빛. 혹시 몸에 안 좋은 성분이 있는 건 아닌지. 그런 말은 보라의 귀에 가짜 뉴스처럼 들릴 뿐이고. 이젠 생리컵으로 바꿀 생각인데 엄마는 또 눈을 동그랗게 뜨더니, 괜찮은 거니, 그거 괜찮은 거야, 여러 번 묻는다. 보라에게 엄마는 나이 든 사람이고, 그 전에 엄마이기도 한데. 엄마의 결혼생활은 과연 행복했는지. 엄마의 결혼생활이 행복했다고 당당하게 외칠 수 있는 딸이 몇 명이나 될지. 아빠를 견디며 아빠를 참으며 살아온 엄마. 엄마를 견디며 엄마를 참으며 살아온 아빠. 두 사람의 견디고 참은 역사를 고스란히 목격한 딸이 행복한 결혼생활이라는 말을 입에 올리는 건 자기 기만에 가깝지. 보라는 생각의 공을 더 굴린다. 그녀가 사랑하고, 그녀를 사랑해주는 사람. 여자인지 남자인지 중요하지 않고 그냥 그 사람. 그 사람이 생각하는 성별로 그 사람을 생각해줄 자세가 되어 있는 보라. 그런 건 반대할 수 없고 반대해서도 안 된다고 생각하는 보라. 보라는 공을 옮겨놓고 아슬아슬하게 굴린다. 생각의 공은 좀 더 굴러간다. 보라의 발등 위에서 빙글빙글 돈다. 그건 보라가 어느 틈엔가 손을 놓고 있는 사회적인 어떤 것이다. 사회적인 활동들. 부당한 형량에 저항하고, 뻔뻔한 가해자의 얼굴에 날계란을 투척하는 종류의 것. 잘못된 댓글에 대댓글을 달며 전투에 임하는 종류의 것. 그러다가 가슴을 치며 쓰러져 술과 카페인과 담배를 손으로 더듬는 것. 시작도

하기 전에 지쳐버릴 수 있는 일들. 바꿔야 할 것들은 너무나 많고. 그전에 나는 이곳이 내가 사랑하는 사람이 행복하게 살아갈 수 있는 사회인지 그것부터 생각해. 매일매일 생각해.

그러는 사이 생각의 공은 은지에게로 넘어간다.

은지는 그것을 작게 축소해 코 위에 올려놓고 빙글빙글 돌린다. 은지는 아직 15년밖에 살지 않았고, 어쩌면 15년씩이나 산 것일 수도 있으나 기억의 공을 작게 축소하는 게 가능하다. 은지가 핸드폰을 손에서 놓을 수 없는 건 언제 터질지 모르는 틴챗 사진 때문. 누군가 은지의 사진을 떠올리고 그걸 사이트에 올리는 끔찍한 상상 같은 것. 은지의 인스타그램에 협박성 디엠을 보내는 현실 같은 것. 은지는 그것이 정말로 현실이 될까봐 밥도 잘 먹지 못한다. 덕분에 살은 빠지고 다들 예뻐졌다고 입 모아 말한다. 준후는 은지에게 어떤 문제가 생겨도 다 해결해줄 수 있으니 걱정하지 말라고, 널 다치게 하는 사람은 가만두지 않겠다고 안심시키려 하고, 은지는 준후를 사랑할 수밖에 없다. 그렇게 말해주는 사람은 너밖에 없어. 무수히 많은 사적인 일들이 공적인 공간에 전시되고, 은지의 친구는 남자친구로부터 협박을 당하고 있다. 그 오빠는 준후의 친구이기도 한데, 언제 그런 영상을 찍었는지 은지의 친구도 모른다. 아마도 술 취해 정신을 잃었을 때 찍힌 것 같은데, 그걸 학교 게시판에 올리겠다는 협박이 통했다. 은지의 친구는 이별 통보를 철회했다. 그 오빠가 놔줄 때까지 이별할 수 없다. 준후에게 말했지만 돌아오는 답변은, 신경 쓸 필요 없다는 것. 은지가 신경 쓸 일이 아니라는 것. 그 자식은 원래 그런 놈이고 그런 영상이 한두 개가 아니며 그런 짓거리를 한두 번 한 게 아니라고. 은지는 묻지 않았다. 무엇이 잘못되었는지 모를까봐 묻지 않았는데 준후는 알고 있다. 잘못된 것을. 은지가 틴챗을 통해 돈을 번 것도 잘못된 일이라는 걸 알면서도 묵인했다. 그건 준후의 어른스럽지 않은 어른스러운 점이다. 은지는 손에서 핸드폰을 놓지 못한다. 24시간 재생되고 있는 불행한 미래의 장면들. 그러는 사이 생각의 공은 은지의 코끝에서 발치로 떨어져 데구르르 굴러가고, 그걸 신호로 모두가 젓가락을 내려놓는다.

빈대떡은 모두의 뱃속으로 사라졌다.

*

오랜만의 가족 외출로 모두가 들뜬 표정이었다.

우재가 운전을 하고, 수경이 조수석에 앉았다. 지후는 여숙 씨와 양천식 씨 사이에 끼어 앉았다. 차가 출발하자마자 지후는 미유 얘기를 시작했다. 지후가 입을 열면 그 내용의 절반이 미유 얘기여서 모두들 알고 있다. 지후가 미유를 정말 많이 좋아하는구나. 우재가 놀리기 시작하고, 지후는 아니라고 말하지 않는다. 그냥 웃기만 한다. 미유는 지후를 늘 웃게 하는구나. 수경은 그렇게 생각하며 우재의 옆얼굴을 보았다.

이발을 마치고 돌아온 우재와 양천식 씨는 부자라고 해도 믿을 정도로 닮은 분위기였는데, 똑같은 스타일로 커트했기 때문이다. 뒤쪽은 바짝 올려치고 구레나룻은 흔적만 남겼고, 가르마는 2대 8 느낌이 난다. 그 이발소는 노인들만 가는 곳이었는데 가격이 저렴하다는 이유로 요즘 들어 우재도 이용하기 시작했다. 그곳에서 이발을 마치고 돌아온 우재는 나이보다 다섯 살쯤 많아 보였다.

우재는 다소 들뜬 상태였다. 황보석이 부모님 건물 앞에서 붕어빵 노점을 해보라고 제안했기 때문이다. 이젠 붕어빵을 파는 데가 거의 없어서 파는 곳을 알려주는 앱도 나왔다며 우재는 상기된 얼굴로 말했는데, 사실 우재보다 더욱 들뜬 사람은 양천식 씨였다.

양천식 씨는 붕어빵은 자기가 팔아야 한다고 주장했다. 다친 발목 상태가 좋지 않았다. 친구에게서 사려고 했던 LPG 승용차는 알고 보니 불법 개조한 것이었다. 결국 차를 바꾸는 건 없던 일이 되었다. 계속 걸어서 배달했다. 그러나 배달 제한 시간을 넘기면 좋은 건수를 배정받기가 어려웠고, 이해할 수 없는 이유로 페널티도 받았다. 음식을 주문해놓고 잠수 타는 고객들 때문에 속이 타들어간 적도 한두 번이 아니었다. 그 후유증인지 전화를 잘 받지 않고 습관적으로 잠수를 타는 친구에게 필요 이상으로 심하게 화를 낸 적도 있었다. 고객으로부터 쓰레기를 대신 버려달라는 부탁을 몇 번 받은 뒤론 자다가 열이 올라 벌떡 일어나는 증상도 생겼다. 남의 쓰레기를 내가 왜 대신 버려줘야 하는가. 서글서글하게 웃으며 할 수 있는 일이 아니었다. 계단을 내려가는 김에 쓰레기까지 버려달라는 부탁은 염치가 없어도 한참 없다. 내 시간은 소중해. 나도 소중해. 양천식 씨는 종종 그런 생각을 떠올렸다. 한창 일하던 시절엔 내 시간은 가족의 것이고, 나보다 가족이 소중해, 그렇게 생각했다. 그러나 이젠 자신을 더 걱정해주었다. 그러다 보면 자신이 그런 사람이 되어버린 걸 모르고 있는 가족들에게 미안한 마음이 들었다. 친구들에게 그런 말을 했더니 뜻밖에도 그를 나무라는 사람은 없었고, 가족은 소중하지만 이젠 벗어나고 싶다는 생각도 좀 든다고, 자유롭게 살아도 참 좋지 않겠느냐고, 그런 말들이 돌아왔다. 양천식 씨는 이것은 일종의 통과의례구나, 그런 결론을 내렸다. 기다리면 언젠가 소멸되어버릴 종류의 감정인 것이다.

지후가 인터넷 검색으로 알게 된 절의 특징과 역사를 어른들에게 말해주었다.

"아시아 각국의 불상이 있대요."

지후는 들뜬 목소리로 말했으나 어른들은 귀 기울이지 않았다. 수경만 건성으로 대꾸해주었다. 그러나 화제는 곧 차창 너머로 보이는 대규모 아파트 단지로 모아졌다.

"저렇게 아파트를 많이 짓는데 어째 우리만 아직도 집이 없을까."

"저렇게 많이 지어도 여전히 비싸니까요."

"여긴 배달 일도 많을 거야. 주변에 아무것도 없잖아. 배달이 없으면 불편하지."

"이 근처까지 오는 손님 차를 운전했던 적이 있는데, 나가는 차가 없어서 고생했어."

"엄마, 헬프 미 시스터 켜놨어?"

"어."

수경과 여숙은 동시에 웃었다. 지후는 호기심 넘치는 얼굴로 차창 너머 억새밭을 바라보았다. 햇빛 아래 흔들리는 억새는 물 방울로 변하기 직전의 눈송이처럼 아름다웠다. 반짝거리는 빛을 머금고 있었다.

"할아버지, 갈대랑 억새의 차이점이 뭔 줄 아세요?"

"모른다."

"갈대는 물가에서 잘 자라고요 갈색빛이 돌고요, 억새는 하얗고 단정해요."

양천식 씨는 가타부타 말이 없었다. 여숙 씨가 말했다. "억새가 참 예쁘네. 꺾어서 집에 가져갈까?"

양천식 씨가 곧바로 성질을 냈다. "뭣 하러 그래?"

"예쁘잖아."

"들판에 있어야 예쁘지, 좁아터진 집구석으로 가져가면 금방 시들어."

그들은 그즈음 거실에서 자는 게 불편해졌다. 냉장고가 고장 나는 바람에 괴상하고 요란한 소음이 났기 때문인데, 이상하게 냉장고를 바꾸고 나서도 숙면을 취할 수가 없었다. 방이 절실했 다. 그들 부부는 방이 절실하다는 걸 실감했지만 그것에 대해 말하기는 망설였다. 그 집엔 남는 방이 없었다. 그 문제로 그들 은 고심 중이었고, 간신히 떠올린 해결책을 말하지 못해 망설이 고 있었다.

차가 주차장으로 진입했다. 흙먼지가 뿌옇게 날렸다. 모두가 사방으로 문을 열고 내려 기지개를 켜거나 하늘을 올려다봤다. 새파랗고 구름 한 점 없는 하늘이었다.

"이렇게 맑은 날은 오랜만이네."

다들 고개를 끄덕였다. 지후가 소리를 지르며 저 멀리 금빛으 로 빛나는 불상의 머리를 가리켰다. 다들 그 앞으로 걸어가 사 진을 찍었다.

본전으로 향하는 언덕길을 오르며 수경은 바람에 흔들리는 수십 장의 소원 카드를 보았다. 작은 연꽃 속에 서서 기도하는 동자승 장식이 위쪽에 매달려 있었고, 그 아래 금색 소원 카드 엔 꽤 구체적인 소원들이 적혀 있었다. 바라는 것에 동그라미로 표시하면 되었다. 사업번성, 건강기원, 만사형통, 학업성취, 혼인성취, 교통안전, 가택평안 등등.

수경은 열반전 앞에 다다라 와불을 잠깐 동안 구경한 뒤 소원 카드를 구매했다.

"엄마, 의뢰인이 어디에 표시하래?"

여숙 씨는 하나씩 불러주었다.

"자녀성공, 학업성취, 건강기원."

수경은 해당 사항에 동그라미를 쳤다. 그러고 나서 말했다.

"엄마구나……."

여숙 씨는 작게 고개를 끄덕였다.

수경은 의뢰인이 알려준 이름과 생년월일을 뒷면에 기재한 뒤 소원 카드를 장대에 매달았다. 수백 장의 소원 카드가 바람이 불 때마다 이리저리 나부꼈다.

수경은 소원 카드를 한 장 더 구입했다.

어디에 동그라미를 칠까.

어느새 그녀의 등 뒤로 다가온 가족들이 그녀의 결정을 짐짓 지켜보고 있었다.

수경은 취업합격에 동그라미를 쳤다. 의외의 선택임을 그녀 역시 알았다. 오른손에 자유의지가 있어서 그녀의 뜻과 다른 걸 선택한 기분마저 들었다. 그러나 이젠 그렇게 하고 싶은 마음이 솟아오르고 있다는 걸 뒤늦게 인정했다. 모두에게 그동안 존중해줘서 고맙다고 말한 뒤 다른 시작을 꿈꾸고 싶었다. 아마도 고맙다는 말은 하지 못하겠지만, 다른 시작을 꿈꾸는 모습을 보여주는 것만으로도 고마운 마음을 달리 표현할 수 있을 것이다.

수경에게서 펜을 건네받은 우재는 소원 카드에 적힌 항목을 보고 고심했다.

우재 역시 수경의 마음과 비슷했다. 붕어빵 장사든 뭐든지 간에 새로운 일에 도전해보고 싶었다. 그럴 때가 되었다. 물론 그걸 하면서 대리운전도 병행할 생각이었다. 매상이 적은 날은 달리 방법이 없을 것이다. 우재는 사업번성에 동그라미를 쳤다. 그러자마자 제법 번듯한 사업체를 인수한 사람처럼 가슴이 부풀어올랐다.

우재에게서 펜을 건네받은 여숙 씨는 고민할 것도 없이 건강기원에 동그라미를 쳤다. 어떤 일을 하든지 가족이 건강하기만 하면 된다. 그 이상을 바라는 건 욕심이다. 여숙 씨는 확고하고 단단한 믿음을 담아 동그라미를 그렸다.

여숙 씨에게서 펜을 건네받은 양천식 씨는 짧게 고민하다가 만사형통에 동그라미를 쳤다. 이거 하나면 취업합격도 사업번성도 건강기원도 모두 아우를 수 있다. 가족의 소원을 모두 다이룰 수 있다. 양천식 씨는 자신의 똑똑함에 매우 흐뭇해했다.

양천식 씨에게서 펜을 건네받은 지후는 어른들이 동그라미를 친 항목들을 유심히 보았다. 취업합격, 사업번성, 건강기원, 만사형통. 드디어 지후는 펜을 움직여 동그라미를 그리기 시작했다. 그리기는 한참동안 이어졌고, 좀처럼 끝날 줄 몰랐다. 어른들은 웃기 시작했다.

여숙 씨가 말했다. "우리 카드만 죄다 동그라미를 쳤네. 우리가 제일 욕심이 많아."

양천식 씨가 말했다. "가진 게 제일 없어서겠지."

수경은 소원카드를 장대에 매달았다. 바람이 불 때마다 그들의 소원이 깃발처럼 힘차게 펄럭였다.

*

집을 보러 가기로 한 날은 다행히 날씨가 맑았다. 대설주의보가 연일 이어지던 날이었으므로 수경은 내심 염려했었다. 그런데 그날은 날씨가 화창했고, 심지어 약간 포근하기까지 했다.

양천식 씨와 여숙 씨가 어렵게 꺼낸 말이라는 걸 수경과 우재는 알았다. 아이들도 알았다. 모두 이사하는 편이 낫겠다고 그렇게 결정을 내려주었다. 수경은 아이들에게 고마웠다.

준후는 이번에도 빠졌다. 어차피 여섯 명 모두 차에 타지도 못한다고 말하며 자기는 어떤 집이든지 상관없다고 말했다. 결국 지후와 수경의 부모님, 우재와 수경만 집을 보러 갔다.

중개사는 대가족을 보고 약간 놀란 눈치더니 곧바로 표정을 바꾸고 밖으로 걸어나왔다.

"이쪽으로 가시면 됩니다. 걸어서 3분 거리예요."

중개사는 그 집의 장점을 설명해주었다. 역에서 가깝고, 인근에 시장과 공원이 있으며, 주민 체육센터도 가까운 곳에 있다고 했다. 방은 세 개이고, 주방과 거실이 나뉘어 있다고 했다. 이 가격에 방 세 개짜리 집은 거의 없어서 오늘도 집을 보러 오겠다며 예약한 팀이 있고, 다음 주에도 두 팀이 예약해놓은 상태라고. 그 말에 양천식 씨의 얼굴이 긴장된 표정으로 바뀌었고, 모두의 걸음이 약간 빨라졌다.

과연 중개사의 말대로 집은 널찍했다. 방이 세 개였고, 거실도 그들이 살고 있는 집의 거실보다 약간 컸다. 마당도 사용할 수 있었다. 현 세입자가 고물과 폐지를 주워 그곳에 쌓아놓고 있었다. 한구석에 작은 텃밭도 만들어놓았다. 심지어 지금 살고 있는 집보다 저렴했다. 모든 조건이 그들이 현재 살고 있는 집보다 나았다. 단, 한 가지만 빼고.

"자세히 보시면 반지층이라고 할 수도 없어요. 여기 좀 보세요. 창이 좀 높은 편이죠?"

우재는 고개를 끄덕였지만 수경은 수긍할 수 없었다. 아래쪽 창틀이 땅바닥과 같은 높이였다. 이런 건 높다고 볼 수가 없을 것 같았다.

"여긴 마당이 있어서 밖에 빨래도 널 수 있어요. 이런 조건은 없어요."

중개사는 초조한 듯 핸드폰을 확인하며 그들의 결정을 기다렸다.

"이만한 건 없어." 양천식 씨가 말했다.

곧바로 중개사가 말을 받았다. "맞아요. 없습니다. 이런 물건은 금방 나갑니다."

"주인은 어떤 사람이에요?"

여숙 씨의 물음에 중개사가 답했다. "투자하시는 분입니다. 근방에 이런 반지하만 여러 채 갖고 있어요."

"반지하만요?"

"매수는 싸게 할 수 있는데, 지분 나오는 건 똑같으니까요."

"새 건물이 올라가면 좋은 거겠네요?"

중개사는 대답 대신 쓴웃음을 지었다. 집주인에겐 좋은 일이겠지만 그들 가족에겐 그렇지 않았다. 새 건물이 올라가면 다른 저렴한 방 세 개짜리 집을 찾아야 할 것이다. 중개사는 그들의 눈치를 살피다가 말했다. "아직 올라가려면 멀었어요. 4년은 마음 편히 사실 수 있습니다."

"주차장은 없죠?"

우재의 말에 중개사는 곤란한 듯한 표정을 지으며 웃었다. 주차장이 있을 리가 없었다.

"차는 팔면 돼."

그들은 이미 결정을 내리고 왔다. 주차장까지 고려하면 이사할 수 있는 집이 더욱 줄어들었다.

지후는 내내 얌전한 태도로 어른들의 눈치를 살폈다. 섣불리 입을 열지 않았다. 우재는 별다른 질문거리가 없는지 가족들의 얼굴을 살피더니 수경을 보며 고개를 끄덕였다.

그들은 그들이 이사할 집을 잠시 동안 바라보다가 이윽고 발길을 돌렸다.

여숙 씨가 말했다. "그래도 마당이 있어서 다행이다."

"이제 방에서 편하게 주무세요, 장모님." 우재가 웃으며 여숙 씨를 돌아보았다.

양천식 씨는 운이 좋았다며, 그들에게 딱 맞는 이런 집이 나온 건 기적이라고 했다. 기적.

수경은 지후의 손을 잡고 걸었다. 계약을 하기 위해 부동산으로 걸어가며 지후에게 속삭이듯 물었다. "지후야, 저 집 마음에 들어?"

지후는 고심하더니 이윽고 말했다. "다 웃고 있잖아요."

"응?"

"저 집을 보면서 다들 웃고 있었어요." 지후는 고개를 숙이더니 덧붙여 말했다. "숙모만 빼고요."

집으로 돌아가는 길엔 눈발이 약하게 날리기 시작했다. 포근한 날씨였던지라 눈은 금세 녹아 바닥에 회색 물기로 남았다. 계약을 마치고 돌아온 가족은 어쩐지 개운하면서도 서운한 표정을 지었다. 그렇더라도 수경은 그들이 웃고 있다는 것에만 집중하기로 했다. 지후의 말대로 모두가 웃으며 부동산 밖으로 걸어나왔다. 그거면 된 것이다.

수경은 흩날리던 눈발이 점점 빗줄기로 변하는 것을 바라보다가 히터를 올렸다. 차가 막혔다. 여숙 씨와 수경을 제외하고 모두 고개를 기울이며 졸았다.

"엄마, 피곤하면 눈 좀 붙여."

"안 피곤해."

"그 집 마음에 들어?"

"그만하면 됐지."

"돈 모아서 나중에 이사하자."

여숙 씨는 잠시 동안 말이 없다가 입을 열었다. "건강하기만 하면 돼. 어디 살든 건강하기만 하면."

여숙 씨는 그렇게 말하더니 코를 훌쩍였다.

수경은 앞차의 브레이크 등을 바라보았다. 그러는 동안 눈시울이 점점 따뜻해졌다. 이 차는 평수로 치면 몇 평이나 될까. 이 차는 그들 집의 작은 방보다 훨씬 더 작지만, 그들 모두 안락함을 느끼며 어깨를 붙이고 앉아 있다.

수경은 브레이크 페달에서 발을 떼어냈다. 차가 서서히 움직이며 그들을 조금씩 앞으로 데려가주었다. 뒤척이다 잠에서 깬 우재가 팔을 뻗어 라디오를 틀었다. 익숙한 노래가 흘러나왔다. 양수경의 〈사랑은 창밖의 빗물 같아요〉. 수경은 그 노래를 작게 따라 불렀다. 마음이 금세 두둥실 떠올랐다.

어쩌면 양천식 씨의 말대로 기적이 일어난 건지도 모르겠다.

그들 모두 이렇게 한마음으로 함께 있다는 것이 기적.

그들 모두 포기하지 않고 다시 해보기로 결심했다는 것이 기적.

그들 모두 웃고 있다는 것이 기적.

기적이라고 생각하면 정말로 모든 게 기적이 되는 건지도 모른다.

신호가 바뀌자마자 수경은 액셀을 힘껏 밟았다. 그들의 차가 앞으로 힘차게 달려나갔다. ■

작가의 말

플랫폼 노동을 하는 가족의 이야기를 쓰고 싶었다. 처음엔 부부의 이야기를 썼지만, 결국 내가 하고 싶은 이야기가 아니라는 생각이 들었다. 다시 쓰기 시작한 소설에선 나이대가 제각기 다른 여성 인물들이 등장했다. 수경과 여숙, 보라와 은지. 그녀들을 떠올린 뒤 비로소 이 소설을 끝까지 써야겠다는 결심이 섰다.

언제부턴가 나는 어떤 대답을 해야 할지 알 수 없는 상황을 종종 겪었다. 친구들이 불쾌했던 그날의 기억은 빨리 잊고 돈이나 열심히 벌겠다고 말하면, 나는 고개를 끄덕이며 그녀들을 다독여주었다. 고작 그것밖에 하지 못했다. 생계가 가장 중요하다는 걸 잘 알고 있는 상황에선 어떤 말도 쉽게 할 수가 없었다. 그런 순간들이 나를 자주 괴롭혔다. 수경은 그런 고민 끝에 만

들어진 인물이다.

여숙과 수경의 관계는 엄마와의 관계에서 모티프를 얻었다. 엄마는 대체적으로 약한 사람인데, 어떤 순간엔 누구보다 강한 사람이 된다. 내가 좌절할 때마다 엄마는 언제나 먼저 웃어넘기며 나를 일으켜 세워준다. 나는 엄마의 그런 대범함이 자신의 인생에선 거의 발휘되지 못하는 게 늘 안타까웠다. 키오스크 앞에서 눈에 띄게 무력해지는 모습, 운전을 해볼 엄두를 내지 못하는 모습 역시. 여숙은 그런 엄마를 응원하는 나의 마음이 담긴 인물인지도 모르겠다.

보라는 나에게 유동하는 정체성을 일깨워준 친구들이 없었다면 결코 떠올리지 못했을 인물이다. 보라를 통해 내가 어떤 편견에 갇혀 있는지를 깨달을 수 있었다.

지후와 은지의 이야기를 쓰는 게 가장 어려웠다. 나는 스마트폰과 SNS가 없었던 시대에 청소년기를 보낸 것에 안도하는 마음이 든다. 그런 마음 이면엔 이 시대를 살아가고 있는 청소년들에 대한 염려가 있다. 그러나 어른들이 바라보는 시선으로 그들을 그리고 싶지는 않았다. 그들이 어른들을 바라보는 시선으로 그리고 싶었다.

이 책에서 다룬 플랫폼 노동은 경험과 취재, 참고문헌을 바탕으로 국내와 해외의 사례를 합쳐서 만든 가공의 모델이며, 코로나 시대 이전 대면 업무가 가능했던 시기를 배경으로 쓴 것이다. 플랫폼(긱) 노동에 대한 인식의 변화와 노동자를 위한 바람직한 제도적 뒷받침이 필요하다는 마음을 담았다.

　이 책의 등장인물들처럼 나 역시 비정규직 일자리를 전전하고 있는데, 플랫폼 노동은 부수적인 수입이 필요할 때마다 자연스럽게 떠올리는 일이 되었다. 부양해야 할 가족이 있다면 누구나 '가장'이라는 나의 기준 아래, 여성 가장으로서 매일 각오를 다지지만, 해줄 수 있는 것과 해야만 하는 것의 괴리가 커질 때마다 내가 하는 노동의 본질에 대해 자주 생각해보게 된다. 그런 고민은 결국 글쓰기로 이어지지만, 확실한 해결책을 찾는 경우는 거의 없다.

　어쩌면 소설은 커다란 이야기를 작은 이야기로 만드는 과정을 보여주는 것인지도 모르겠다. 그러면 독자는 작은 이야기를 커다란 이야기로 만드는 기적을 보여준다. 이 책의 말미에 기적이라고 생각하면 모든 게 기적이 된다고 쓰긴 했지만, 이것이야말로 진정한 기적 같다. 나에게 책이란 작가의 실패와 독자의 기적이 맞물려 있는 장소인 것이다.

　이 책을 함께 만든 김서해 편집자님에게 고마운 마음을 전한다. 늘 나의 마음을 앞서 읽고 배려해주어서 놀란 적이 정말 많았다. 흔쾌히 추천사를 써주신 두 분께도 깊이 감사드린다. 안

서현 평론가님은 작가가 미처 깨닫지 못한 것을 일깨워주는, 눈 밝은 분이라는 믿음이 있다. 그리고 소설에 대한 무한한 사랑을 불러일으키는 글을 쓰시는 박상영 작가님에게도 팬심을 담아 고마운 마음을 전한다.

이 세상의 모든 가족들이 불행한 미래를 함께 방어하며 살아가길 바란다. 그리고 가족의 형태 역시 한층 더 다양해지기를 진심으로 바란다.

2022년 봄
이서수

* 많은 도움을 받은 책들

제레미아스 아담스-프라슬, 《플랫폼 노동은 상품이 아니다》, 이영주 옮김, 숨쉬는책
공장, 2020

알렉산드리아 J. 래브넬, 《공유경제는 공유하지 않는다》, 김고명 옮김, 롤러코스터,
2020

박정훈, 《배달의민족은 배달하지 않는다》, 빨간소금, 2020

다이앤 멀케이, 《긱 이코노미》, 이지민 옮김, 더난출판사, 2017

헬프 미 시스터

1판 1쇄 발행　2022년 3월 11일
1판 3쇄 발행　2022년 4월 25일

지은이 · 이서수
펴낸이 · 주연선

(주)은행나무
04035 서울특별시 마포구 양화로11길 54
전화 · 02)3143-0651~3 | 팩스 · 02)3143-0654
신고번호 · 제 1997—000168호(1997. 12. 12)
www.ehbook.co.kr
ehbook@ehbook.co.kr

ISBN 979-11-6737-137-9 (03810)